Christian Signol

Die Kinder der Gerechten

Christian Signol

Die Kinder der Gerechten

Aus dem Französischen
von Corinna Tramm-Berger

Verlag Urachhaus

Die französische Originalausgabe erschien 2012 unter dem Titel
Les Enfants des Justes im Verlag Albin Michel, Paris.

ISBN 978-3-8251-7868-0

Erschienen 2017 im Verlag Urachhaus
www.urachhaus.com

Umschlaggestaltung: Ursula Weismann
Umschlagabbildung: © plainpicture/NaturePL/David Noton
Gesamtherstellung: CPI books GmbH, Leck

Vorwort

Präsident Francois Hollande bezeichnete im Jahre 2012 die Gefangennahme, Internierung und Deportation der Juden als »Verbrechen, das in Frankreich von Frankreich verübt wurde«. Mir wäre die Formulierung »vom französischen Staat« lieber gewesen, der in der Tat all dieser abscheulichen Verbrechen schuldig ist, in keiner Weise aber mit dem Frankreich zu jener Zeit gleichgesetzt werden kann. Ich war zutiefst verletzt, ebenso wie ich von den Worten Jacques Chiracs 1995 verletzt war. Nicht meinetwegen, aber im Hinblick auf meine Eltern und Großeltern. Mein Vater engagierte sich während des gesamten Krieges gegen die Nazis, war als Fahnenflüchtiger bei der STO, dem »Pflichtarbeitsdienst«, da er nicht für Hitler arbeiten wollte, und später im Widerstand der Gruppen Veny, im Netz Buckmaster auf dem Kalksteinplateau des Lot. Meine Großeltern, die eine Bäckerei hatten, teilten an alle Flüchtlinge Brot aus: an Spanier, Juden, die Gestrandeten des Exodus. In meinem Heimatdorf wurde nicht ein Einziger denunziert.

Mein Frankreich trägt keine Schuld. Die Helden dieses Romans, an dem mir so viel liegt, Virgile und Victoria, ebenfalls nicht. Sie ähneln in vielem meinen Großeltern. Nicht äußerlich, sondern in ihrer natürlichen Güte und Vorurteilslosigkeit gegenüber wem auch immer und in ihrer Weigerung, das Unglück als gegeben hinzunehmen. *Mein* Frankreich ist das des Widerstands gegen die Barbarei der Nazis und das der großzügigen Menschlichkeit. Es ist das Frankreich der Demut, der Stille und des Mutes. Auf dieses Frankreich bin ich stolz und fühle mich als wachsamer Hüter der Erinnerung, auch wenn es weder ein Gesetz zum Gedenken noch eines zur Reue gibt.

Christian Signol
März 2012

Erster Teil

Eins

Die Mainacht roch nach Flieder und jungen Blättern, die sanft vom Wind gestreichelt wurden. Ein Mond aus Zucker beleuchtete den Weg, der geradeaus zwischen zwei Rosenhecken zum Fluss führte. Virgile hatte keine Angst. Doch er war ungeduldig, da er wissen wollte, was sich auf der anderen Seite befand. Er liebte die Nacht, sie war ihm vertraut und hatte für ihn nichts Bedrohliches. Im Gegenteil: Diese Welt ohne Menschen, wie unberührt, schien ihn zu seinen Ursprüngen zurückzuführen, sie war von jeglicher Gefahr reingewaschen, versunken im Frieden eines Lebens, das er in jeder Sekunde genießen wollte.

Ohne Eile ging er den Pfad entlang und erinnerte sich an den Abend der vorangegangenen Woche, als er gegen sieben Uhr nach Hause gekommen war und das Auto im Hof erblickt hatte. Sein Herz schlug schneller, als er den Wagen des Arztes erkannte. Er hätte ihn unter allen wiedererkannt, denn Dr. Dujaric war der Einzige, der so ein Auto besaß. Trotz der Hitze zu dieser Zeit Ende Mai, die schon die ersten Anzeichen des Sommers ankündigte, hatte Virgile seinen Schritt beschleunigt und sich über die Stirn gewischt. Als er gegen vier Uhr nachmittags weggegangen war, hatte sich seine Frau Victoria über nichts beklagt und keine Anzeichen gezeigt, ihn zurückhalten zu wollen. Doch vielleicht hatte sie sich aufgrund dieser ersten Hitze, die in diesen Tagen in den üppig wachsenden Bäumen und Wiesen festzuhängen schien, nicht wohlgefühlt.

Krank war Victoria niemals gewesen. Nichts konnte sie davon abhalten, so schien es ihm, morgens als Erste aufzustehen, sich um das Federvieh und den Garten zu kümmern und ihm in seiner Werkstatt zu helfen. Wenn es nötig wäre, würde sie sämtliche Tätigkeiten im Haus klaglos erledigen und alles mit dieser ihr eigenen positiven Energie angehen, die sie nie zu verlieren schien. Und dennoch wusste Virgile, dass sie in sich eine Wunde trug: Sie war zweiundvierzig Jahre alt und hatte bis jetzt keine Kinder bekommen können. Er hatte oft versucht, sie zu trösten, doch seine Worte konnten die Wunde nicht lindern, an der sie still litt. Und davon war er überzeugt: Es war wie eine offene Wunde.

Doch all dies war keine Erklärung für den Wagen des Arztes im Hof. Wieder spürte er, wie sein Herz schneller schlug. Und doch verlangsamte er seinen Schritt nicht und erreichte bald das Haus.

Mit Schwung öffnete er die Tür und hielt stumm inne, da er seine Frau ruhig an der einen Seite des Tisches sitzen sah und ihr gegenüber den Arzt, der sich bei seinem Anblick erhob.

»Komm schnell herein!«, sagte Victoria. »Du lässt uns in der Sonne braten!«

Virgile ging einen Schritt nach vorn, drückte dem Arzt die Hand und ließ sich erleichtert auf einen Stuhl fallen. Mit einem Kopfnicken deutete er einen Gruß an.

»Ihr habt mir Angst eingejagt.«

»Angst? Warum?«, fragte Victoria.

»Ich habe den Wagen gesehen und mich gefragt, was nicht in Ordnung ist. Ich dachte, du fühlst dich vielleicht nicht wohl.«

Victoria zuckte mit den Schultern, während der Arzt, ein Koloss mit einem Bürstenschnitt und großen hellen Augen, ihn ruhig ansah.

»Entschuldigen Sie. Sie haben recht, es ist nicht die übliche Zeit für einen Besuch bei Ihnen.« Dann fügte er hinzu: »Eigentlich habe ich *Sie* gesucht.«

»Aha?«

Virgile stellte keine weitere Frage, da Geduld die erste seiner Tugenden war. Neugierde war ihm ganz und gar fremd.

»Es geht um die Demarkationslinie«, fuhr der Arzt fort. »Sie haben doch eine Werkstatt ganz in der Nähe, nicht wahr?«

»Ja, genau.«

»Und einen Kahn am Ufer.«

»Ja, einen Kahn auch.«

Der Arzt schien nachzudenken, zögerte einige Sekunden, dann entschloss er sich, endlich fortzufahren.

»Also, ich habe gedacht, Sie würden mir vielleicht gern einen Gefallen tun, indem Sie ein paar Leuten helfen, die Demarkationslinie zu überqueren.«

Erstaunt schaute Virgile Victoria mit fragendem Blick an: Offensichtlich war sie bereits über das Vorhaben informiert, denn sie zeigte keinerlei Regung.

»Ich bin mir dessen bewusst«, sprach Dr. Dujaric weiter, »dass das gefährlich werden kann. Aber außer euch beiden gibt es niemanden, dem ich vertraue.«

Virgile wusste nicht, was er antworten sollte, da die Worte des Arztes nur langsam zu ihm durchdrangen.

»Man müsste sie bis nach Saint-Martial bringen. Dort würde jemand warten, der sich weiter um sie kümmert.«

»Aber um wen handelt es sich?«, brachte Virgile endlich heraus, als er die Sprache wiedergefunden hatte.

»Leute, die von der besetzten in die freie Zone gelangen müssen. Und glauben Sie mir, von denen gibt es viele.« Der Arzt begriff, dass er diesem Mann und dieser Frau, die er seit Jahren kannte und schätzte, ein bisschen Zeit geben musste, um sich an den Gedanken zu gewöhnen, illegale Schleuser zu werden. Schweigend beobachtete er sie. Victoria war dunkel, kräftig, mit dicken Haaren und tiefschwarzen Augen. Virgile war ebenfalls von kräftiger Statur, dabei aber eher rundlich. Er hatte fast eine Glatze, helle Augen, und sein Gesicht drückte die ganze Güte der Welt aus. Er strahlte eine tiefe Treuherzigkeit aus, die sicher auf seine Kindheit zurückzuführen war. Er besaß ein Grundvertrauen, das selbst der Krieg und die vielen Schwierigkeiten jener Zeit nicht hatten ins Wanken bringen können. »Nun?«, fragte der Arzt. »Was sagen Sie dazu?«

»Ich weiß nicht, ob ich das kann«, erwiderte Virgile.

»Was sagst du da?«, rief Victoria. »Es wäre nicht das erste Mal, dass du nachts mit dem Boot rausfährst. Du hast mir damit schon einige Sorgen bereitet.«

Virgile betrachtete beide eine Weile wortlos, dann seufzte er leise.

»Nun gut, wenn es denn sein muss.«

»Recht so!«, freute sich der Arzt und drückte Virgiles Hand. »Ich danke Ihnen.« Und an Victoria gewandt: »Ihnen auch, Victoria. Ich wusste, dass ich auf Sie zählen kann.«

Der Arzt trank sein Glas Nusslikör aus, bedankte sich noch einmal und erhob sich.

»Ich werde Sie einen Tag vorher benachrichtigen und Ihnen alle notwendigen Informationen geben. Sie werden sehen, es wird nicht kompliziert sein, schon gar nicht für jemanden, der den Fluss so gut kennt wie Sie.«

Er drückte Ihnen ein zweites Mal die Hand und eilte zu seinem Auto, das bald darauf mit lautem Geknatter am Ende des Weges verschwand. Virgile und Victoria standen sich gegenüber, eine ganze Weile unfähig, auch nur ein Wort zu sprechen. Dann brach Victoria das Schweigen.

»Das ist doch keine große Sache!« Der unbeteiligt klingende Ton, den sie offensichtlich anschlagen wollte, gelang ihr nicht vollkommen.

Virgile antwortete nicht. Er trat an das steinerne Spülbecken, goss ein wenig Wasser über seine Hände und warf es sich ins Gesicht. Er konnte die Freude nicht verbergen, die ihn angesichts der Aussicht auf einige zusätzliche Nächte auf dem Fluss überkam.

Acht Tage später kam der Arzt wieder und gab ihm die Anweisungen für die erste nächtliche Überfahrt: eine geheime Parole, die Zeit, die Anzahl der Leute und den Zielort. Virgile ließ sich all diese Informationen durch den Kopf gehen, ohne sich jedoch besonders von ihnen beunruhigen zu lassen: Er wusste, dass er sich auf Victoria verlassen konnte. Er widmete sich ganz seinem Vergnügen, die Nähe des Flusses zu spüren, dessen Pappeln er am Ufer in der Ferne erblickte. Ihre höchsten Blätter schimmerten im Mondlicht.

Er hatte keine Angst. Nein, nicht die geringste Furcht spürte er, bloß eine gewisse ungeduldige Erwartung, endlich wieder auf diesem Fluss zu fahren, den er so sehr liebte und auf dem er wegen seiner Arbeit, wenn es nach ihm ging, gar nicht oft genug sein konnte. Hinzu kam, dass Victoria Fische verabscheute. Er musste sie an die Nachbarn verschenken, und Angeln bedeutete in ihren Augen nichts als verlorene Zeit – Zeit, die Virgile zum Leidwesen seiner Frau und seiner Kunden, die oft lange auf ihre Bestellungen warten mussten, trotz seiner Bemühungen überhaupt nicht im Griff hatte.

Dieser Gedanke ärgerte ihn, er zuckte mit den Schultern und näherte sich der Stelle am Ufer, an der sein Kahn an einer Erle festgemacht war. Ehe er das Seil entknotete, lauschte er einen

Moment lang. Alle seine Sinne waren geschärft, doch vom gegenüberliegenden Ufer kam nichts – nicht das leiseste Geräusch noch die kleinste Bewegung, nur das Rauschen der Eschen und Pappeln war zu hören. Der Wasserstand war nicht hoch: Es war lange her, dass die winterlichen Regenfälle zum über fünfhundert Kilometer entfernten Meer geflossen waren. Der Wasserstand war sogar so niedrig, dass die Gefahr bestand, zwischen zwei Sandbänken auf Grund zu laufen. Doch Virgile kannte die schmale Fahrrinne, die es den Schiffern ermöglichte, unbeschadet voranzukommen. Sie verlief in einer bestimmten Achse der Hauptströmung, die jetzt zu Beginn des Sommers nicht stark war.

Er stieg in den Kahn, griff nach dem Ruder und lauschte noch einmal einen Augenblick lang, während er sich mit einer Hand an einem Ast der Erle festhielt, um noch einen Moment länger am Ufer zu bleiben. Dann stützte er das äußerste Ende des Ruders gegen die ein Meter hohe Uferböschung, ließ den Ast los und stieß sich mit einer kräftigen Bewegung ab. Der Kahn entfernte sich mit dem Bug voran flussaufwärts, zunächst schnell, dann, ein wenig weiter weg, etwas langsamer, sobald er sich der Strömung gegenüber befand. Virgile war ganz seinen vertrauten Empfindungen hingegeben: Gleichzeitig nahm er das Wasser, die Bäume, den Mond und die Sterne wahr, die sich über das Tal zu ergießen schienen, und einen Moment lang vergaß er den Grund dafür, dass er sich nachts um zwei Uhr auf dem Fluss befand. Dann brachte ihn der Schatten einer Gestalt dort hinten auf der anderen Seite wieder zu seinem Auftrag zurück. Sie befand sich zwischen zwei Bäumen und hob sich im bleichen Mondlicht für einen kurzen Moment vor dem dunklen Hintergrund ab.

Der Arzt hatte gesagt: »Die deutsche Patrouille kommt gegen drei Uhr vorbei. Sie haben genug Zeit, selbst wenn die andere Seite sich verspätet. Wenn das so sein sollte, können Sie warten, aber nicht länger als eine Viertelstunde. Das müsste für alle als Sicherheitsspielraum genügen.«

Virgile musste sich also nicht beeilen. Doch je näher sich der Kahn auf das andere Ufer zubewegte, desto schneller spürte er sein Herz schlagen. Er war jetzt nur noch zehn Meter entfernt. Wieder bewegte sich eine Gestalt – zweifellos die eines Mannes. Jetzt hatte Virgile den Eindruck, als tauche eine zweite hinter der ersten auf, und das alarmierte ihn: Es war nur von einer Person die Rede gewesen. Er dachte an eine Falle, doch er war bereits zu nah, um umzukehren. Mit einem Ruderschlag drehte er den Kahn mit dem Bug zum Ufer, legte sanft zwischen einer Pappel und einer Esche an, die er am Vorabend entdeckt hatte, und wartete einige Sekunden. Das Ruder steckte im Sand – bereit, bei der kleinsten verdächtigen Bewegung zurückzuweichen. Dann näherte sich die Gestalt und sagte mit unsicherer Stimme: »*Morgen, bei Tagesanbruch* ...«

Der Arzt hatte Virgile erklärt, dass diese drei Wörter aus einem Gedicht von Victor Hugo stammten: *Morgen, bei Tagesanbruch, um die Stunde, wenn das Land hell wird* ...

Wie verabredet erwiderte Virgile: »... werde ich aufbrechen.«

Dann sagte er sofort: »Steigen Sie ein! Und setzen Sie sich mir gegenüber!«

Der Mann setzte einen Fuß ungeschickt an der äußersten Stelle des Kahns auf, sodass Virgile glaubte, es sei ein Mann aus der Stadt, dann ließ er das Boot ebenso ungeschickt schaukeln. Dennoch gelang es ihm nach einiger Zeit, sich hinzusetzen. Sofort stützte sich Virgile auf das Ruder und entfernte den Kahn vom Ufer.

»Danke!«, sagte der Mann, dessen breite Schultern imposant wirkten und der sehr aufgeregt schien.

»Machen Sie sich keine Sorgen. Es dauert nicht lange.«

Tatsächlich brauchten Sie nicht länger als fünf Minuten, um den Fluss zu überqueren und genau an der Stelle anzulegen, von der aus er losgefahren war. Er hatte den Kahn so gelenkt, dass er selber näher am Ufer war und als Erster den Fuß an Land setzte, denn er vertraute seinem Passagier nicht. Sobald er festen Boden unter den Füßen hatte, streckte er dem Mann die Hand entgegen und half ihm beim Aussteigen.

»Danke!«, wiederholte dieser und behielt die ausgestreckte Hand einen Moment lang in seiner Hand.

Virgile antwortete nicht. Der Arzt hatte ihm empfohlen, nicht zu viel zu reden. Auch hatte er darauf bestanden, dass es besser wäre, so wenig wie möglich zu wissen, für den Fall, dass es schlecht ausginge. Virgile hatte nicht recht verstanden, was er damit sagen wollte, doch er hatte nicht gewagt, Victoria um eine Erklärung zu bitten. Er vertäute das Seil und drehte sich um.

»Kommen Sie!«, sagte er einfach.

»Müssen wir weit laufen?«, fragte der Mann.

»Nicht einmal einen Kilometer.«

Virgile lief los und dachte an das, was der Arzt dargelegt hatte: »Es ist ein Gefangener, der aus Deutschland geflohen ist. Gehen Sie langsam, er ist erschöpft, aber nehmen Sie ihn nicht bei sich auf, es ist zu nah an der Demarkationslinie. Bringen Sie ihn nach Saint-Martial. Dort wird er den Rest der Nacht und den nächsten Tag bleiben. Erst in der folgenden Nacht wird er wieder aufbrechen.«

Virgile blieb stehen.

»Geht es?«

»Ja«, sagte der Mann, dessen schnelle Atmung seiner Antwort widersprach.

»Sie werden sich bald ausruhen können.«

Und Virgile machte sich wieder auf den Weg. Er achtete darauf, nicht zu schnell zu gehen, auch wenn die Furcht vor einer Patrouille ihn dazu antrieb, so bald wie möglich heimzukommen.

Mit all ihren Sinnen war Victoria auf der Lauer, an Schlaf war nicht zu denken. Sie war noch einmal aufgestanden und überwachte jetzt von ihrem Fenster aus den Weg, auf dem Virgile vor einer halben Stunde fortgegangen war. Sie machte sich Vorwürfe, diesen Auftrag für ihn angenommen zu haben, da sie doch wusste, wie unfähig ihr Mann war, auch nur der geringsten unvorhergesehenen Situation die Stirn zu bieten. Seit jeher vertraute er auf sie – eigentlich seit sie verheiratet waren. Aber es war vor allem eine Eigenart, die sie von ihrer ersten Begegnung an an ihn gebunden hatte: diese Fähigkeit, nirgendwo etwas Böses zu sehen, es sich in jedem Moment seines Lebens gut gehen zu lassen und ohne Weiteres jedem Menschen zu vertrauen. Und all dies mit einer Unschuld, ja Leichtsinnigkeit, die sie ganz verrückt machte, sobald er sein Universum verließ, auch wenn er nur mit dem Fahrrad nach Monestier auf der anderen Seite der Brücke fuhr, von wo er ihrer Meinung nach immer zu spät zurückkehrte.

Seit dem Waffenstillstand fuhr Virgile zum Glück nicht mehr dorthin, denn ihr Haus befand sich in der freien, das Dorf dagegen war in der besetzten Zone. Lange hatte Victoria insistiert, Virgile solle seine Werkstatt vom Fluss zum Haus hin verlegen, doch hatte er sich immer geweigert. Er rechtfertigte sich damit, dass diese Werkstatt von seinem Vater, von Beruf Tischler wie er selbst, gebaut worden war und er sie unmöglich abreißen könnte. Das war die einzige Verweigerung, die er ihr gegenüber durchgesetzt hatte. Eine Verweigerung, die ihm gleichzeitig eine für ihn wichtige Freiheit garantierte, auch wenn er dies niemals ausnutzte, wie sie zugeben musste.

Es war also Victoria, die im Dorf einkaufen ging, die die Straßensperre mit der Interzonenkarte der Grenzbewohner passierte. Zunächst kam der französische Posten, dann, nach etwa sechzig Metern, der Schlagbaum und das deutsche Wächterhäuschen. In diesem Mai 1941 war ihre anfängliche Furcht verschwunden, zumal sich seit April die Ausstellung der Passierscheine vereinfacht hatte und das Kommen und Gehen vom Land in den Ort wieder regelmäßiger stattfand.

Etwas bewegte sich in der Ferne bei der Hecke, doch es war nicht Virgiles Gestalt. Sie hätte ihn in der dunkelsten Nacht wiedererkannt, so vertraut war er ihr in der Art und Weise, wie er sich bewegte, wie er ein wenig auf den Zehenspitzen ging und die Arme leicht vom Körper abspreizte, genauso wie damals, als sie ihm in ihrer Jugend bei einem Fest in Monestier begegnet war: Ende August hatte unter den Lampions der Ball stattgefunden, nachdem man nach dem Blutbad des großen Krieges so lange darauf gewartet hatte, dass man sie wieder anzünden konnte. Sie hatte sich oft gefragt, wie sie mit diesem so schüchternen Mann hatte tanzen können, der sie angelächelt hatte, ohne sich zu trauen, sie aufzufordern, sodass sie sich als Erste erhoben und ihm eine Hand gereicht hatte, die er ergriffen und niemals mehr losgelassen hatte.

Ein Jahr später hatten sie bei ihr zu Hause in Labarrère geheiratet, einem Weiler zehn Kilometer von Monestier entfernt. Dort hatte sie als drittes von sieben Kindern ihren Eltern – Pachtbauern eines winzig kleinen Gutes von zehn Hektar – geholfen. Dann war sie zu Virgile in sein Haus mit dem Namen Sauvénie gezogen, weniger als zwei Kilometer von Monestier entfernt. Vor allem war es das Haus von Virgiles Vater. Die beiden Männer lebten allein, die Mutter war bei Virgiles Geburt gestorben. Sie waren Schreiner, da sie von ihrem Besitz nicht leben konnten: eine Wiese und ein kleines Feld, das an den Hof und einen Gemüsegarten grenzte. Die Wiese am Flussufer ermöglichte es ihnen, im Juni Heu zu ernten und eine Kuh zu besitzen, die sie in einem kleinen Stall gegenüber vom Haus liebevoll versorgten. Die Anwesenheit einer Frau hatte dieses Haus abseits der Welt sogleich erhellt.

Virgiles Vater Jean, der von allen aus dem Dorf nur *Jeantillou* genannt wurde, war ebenso liebenswert wie sein Sohn: ein sehr nachgiebiger Mann, der sich über jede Kleinigkeit freuen konnte und in der Lage war, sich beim Verfolgen eines Vogels zu verirren. Er vergaß die Aufträge für Möbel, Türen und Fenster, doch die Kunden wurden seiner nicht überdrüssig, so unmöglich war es, so einem Mann böse zu sein. Wenn er sich auf seine gutherzige Art entschuldigte, verwirrte es einen. Er war ebenso entwaffnend wie Virgile, dieser Sohn, dessen Geburt den Tod seiner geliebten Frau verursacht hatte.

Jean hatte eine Cousine gebeten, ihm in den ersten Monaten zu helfen, dann hatte er diesen Jungen, der ihm wie ein zwanzig Jahre jüngerer Zwilling ähnelte, allein aufgezogen. Er hatte ihn den Beruf des Schreiners gelehrt, und jeden Tag waren sie den Weg zur Werkstatt am Flussufer gegangen, wo sie mehr angelten als arbeiteten und niemals genug Geld verdienten, da Jean Schwierigkeiten hatte, seinen Lohn für die Schreineraufträge einzufordern. Viele in der Gegend hatten das begriffen und nutzten es aus, doch letztendlich bezahlten sie irgendwann im Verlauf von zwei bis drei Jahren ihre Schulden, da sie diesem Mann, der nicht fähig war, eine Rechnung auszustellen und seinen Kunden zu bringen, immer wieder begegneten.

Zum Glück hatte Victoria diese Situation geregelt, die die beiden ansonsten in unüberwindbare Schwierigkeiten gebracht hätte. Und eines Tages, als sie für Jean Papiere ausfüllte, hatte sie ihn gefragt, als hätte sie sich zum ersten Mal diese Frage gestellt: »Warum haben Sie Ihren Sohn Virgile genannt?«

»Der Vater meiner Frau hieß so«, hatte Jean verlegen geantwortet. »Ich habe nicht lang nachgedacht. Da sie gerade gestorben war, dachte ich, sie würde sich dort, wo sie nun war, vielleicht darüber freuen.«

Seitdem hatte man nie mehr darüber gesprochen. Sie hatte sich daran gewöhnt, bei diesen beiden Männern zu leben, die sie verehrten, und sie bemühte sich, sie so zu nehmen, wie sie waren: immer zufrieden mit sich selbst, gleichzeitig aber unfähig, auch nur das kleinste Versprechen zu halten. Immer hatten sie Holzspäne in den Haaren, und sie waren von krankhafter Gutmütigkeit, von der sie glaubten, sie wäre allgemein verbreitet.

Die Jahre waren vergangen, dann war Jean mit fünfundfünfzig Jahren plötzlich in seiner Werkstatt gestorben, wo er an jenem Morgen mit Virgile arbeitete. Er fiel zu Boden, ohne einen Laut von sich zu geben, mit dem Gesicht in das Sägemehl der Eichenbretter, die er gerade hobelte, und in seinem erstaunten Gesichtsausdruck war nicht der geringste Schmerz zu erkennen. Victoria hatte im Verlauf der folgenden Tage über Virgile wachen müssen, doch dann hatte die in ihm pulsierende Lebenskraft ihn wieder mit der Welt versöhnt, und sein Lächeln kehrte genauso schnell zurück, wie es zuvor verschwunden war. Von nun an half sie ihm gelegentlich in seiner Werkstatt, doch das war eher selten, denn mit seinen Händen war er so geschickt, wie er in seinen Beziehungen zur Außenwelt und ihren Menschen ungeschickt war.

Später hatte sie lange gehofft, ein Kind zu bekommen, doch waren ihre Hoffnungen immer wieder enttäuscht worden, bis sie es zuletzt aufgab. Manchmal fragte sie sich, ob nicht im Grunde Virgile ihr Kind sei. Sie zwang sich, nicht mehr daran zu denken, trotz dieser Wunde tief in ihr, in ihrem Bauch, in ihrem Herzen; der einzige wahre Schmerz in ihrem hellen und beschützten Leben an dem Ort mit Namen *Sauvénie,* nur knapp einen Kilometer vom Fluss entfernt, dem sie sich niemals näherte, da sie vor Wasser immer Angst gehabt hatte. Dies war übrigens auch der Grund dafür, dass sie Virgile in dieser Nacht nicht gefolgt war, aber sie hatte sich fest vorgenommen, ihn und den Mann auf der Straße nach Saint-Martial zu begleiten, einem Dorf, das vier Kilometer vom Haus entfernt an der Nationalstraße nach Périgueux lag.

Sie hatte sich also angezogen und spähte nun auf den Weg, der sich dort hinten im Mondlicht in Richtung Fluss entlangschlängelte. Doch nichts bewegte sich in dieser schönen Mainacht, nur manchmal die hohen Äste der Bäume.

Und wenn ihm ein Unglück zugestoßen wäre? Wenn er auf die Patrouille gestoßen wäre, von der der Arzt gesagt hatte, seit dem letzten Monat sei sie mit Hunden ausgestattet? Er hatte allerdings ergänzt, sie würden ihre Zeiten nie variieren: Um Mitternacht seien die Franzosen unterwegs, um drei Uhr die Deutschen.

Da sie nichts sah, stieg sie die Treppe hinunter und ging hinaus. Dann überquerte sie den Hof, nahm den Weg und entdeckte dreißig Meter vor sich zwei Gestalten, von denen ihr die Erstere vertraut war.

»Bist du es?«, fragte sie.

»Wer soll es sonst sein?«

Sie ging auf sie zu, begrüßte den Unbekannten, dann drehte sie sich um und ging voraus, wie um ihnen den Weg zu zeigen.

Eine halbe Stunde später brachen sie nach Saint-Martial auf und nahmen den Fußweg durch die Felder und Wiesen, denn weder Virgile noch Victoria konnten Auto fahren. Sie besaßen auch weder Pferd noch Karren, da sie keine Verwendung dafür hatten. Die Kunden holten ihre Bestellungen selbst ab, und in Monestier konnten sie alles einkaufen, was sie brauchten. Ohnehin wäre es nicht möglich gewesen, mit Illegalen die Nationalstraße zu benutzen. Es war zu gefährlich, der Arzt hatte auf diesen Punkt mehrmals und mit Nachdruck hingewiesen.

Im Haus hatten sie sich nicht lange aufgehalten und sich nur die Zeit genommen, eine Tasse Kaffee zu trinken, die der Mann unter Victorias inquisitorischem Blick genoss. Er war groß und mager, mit seltsamen grauen Augen, und sein kantiges Gesicht war von den im Verlauf seiner Flucht aus der Gefangenschaft erduldeten Prüfungen gezeichnet. Da er sich erneut bei seinen Gastgebern bedankte, glaubte Victoria sich befugt, ihn zu fragen, ob er von weit her käme.

»Aus Bayern«, hatte er geantwortet.

Und da dieses Wort ihr nichts zu sagen schien, erklärte er: »Das ist in Deutschland, im Süden des Landes.«

Er schien so erschöpft, dass sie keine weiteren Fragen zu stellen wagte. Auch Virgile trank Kaffee und lächelte bei dem Gedanken an seinen Ausflug auf dem Fluss. Jegliches Gefühl einer Gefahr hatte ihn verlassen.

»Wir brechen auf, wenn Sie es wollen«, hatte Victoria gesagt. »In einer Stunde werden Sie in Sicherheit sein.«

Der Mann hatte genickt und schnell seine Tasse geleert. Dann war er aufgestanden und hatte sich erneut mit rührender Aufrichtigkeit bedankt.

»Schon gut«, hatte Victoria entgegnet. »Wissen Sie, es kostet nichts, jemandem einen Gefallen zu tun, wenn es möglich ist.«

Und sie hatten sich auf den Weg gemacht und waren an einem Maisfeld entlang gegangen, dessen Blätter sich leicht bewegten. Victoria vorneweg mit der Lampe, die kaum nötig war, so sehr erhellte der Mond die Landschaft. Eine angespannte Stille herrschte, doch sie wurden immer ruhiger, je weiter sie sich vom Dorf und somit von der Demarkationslinie entfernten. Von Zeit zu

Zeit drehte Victoria sich um und zeigte auf ein Hindernis, eine Wurzel oder einen Stein, über die sie hätten stolpern können. Dann ging sie ohne Eile mit gleichmäßigem Schritt weiter, sodass sie Saint-Martial in weniger als einer Stunde erreichten.

Ihre Anlaufstelle befand sich im letzten Haus auf der linken Seite des kleinen Dorfes. »Ein zweistöckiges Haus mit grünen Fensterläden«, hatte der Arzt gesagt. »Sie nehmen nicht die Treppe und gehen nicht in den ersten Stock. Klopfen Sie einfach dreimal an das Garagentor und sagen das Codewort: *Victor*. Sobald Ihre Begleitperson eingetreten ist, gehen Sie wieder zurück. Halten Sie sich nicht auf, es wird zu dieser Jahreszeit sehr früh hell.«

Am Eingang von Saint-Martial schlug ein Hund so laut an, dass Victoria den Schritt beschleunigte und die Hauptstraße verließ. Sie kannte das Dorf und seine Einwohner sehr gut, jedoch nicht die des Hauses, in dem sie erwartet wurden. Es wurde von Leuten bewohnt, die erst einige Jahre zuvor aus der Stadt hergezogen waren. Die Häuser erstreckten sich über dreihundert Meter hin, und nicht das kleinste Licht leuchtete hinter den Fenstern, was eher beruhigend war.

Als sie das Ende des Dorfes erreicht hatten, bemerkte Victoria, dass die Farbe der Fensterläden nicht zu erkennen war, doch es gab nur ein einziges zweistöckiges Haus auf der linken Seite. Sie zögerte nicht, die Straße zu überqueren und mit drei festen Schlägen an die Tür zu klopfen, die tatsächlich ein Garagentor zu sein schien. Nach einigen Sekunden vernahm sie drinnen Schritte und sagte das Codewort. Sofort wurde die Tür geöffnet, und sie trat zur Seite, um den Mann vorbeizulassen, der sie noch einmal umarmte und küsste. Dann drückte er Virgiles Hand, dankte erneut und verschwand im Haus.

Plötzlich fand sie sich allein mit ihrem Mann wieder und war ein wenig ratlos über die Leichtigkeit, mit der alles abgelaufen war – vor allem aber wegen der beiden Küsse auf ihren Wangen. Eine Form der Anerkennung, auf die sie überhaupt nicht gefasst gewesen war, denn sie war davon überzeugt, dass sie in keinster Weise ein Risiko eingegangen waren und ihnen keinerlei Verdienst zukam für das, was sie getan hatten.

»Komm, wir drehen wieder um!«, sagte sie.

Sie hakte sich bei Virgile ein, und nach wenigen Minuten hatten sie das Dorf hinter sich gelassen. Sie nahmen denselben Sandweg wie auf dem Hinweg, vorbei an großen Feldern und ausgedehnten Wiesen, die das Tal in mehr oder weniger grüne quadratische Flächen aufteilten. Nach einem Kilometer blieb sie plötzlich stehen und sagte zu Virgile mit einem Hauch von Schalkhaftigkeit: »Weißt du noch? Als wir uns kennengelernt haben, hast du mir nachts immer Komplimente gemacht.«

»Damals kannte ich dich noch nicht so gut. Aber heute weiß ich, mit wem ich es zu tun habe«, sagte er lachend.

»Und mit wem bitte?«

»Das behalte ich lieber für mich.«

»Warum?«

»Weil ich Angst habe, dass du dann nachts nicht mehr mit mir rausgehen willst.«

»Ah, dieser Mann!«, rief sie aus. »Was habe ich dem lieben Gott getan, dass er mir so einen Kerl geschickt hat?«

Sie gingen weiter, einer hinter dem anderen in der nun feuchten Nacht, durch das bisschen Tau, den der herannahende frühe Morgen über die Erde ausbreitete. Nicht ein Laut störte die Stille, nicht einmal die höchsten Zweige der Bäume wurden von einem Windhauch bewegt. Sie beeilten sich, in den Schutz ihres Hauses zu gelangen, nicht, weil sie sich in Gefahr wähnten, sondern weil sie dort das miteinander teilten, was sie schon immer gemeinsam hatten und was ihnen teuer war.

Als sie zu Hause waren, setzten sie sich, anstatt ins Bett zu gehen, an den Tisch. Gegenüber dem Tisch aus Kirschbaumholz, an dem sie ihre Mahlzeiten einnahmen, befand sich der offene Kamin, an dem Victoria in ihren verschiedenen Töpfen auf einem uralten Dreifuß kochte. An der linken Wand befanden sich in einem großen Büffet mit geschnitzten Türen Teller und Besteck und unten die Geschirr- und Handtücher. Rechts davon zeigte eine Pendeluhr aus lackiertem Holz die Zeit an.

Hinten, dem Kamin gegenüber, befand sich ein steinernes Spülbecken, das gleichzeitig als Waschbecken und Victoria zum Geschirrspülen diente. Gegenüber vom Büffet führte eine schlichte Treppe – die eher einer Hühnerleiter als einer richtigen Treppe glich – in den oberen Stock, wo sich zwei kleine Zimmer mit alten Holzbetten befanden.

Das war ihre vertraute Welt, ihr einziger Reichtum, zusammen mit der Scheune und der Werkstatt. Es verlieh ihnen die Überzeugung, in aller Freiheit und Sicherheit zu leben, zwischen Mauern, die niemandem etwas schuldeten, wenn nicht der Arbeit von Virgiles Vater und Virgile selber.

»Da sind wir!«, seufzte Victoria. »Siehst du, es war gar nicht nötig, sich Sorgen zu machen.«

»Ich habe mir keine Sorgen gemacht«, protestierte Virgile.

Sie lächelte.

»Mein Gefühl sagt mir, es war das erste, aber sicherlich nicht das letzte Mal.«

»Glaubst du?«

»Ich bin mir sicher. Es muss viele Leute geben, die auf die andere Seite wollen. Unter den Deutschen zu leben, ist nicht einfach, ich merke es, wenn ich nach Monestier gehe.«

»Man kann nicht sagen, dass sie uns bis jetzt sehr viel angetan hätten«, entgegnete Virgile.

»Natürlich! Du würdest es mit jedem aushalten! Du würdest sogar einem Wegelagerer vertrauen.«

Er zuckte mit den Schultern.

»Es wäre besser, wir gingen zu Bett. Morgen muss ich unbedingt die Tür von Mérillou fertigstellen.«

»Seit drei Monaten hätte sie zur Abholung bereit sein sollen«, bemerkte Victoria und konnte eine leichte Gereiztheit nicht unterdrücken.

»Ich weiß, ich weiß«, entgegnete Virgile, »und seit drei Monaten sagst du es mir jeden Morgen.«

Er erhob sich, ging zur Treppe, wartete einige Augenblicke, und ehe er den Fuß auf die erste Stufe setzte, sagte er: »Er sah ziemlich erschöpft aus, dieser arme Mann. Vielleicht hätten wir ihn über Nacht hierbehalten sollen.«

Victoria antwortete nicht. Nachdenklich nahm sie die auf dem Tisch stehen gelassenen Kaffeebecher und trug sie seufzend zum Spülbecken. Danach lief sie eine Weile wie untätig durch den Raum. Befriedigt dachte sie an die vielen Fremden, die ihr Haus künftig betreten und ein wenig von der Luft mitbringen würden, die man andernorts einatmete und die für sie mit all dem Zauber und all den Geheimnissen des Unbekannten erfüllt war.

Zwei

Eine undurchdringliche Hitze hatte sich über das Tal gelegt, als Virgile an diesem Sonntag Mitte August zur Uferböschung des Flusses gegangen war, um ein wenig Kühlung zu finden. Es war so heiß, dass er keine Kraft hatte, zu angeln. Mit dem Rücken lehnte er an einer Esche, hatte seinen Hut über die Augen gezogen und versuchte einzuschlafen, doch es gelang ihm nicht. Er fragte sich, wie es möglich war, dass er sich in der freien Zone befand, das Ufer auf der anderen Seite des Flusses aber in der besetzten Zone lag, auf deutschem Gebiet. Im Schutz des Laubes, halb im grünen Gras verborgen, hörte er das Murmeln des Wassers und konnte sich nicht mit dem Gedanken eines in zwei Teile gespaltenen Frankreich abfinden. Und er hätte es niemals geglaubt, wären da nicht diese deutschen Soldaten auf der Nationalstraße und der Brücke gewesen. Und nun von Zeit zu Zeit die Erinnerung an seine nächtliche Mission, bei der er den Flüchtling aus Bayern über den Fluss gebracht hatte.

Seitdem war Dr. Dujaric noch einmal zu ihnen gekommen, um sie zu fragen, ob sie bereit wären, es wieder zu tun. Victoria hatte ohne zu zögern ihr Einverständnis gegeben und Virgile nicht einmal nach seiner Meinung gefragt. Kurz und gut, Virgile wartete auf den nächsten Auftrag, denn da beim ersten Mal alles so unproblematisch verlaufen war, hatte er nicht das Gefühl, sich auch nur der geringsten Gefahr auszusetzen. Er richtete sich ein wenig auf und erblickte einen Haselschwarm, der die Strömung entlang der Uferböschung hinaufzog. Nun bedauerte er es doch, seine Angel nicht mitgenommen zu haben. Dann zog er seinen Hut wieder ins Gesicht und nickte für kurze Zeit ein.

Stimmen hinter seinem Rücken weckten ihn. Er schob seine Kopfbedeckung zurück, drehte sich um und sah zwei französische Gendarmen, die mit Waffen an den Schulterriemen näherkamen. In ihrer schwarzen Uniform, den mit einer Tresse besetzten Hosen, Stiefeln und Schirmmütze auf dem Kopf ähnelten sie in keinster Weise den Gendarmen, die man manchmal vor dem Krieg am Straßenrand gesehen hatte. Etwas an ihnen hatte sich verändert, aber was? Virgile hatte keine Zeit, sich diese Frage zu stellen, denn einer von ihnen, bärtig, mit schwarzen Augen und sehr mager, richtete seine Waffe auf ihn und fuhr ihn grob an.

»Was tun Sie da?«

»Oh!«, sagte Virgile, »ich ruhe mich aus.«

»Warum hier?«, fragte der Zweite. Er war kleiner, aber dicker, hatte verklebte Augen und ein argwöhnisches Lächeln um die Lippen.

»Meine Werkstatt liegt gleich dort hinten, hundert Meter entfernt.«

»Was für eine Werkstatt?«

»Ich bin Schreiner. Alle hier kennen mich.«

»Wir nicht«, sagte der erste Gendarm, der die Patrouille zu leiten schien.

Virgile wurde bewusst, dass diese beiden Beamten nicht aus der Gegend kamen. Sicher waren sie vor Kurzem mit strengen Anweisungen an die Demarkationslinie geschickt worden, und dieser Gedanke verursachte in ihm ein unangenehmes Gefühl von Schuld.

»Wie heißen Sie?«

»Ich sage Ihnen, dass mich alle hier kennen. Es lohnt sich nicht, mich zu verhören.«

»Und ich fordere Sie ein letztes Mal auf, mir zu antworten. Stehen Sie auf!«

Virgile seufzte, erhob sich, staubte seine Hose ab und fragte sich, was hier, am Ufer seines vertrauten Flusses, wo ihn nie jemand belästigt hatte, eigentlich los war.

»Nun? Wie heißen Sie?«

»Virgile Laborie.«

»Sie sind Schreiner?«

»Das habe ich Ihnen schon gesagt.«

»Erklären Sie mir, was Sie am Flussufer machen, wenn Sie nicht angeln?«

»Ich habe Mittagsruhe gemacht.«

»Warum nicht in Ihrer Werkstatt, wenn Sie wirklich eine haben, wie Sie behaupten?«

»Am Flussufer ist es kühler.«

Die beiden Gendarmen schienen nicht überzeugt. Sie traten von einem Fuß auf den anderen, ohne sichtliche Ungeduld, jedoch mit dem Gefühl von Überlegenheit, das ihnen ihre Waffen und Uniformen verliehen.

»Oder aber Sie warten auf jemanden, der von der anderen Seite kommt, um in der freien Zone Zuflucht zu suchen …«, schlug der Kleinere mit verschmitztem Lächeln vor.

»Aber nein«, empörte sich Virgile. »Ich habe geschlafen, Sie haben es doch gesehen.«

»Gut!«, beschloss der Brigadeleiter. »Sie folgen uns, und wir werden das alles auf dem Revier klären.«

Virgile nickte und seufzte.

»Was für ein Theater um nichts!«

Doch im selben Moment wurde er bei dem Gedanken an den Flüchtling aus Bayern unsicher und fragte sich, ob er vielleicht verraten worden war. Gleich darauf hatte er sich wieder beruhigt und sagte sich, dass dies unmöglich sei. In jener Nacht waren sie keiner Menschenseele begegnet, und niemand hier im Tal wäre fähig, jemanden zu verraten.

Er zuckte mit den Schultern und machte sich auf den Weg, wenn auch ein wenig beschämt, wie ein Verbrecher zwischen den beiden Gendarmen zu laufen. Zum Glück verbannte die Gluthitze die Menschen in ihre Häuser, und kein einziger Zeuge nahm teil an dem, was hätte komisch sein können, wären nicht die Waffen der Gendarmen auf Virgile gerichtet, als handelte es sich um einen echten Kriminellen.

Weniger als ein Kilometer lag zwischen der Werkstatt und dem äußersten Ende des Dorfes, wo sich seit der Errichtung der Demarkationslinie das Revier befand. Sie brauchten eine knappe Viertelstunde, um das beschlagnahmte Haus zu erreichen, das den Gendarmen und den französischen mobilen Reservetruppen des Vichy-Regimes als Hauptquartier diente. Sie hatten es bezogen, nachdem das Revier von Monestier auf der anderen Seite vom deutschen Militär in Beschlag genommen worden war. Die Gendarmen zogen Virgile in ein Büro, in dem eine alte Schreibmaschine auf dem Tisch thronte. Sie setzten ihn auf einen Stuhl mit aufgeplatztem Lederbezug und begannen aufs Neue, ihn auszufragen. Virgile begriff, dass aus ihrer Sicht nichts die Anwesenheit eines Mannes an einem Flussufer rechtfertigte, wenn er nicht angelte. Wieder wurde er unsicher, und diesmal bemerkten sie es. Sofort begannen sie, ihn in die Enge zu treiben, bedrängten ihn mit Fragen und ließen ihm nicht einmal Zeit, zu antworten.

Virgile wurde heiß, sehr heiß, und durstig war er auch. Diese verbale Gewalt, mit der er zum ersten Mal in seinem Leben konfrontiert war, erlebte er schmerzhaft, und er versuchte sich vorzustellen, wie sich Victoria wohl verhalten würde, wenn sie an seiner Stelle wäre. Die Waffen, die absichtlich auf dem Schreibtisch lagen, die verletzenden Worte der Männer, die sich zu ihm herabbeugten, der Hass, den er in ihren Stimmen wahrnahm, ohne den Grund zu kennen – all das wirkte feindselig auf ihn, denn er war nicht darauf vorbereitet gewesen.

Er hatte nur noch einen Gedanken im Kopf, an den er sich verzweifelt klammerte: um jeden Preis aus diesem Büro herauszukommen, das Refugium seiner Werkstatt zu erreichen und sich vor dem Abend nicht mehr zu rühren. Dafür war er bereit, alles zu tun, und vielleicht hätte er sogar irgendetwas zugegeben, wenn nicht endlich nach einer halben Stunde der Gendarm Pétitjean, den er gut kannte, im Büro aufgetaucht wäre. Vor dem Krieg hatte er im Café auf dem Platz von Monestier das eine oder andere Glas mit ihm getrunken.

»Was machst du denn hier?«, fragte er überrascht.

»Das frage ich mich auch«, antwortete Virgile.

»Kennen Sie diesen Verrückten?«, fragte der Uniformierte, der das Verhör geführt hatte.

»Natürlich«, antwortete Pétitjean lächelnd. »Das ist Virgile, der Schreiner von Sauvénie.«

Und er fuhr fort, während die beiden anderen ihre Enttäuschung nicht verbergen konnten:

»Lasst ihn gehen, los! Wenn ich in dieser Gegend einen Menschen kenne, dem man nun wirklich gar nichts ankreiden kann, dann ist er es.«

Nachdem Pétitjean bestätigt hatte, dass er in der Nähe des Flusses wirklich eine Werkstatt besaß, entfernte Virgile sich erleichtert vom Revier, jedoch zutiefst verletzt durch das, was gerade geschehen war. Das Augustlicht erschien ihm nicht mehr so schön, die

Feldblumen sah er nicht mehr, und es war ihm, als hätte sogar der Himmel seine Farbe verändert. Wenn der Krieg in seinen Augen immer weit weg gewesen und wie irreal war, hatte er nun begriffen, dass dies nicht mehr stimmte. Er war da, vor seiner Tür. Und er bedrohte alle, sogar diejenigen, die nichts mit ihm zu tun hatten und abseits lebten.

Er beruhigte sich erst, als er geborgen in seiner Werkstatt auf einem von ihm selber hergestellten Sessel saß und seine vertraute Welt wiedergefunden hatte: die Hobelbank, die Bretter, den Geruch des Sägemehls, das überall herumliegende Werkzeug: Hammer, Hobel, Sägen, Langhobel, Hohlmeißel – alles, womit er seit jeher Umgang hatte.

Sein Herz schlug immer noch heftig, aber nun aus Wut. Er hatte seine Schwäche, seine Zerbrechlichkeit und Ohnmacht in der Berührung mit der Gewalt gespürt. Er haderte mit sich, zumal er begriff, dass er auch andere hätte in Gefahr bringen können: Dr. Dujaric, Victoria und natürlich auch die Leute von Saint-Martial.

Er erhob sich, griff nach einer Säge und begann, die Bretter, die er am Vorabend ausgemessen hatte, mit all den vertrauten Handgriffen auszusägen, die ihm endgültig neue Kraft gaben. Er schwor sich, dass man ihn in Zukunft nicht mehr unvorbereitet antreffen würde. So oder so, er würde ihnen die Stirn bieten. Und diese Überzeugung wuchs mit jeder weiteren Minute, in der er die Bretter sorgfältig und mit dem Eifer abhobelte, den er in jedem Handgriff erkennen ließ. Er merkte nicht, wie die Stunden vergingen, und als er auf seine Uhr sah, zeigte sie halb sieben. Schnell räumte er sein Werkzeug zusammen, öffnete die Tür der Werkstatt, die er niemals abschloss, und machte sich auf den Weg ins Haus, wo Victoria auf ihn wartete.

»Wo bist du gewesen?«, rief sie aus, als er mit einem eigenartigen Gesichtsausdruck vor ihr stand. Und ohne ihm die Zeit zu lassen zu antworten: »Angeln?«

»Nein«, erwiderte er seufzend, als müsste er sich einer schweren Last entledigen. »Ich wurde festgenommen, man hat mich aufs Revier gebracht.«

»Was erzählst du mir da?«, erwiderte Victoria und stellte die Suppenterrine auf den Tisch.

Gerade hatte er ihr alles erzählt, als das Auto des Arztes im Hof vorfuhr. Unter Tausenden hätten sie es wiedererkannt, sogar ohne es zu sehen, nur am Röhren der acht Zylinder, das selbst nach dem Abschalten des Motors niemals zu verstummen schien. Wie gewöhnlich erschien Dr. Dujaric überraschend schnell für einen so korpulenten Mann in der Tür.

»Entschuldigen Sie mich«, sagte er, »Sie wollten gerade zu Abend essen.«

»Sie werden mit uns zusammen essen«, schlug Victoria vor und trat ans Buffet, um einen weiteren Teller zu holen.

»Wenn Sie wollen, gern. Aber ich kann nicht lang bleiben, da ich noch ein halbes Dutzend Hausbesuche machen muss.«

Er setzte sich ohne Umschweife hin, und während er die Kelle nahm, die Victoria ihm reichte, verkündete er: »Ich brauche Sie noch einmal.«

»Das Dumme ist«, sagte Victoria, »dass Virgile festgenommen worden ist.«

»Festgenommen?«, fragte der Arzt verblüfft. »Wann denn?«

»Heute Nachmittag«, antwortete Virgile verlegen, als wäre er eines Verrats schuldig.

In wenigen Worten erzählte er dem verstimmten Arzt, was geschehen war, und bekräftigte, dass er seine Rettung nur der Intervention des Gendarmen Pétitjean verdanke.

»Es ist wahr, dass seit der Einrichtung der Demarkationslinie Verstärkung aus Périgueux angekommen ist«, erklärte der Arzt. »Sie kennen niemanden hier und haben die Tendenz, übereifrig zu sein. Aber solche Verhöre haben keine weitreichenden Konsequenzen. Sie müssen sich keine Sorgen machen.«

»Iss!«, sagte Victoria zu Virgile, der an den Lippen des Gastes hing.

»Wir sollten aber auch keine unnötigen Risiken eingehen«, sprach er weiter. »Es wäre besser, sich nicht in die Nähe des Flusses zu begeben, wenn es nicht unumgänglich ist.«

»Siehst du!«, sagte Victoria. »Ich habe es dir gesagt.«

Einen Moment lang aßen sie schweigend, dann fuhr der Arzt fort: »Wenn Sie immer noch einverstanden sind, ist es morgen Abend wieder so weit, zur selben Zeit wie beim letzten Mal.«

Er wartete auf ihre Zustimmung, und da sie offensichtlich schien, sprach er weiter.

»Es ist eine Frau mit einem kleinen Mädchen.«

Verwundert hoben Virgile und Victoria gleichzeitig den Kopf und hielten in ihren Bewegungen inne.

»Ja«, bestätigte der Arzt, »eine Frau und ein kleines Mädchen. Ich muss offen mit Ihnen sprechen, das bin ich Ihnen schuldig: Es sind Juden.«

Einen Augenblick war es still.

»Und? Was hat das zu bedeuten?«, wollte Victoria wissen.

»Nun, seit dem 2. Juni ist ein zweiter Status in Bezug auf die Juden in Kraft getreten, der ihre Rechte noch mehr als der erste vom Oktober 1940 einschränkt.«

Virgile und Victoria musterten ihren Gast, als würden sie immer noch nicht verstehen.

»Das bedeutet, dass die Juden bedroht sind, und dass also immer mehr von ihnen die Grenze passieren werden. Es ist strengstens untersagt, ihnen zu helfen. Darauf steht Gefängnis, vielleicht noch mehr. Ich darf Ihnen das nicht verschweigen.«

Victoria nahm einen Löffel Suppe.

»Und warum tut man diesen Leuten so viel Leid an?«

Der Arzt seufzte und schenkte sich ein Glas Wein ein.

»Die Nazis sind es, die sie verfolgen«, erklärte er. »Sie geben vor, die Juden seien der Ursprung alles Schlechten. Sie seien Diebe, Untermenschen und was weiß ich noch alles, die die arische Rasse verderben. Am 14. Mai haben sie in Paris alle ausländischen Juden verhaftet.«

»Als wenn sie nicht wie wir alle zwei Arme und Beine hätten!«, seufzte Victoria.

Der Arzt wandte sich an Virgile, der schweigsam geblieben war und leicht abwesend wirkte.

»Und Sie, Virgile? Was halten Sie davon?«

»Was soll ich Ihrer Meinung nach davon halten? Das alles ist ganz schön traurig.« Und nachdem er sich mit einer vertrauten Handbewegung über die Augen gefahren war, die den Eindruck vermittelte, als sei er nie ganz wach, fuhr er fort: »Vor allem haben diese armen Leute Kinder.«

»Diesbezüglich möchte ich mit Ihnen über ein Problem sprechen«, sagte der Arzt. »Die Mutter muss sofort wieder zurück, und ich habe noch keine Gastfamilie für die Kleine gefunden.«

»Wir werden sie behalten«, antwortete Victoria prompt, als hätte sie nur darauf gewartet.

»Das ist gefährlich, Sie befinden sich zu nah an der Demarkationslinie«, erwiderte Dr. Dujaric. »Ich brauche Zeit, um ihr falsche Papiere zu besorgen.«

»Was für ein Theater!«, rief Victoria aus, »dann ist sie eben die Tochter meiner Schwester, das ist alles. Was sollte sie daran hindern, Ferien bei ihrer Tante zu verbringen?«

»Ich sage Ihnen noch einmal, dass es für das Mädchen wie für Sie gefährlich ist.«

»Außer Ihnen kommt doch nie jemand zu uns«, stellte Victoria klar. »Und Virgiles Kunden gehen alle zur Werkstatt.«

Der Arzt zögerte, doch zuletzt gab er nach.

»Einverstanden, Sie behalten sie, bis ich eine weniger gefährliche Unterkunft für sie gefunden habe.«

»Ja, ja, wir werden sehen«, sagte Victoria, »seien Sie unbesorgt. Hier bitte, nehmen Sie lieber ein wenig vom Omelette. Sie werden wie immer sicher erst abends heimkommen.«

Der Arzt schaute auf seine Uhr und seufzte. »Ich bin schon zu spät dran.« Dann hielt er doch seinen Teller hin, und während er aß, gab er Virgile genaue Anweisungen für den nächsten Abend: dieselben Codewörter, dieselbe Uhrzeit, vier Uhr morgens, nach der deutschen Patrouille.

Sein Omelette schlang er mit der Eile eines Ausgehungerten hinunter, erhob sich dann, dankte und bewegte sich in Richtung Tür. Dort drehte er sich aber doch noch einmal um und sagte: »Sie sind gute Menschen.«

»Oh!«, rief Victoria aus, »wir sind wie alle.«

»Nein, Victoria, Sie sind nicht wie alle.«

»So etwas sagt man nicht!«, entgegnete sie, als wäre diese vermeintliche Andersartigkeit etwas Unanständiges.

Gemeinsam folgten sie dem Arzt bis zu seinem Wagen, drückten ihm die Hand und verharrten einen Moment lang regungslos, als das Auto knatternd hinter den Bäumen an der Straße verschwunden war. Die Dunkelheit brach mit einem samtenen Rascheln herein, eine warme und undurchdringliche Nacht, die wie oft in dieser Jahreszeit dort oben von Sternschnuppen durchzogen wurde. Eine Nacht, die all denen geglichen hätte, die sie in Sorglosigkeit und uneingeschränkt glücklich erlebt hatten, wenn da nicht das drohende Gefühl einer Gefahr gewesen wäre. Und doch kam auch noch etwas anderes hinzu: der Ausblick auf das baldige Schließen einer Lücke, auf eine endlich ausgefüllte Leere, wenn sie ein Kind bei sich aufnähmen.

Victoria rührte sich als Erste und kehrte zur Türschwelle zurück. Sie setzte sich auf die kleine Steinbank rechts vom Eingang, und Virgile setzte sich neben sie.

»Ich frage mich, wie sie wohl heißt ...«, murmelte Victoria.

»Wer?«

»Die Kleine natürlich! Hast du es schon vergessen?«

»Nein, ich habe es nicht vergessen. Aber verbohr dich nicht. Dr. Dujaric hat gesagt, dass sie nicht hierbleiben kann.«

»Wir werden sehen.«

Schweigend hörten sie den ersten Grillen im Heu zu. Sie hingen ihren Gedanken nach und hatten Virgiles Gefangennahme schon vergessen. Sie warteten nur ungeduldig auf eins: den morgigen Tag. Und darauf, dieser unbekannten Frau und ihrem Kind, die die Nacht ihnen schenken würde, ihre Haustür öffnen zu können.

Der Tag kam ihnen unendlich lang vor. Victoria putzte den an ihr Schlafzimmer angrenzenden Raum, bezog das Bett mit frischen Leintüchern und machte das Haus bis in die letzte Ecke sauber. Virgile arbeitete wie immer in seiner Werkstatt, aber mit seinen Gedanken war er woanders. Am frühen Nachmittag wollte er gerade nach dem Mittagessen wieder zurückgehen, als Gewittergrollen von Westen her zu hören war und bei Victoria ein Seufzen hervorrief. »Das fehlte gerade noch!«, rief sie aus.

Das Donnergrollen verzog sich wieder, doch gegen sieben Uhr abends, als Virgile heimkam, war es wieder zu hören, und Wolken mit schiefergrauen Bäuchen zogen rasch am Horizont auf.

»Möge es wenigstens vor Einbruch der Dunkelheit ausbrechen«, sagte Victoria, während Virgile sich, ohne es auszusprechen, Sorgen darüber machte, dass es in der Nacht kein Mondlicht geben würde.

Kurz vor acht Uhr platzte der Himmel und ergoss Unmengen an Wasser über die bald wie versinkende Landschaft. Victoria stand am Fenster und hoffte rastlos auf eine Beruhigung. Virgile dachte daran, wie schlammig das Ufer würde. Die Flüchtenden würden seine Hilfe benötigen, um zum Fluss hinunterzusteigen.

»Ich werde dir folgen«, erklärte Victoria bestimmt, »und dir die Lampe halten.«

»Vier Leute im Kahn sind zu viel, vor allem bei steigendem Wasserpegel.«

»Dann werde ich am Ufer warten.«

Virgile seufzte. Er liebte es, in dieser Welt der Bäume und des Wassers für sich zu sein, liebte das Gefühl von Freiheit, das er dort empfand, und er war überzeugt, dass niemand und nichts Einfluss auf sein Leben hatte, ihn zwingen konnte, sich zu beeilen. Oder ihm verbieten konnte, seinem natürlichen Wesen nachzugeben. Niemals hatte er es ausdrücklich für sich formuliert, und dennoch empfand er es so: dass ihm diese Welt unmittelbar gehörte und er sie mit niemandem zu teilen brauchte.

»Es ist besser, wenn du hierbleibst und eine Suppe warmhältst«, sagte er. »Sie werden sicher Hunger haben.«

»Nein«, sagte Victoria, »in dieser Nacht gehe ich mit dir.«

Er insistierte nicht, er wusste, dass es zwecklos gewesen wäre. Wenn Victoria sich in etwas verbohrte, war es ihm, soweit er sich erinnerte, nicht ein einziges Mal gelungen, sie dazu zu bringen, ihre Meinung zu ändern. Draußen wütete das Gewitter immer noch über dem Tal, unterbrochen von wilden Blitzen und Donnerschlägen, die sich endlos in Richtung Périgueux wälzten.

Sie setzten sich zu Tisch, aßen wortlos und lauschten dem Gewitter, das nicht enden wollte. Nach der Suppe gab es ein Stück eingelegtes Schweinefleisch und ein wenig Käse. Dann deckte Victoria den Tisch ab und spülte das Geschirr, während sich Virgile daranmachte, die Zeitung zu lesen, nachdem er sich eine runde Brille aufgesetzt hatte, deren Gläser nicht wirklich auf seine Augen abgestimmt waren.

»Es wäre besser, du würdest hochgehen«, sagte sie. »Versuch doch, ein wenig zu schlafen.«

Und da er so tat, als hätte er nicht gehört, fügte sie hinzu: »Ich werde dich wecken, mach dir keine Sorgen.«

»Glaubst du wirklich, dass ich bei diesem Lärm da draußen schlafen könnte?«

Sie zuckte mit den Schultern und murmelte: »Tu, was du denkst.«

Virgile las noch einige Minuten in der Zeitung, dann faltete er sie zusammen und ging hinauf ins Schlafzimmer, streckte sich auf dem Bett aus und schloss die Augen. Sogleich tauchte die Erinnerung an die Gendarmen, die ihn am Flussufer überrascht hatten, auf unangenehme Weise wieder in ihm auf. Er versuchte, sie mit den Worten des Arztes zu verjagen und fragte sich, ob die Überfahrt nicht wegen des schlechten Wetters abgesagt werden würde. Aber er bemerkte, dass ihn dieser Gedanke verstimmte. War es deshalb, weil er nicht zum Fluss würde gehen können, oder weil er kein unbekanntes Kind in seinem Haus haben würde?

Wie würde sie aussehen, diese Kleine? So wie die kleinen Mädchen, die er manchmal in Monestier auf dem Schulhof sah? Dann fragte er sich, ob Victoria dem Arzt gehorchen würde, wenn er einen Zufluchtsort gefunden hätte, der weiter von der Demarkationslinie entfernt lag. So viele Fragen, auf die es keine Antworten gab und die ihn daran hinderten einzuschlafen. Zumal das Gewitter weiter über dem Tal niederging und Virgile bisher immer nur bei gutem Wetter und bei ausreichendem Mondschein nachts auf dem Fluss unterwegs gewesen war, wenn er sich ohne Lampe zurechtfinden konnte.

Nach einer halben Stunde schien es ihm schließlich, als hätte das Gewittergrummeln nachgelassen. Er stand auf, um das Fenster zu öffnen, und sogleich strömte frische Luft in das Zimmer und vertrieb die alte, muffige, die sich in den Tagen der Hitze gestaut hatte. Er legte sich wieder hin, es gelang ihm, sich zu beruhigen, und bald darauf schlief er ein.

Als Victoria ihn weckte, hatte er das Gefühl, erst vor fünf Minuten eingeschlafen zu sein.

»Wie spät ist es?«, fragte er und setzte sich mit einem Ruck im Bett auf.

»Ein Uhr.«

Er lauschte in die Nacht hinaus.

»Regnet es nicht mehr?«

»Nein, es hat gegen Mitternacht aufgehört. Du kannst herunterkommen, ich habe Kaffee gekocht«, sagte Victoria.

Er folgte ihr und ging zum Spülbecken, um sich mit ein wenig Wasser das Gesicht zu waschen. Dann kam er zurück und setzte sich hin, um seinen Kaffee zu trinken, während Victoria die Petroleumlampe vorbereitete. Beide sprachen kein Wort. Sie waren gespannt auf das, was sie erwartete, und spürten ein leises Magengrimmen, das sie auf unangenehme Weise warnte.

Um halb zwei gingen sie los und atmeten in der abgekühlten Luft deutlich besser. Sie hörten, wie die Erde mit großen Seufzern das Wasser in sich aufnahm und wie es von den Bäumen tropfte, deren Äste sich mit zartem Schauder einer Last erleichterten, sodass man das Gefühl hatte, nicht allein zu sein. Sie gewöhnten sich an die Geräusche und an die Dunkelheit und orientierten sich am blassen Schein ihrer Lampe. Ohne Eile bewegten sie sich vorwärts, denn sie wussten, dass sie zu früh dran waren. Nach fünf Metern blieb Victoria, die voranging, stehen, und Virgile, der daran dachte, dass Wasser in seinem Kahn sein würde, rempelte sie an und schimpfte. Sie warteten einen Augenblick, lauschten in die Nacht mit ihrem Gemurmel und Geplätscher und versuchten in die Ferne zu sehen, jedoch vergebens.

Als sie sich dem Fluss näherten, stellte Virgile fest, dass der Wasserstand durch das Gewitter gestiegen war, doch am Ufer angekommen, begriff er, dass keine Gefahr bestand, überzusetzen. Es brauchte zwei oder drei Tage Regen, bis der Fluss Hochwasser führte.

»Leuchte mir«, bat er Victoria.

Er hielt sich an den Zweigen des Ginsters fest und stieg zum Kahn hinunter, der zwei Meter tiefer am Ufer lag. Dann stieg er hinein und spürte, wie seine Füße nass wurden.

»Ich schöpfe es vorsichtig leer«, sagte er. »Du kannst die Lampe löschen, dazu brauche ich kein Licht.«

Dunkelheit umhüllte sie, und sofort fühlten sie sich sicherer. Virgile machte sich lautlos zu schaffen. Er stützte sich auf die linke Seite, um das Wasser mit dem Holzgefäß zu schöpfen, das er immer im Kahn liegen hatte. Man hörte weder das Schaben des Gefäßes auf dem Boden des Kahns noch plätscherndes Wasser, wenn er es leerte.

Virgile brauchte nicht länger als fünf Minuten. Von Neuem lauschten sie in die Nacht, aber außer dem Gemurmel des Wassers war nichts zu hören.

»Ich setze über«, sagte Virgile, »und warte auf der anderen Seite. Es ist besser, wenn wir getrennt sind, man kann nie wissen.«

»Pass auf.«

»Aber ja. Wenn ich zurückkomme, zündest du das Licht nur kurz an, um mich zu leiten.«

»Und woher weiß ich, wann das sein wird?«

»Ich pfeife kurz.«

Er griff nach dem Ruder und stieß den Kahn damit vorsichtig vom Ufer ab. Sogleich begriff er, dass der Wasserstand doch etwas höher war, als er geglaubt hatte, aber so brauchte er wenigstens nicht die Untiefe in der Mitte des Flussbettes zu meiden. Dennoch erreichte er die gegenüberliegende Uferböschung ein wenig flussabwärts an einer Stelle, an der es keinen Zugang zum Fluss gab, und er musste das Ufer zehn Meter weit hinauffahren. Er vertäute sein Boot an einer Weide, die er gut kannte, und stieg die Böschung hinauf. Dabei hielt er sich an den Ästen fest, um nicht abzurutschen. Oben angekommen, lauschte er. Nichts Verdächtiges, nicht das leiseste Geräusch von Schritten, doch er wusste, er war zu früh dran, mindestens eine Viertelstunde. Ich bin in der deutschen Zone, fuhr es ihm durch den Kopf, doch er verjagte diesen Gedanken schnell wieder.

Er wartete nicht lange. Gerade hatte er fünf Minuten lang an einen Baum gelehnt, da tauchten einige Schritte von ihm entfernt drei Gestalten auf: zwei große und eine kleine. Ohne zu zögern, tat er einen Schritt vorwärts und blieb mitten auf dem Pfad stehen. Die drei Schatten hielten an, dann murmelte eine Männerstimme: »*Morgen, bei Tagesanbruch, um die Stunde, wenn das Land hell wird ...*«

»*... werde ich fortgehen*«, sagte Virgile. »Kommt schnell!«

Der Mann drehte sich zu den zwei Gestalten um, die ein wenig abseits standen, machte ihnen ein Zeichen, näherzukommen, und sagte zu Virgile: »Also, das sind Judith und ihre Tochter Sarah. Die Mutter muss um vier Uhr wieder zurückgebracht werden. Ich erwarte Sie an derselben Stelle.«

»Ich werde da sein«, sagte Virgile. Dann wandte er sich an seine Passagiere: »Kommt mit und haltet euch an den Händen, um hinunterzusteigen.«

Er ging ihnen auf dem schmalen Pfad voraus, der zum Fluss abbog, blieb am Ufer stehen und drehte sich um. Er streckte seine Arme aus und hielt sogleich den Körper der Kleinen an sich gedrückt. Er schwankte und wäre beinahe hingefallen. Noch nie hatte er das Gewicht eines Kindes gespürt, diesen unbekannten Duft gerochen, die Wärme der beiden Arme empfunden, die sich plötzlich um seine Taille drückten. Am meisten erschütterte ihn, dass ein fremder Mensch sich ihm so vollkommen hingab, ohne die leiseste Furcht, mit einem solchen Vertrauen.

Er atmete tief ein, fing sich wieder, hob das Kind hoch und setzte es in das Boot.

»Setz dich hin und rühr dich nicht.«

Er fasste wieder Fuß auf festem Boden und spürte, wie die Hand der Mutter die seine suchte. Er griff nach ihr, dann wies er ihr vorsichtig den Weg, und während er den kleinen Koffer packte, der sie aus dem Gleichgewicht brachte, sagte er: »Heben Sie den rechten Fuß und gehen Sie vorwärts.«

Der Kahn schaukelte leicht, sodass das Kind einen kleinen Schrei ausstieß, aber sobald seine Mutter saß, beruhigte Virgile die beiden: »Es passiert nichts, wenn ihr euch nicht bewegt. Wir brauchen fünf Minuten, um überzusetzen.«

Als sie in der Flussmitte waren, pfiff er wie vereinbart, und das Licht der Lampe leitete sie. Er setzte sehr schnell und ohne Probleme über, und als er das andere Ufer erreichte, hatte er nur ein wenig Schwierigkeiten, genau an der Stelle anzulegen, wo sich Victoria befand. Wie immer drehte er das Boot so, dass er als Erster ausstieg, und vertäute das Seil. Als die Lampe ausging, sagte er zu seinen Passagieren: »Habt keine Angst. Das ist meine Frau.«

Dann half er dem Kind beim Aufstehen, beim Fußfassen auf der Uferböschung. Einen Meter musste sie hinaufgehen, um Victoria die Hand reichen zu können. In zwei Sekunden war die Kleine am Ufer, und die Lampe ging wieder an.

»Mach sie aus!«, sagte Virgile. »Ich brauche sie nicht.«

Er half der Mutter auf dieselbe Weise, und sobald Victoria ihr hinaufgeholfen hatte, kontrollierte er das Tau seines Kahns und stieg dann selber hinauf.

»Danke!«, flüsterte die Frau und hielt ihre Tochter an sich gedrückt.

»Kommt!«, sagte Victoria. »Wir sollten nicht hierbleiben.«

Sie gingen durch die vom Wasser getränkte Nacht, in der aber mittlerweile die Sterne zwischen wenigen Wolken wieder aufgetaucht waren. Man sah besser als auf dem Hinweg. Virgile lief als Letzter und hatte nur einen Gedanken: endlich die unbekannten Passagiere zu sehen, die ihm mit zögernden, aber dennoch vertraut scheinenden Schritten vorangingen.

Eine Viertelstunde später saßen sie ihm gegenüber am Tisch und aßen die warme Suppe, die Victoria ihnen in die Teller gefüllt hatte. Alle beide waren blond und hatten dieselben großen grünen Augen. Sie schienen verwundert darüber zu sein, sich bei diesem Ehepaar zu befinden, das sie vor einer Stunde noch nicht gekannt hatten. Ab und zu lächelte die Frau, wenn sie den Kopf hob, doch ihre Tochter hielt ihn eigensinnig gesenkt. Sogar Victoria, die normalerweise immer etwas zu sagen wusste, fiel nichts ein.

»Möchten Sie noch etwas?«, fragte sie schließlich, als die Teller leer waren.

»Nein danke. Es ist gut so«, sagte die Mutter. Und mit einer Stimme voller Dankbarkeit: »Vielen Dank Ihnen beiden.«

»Ich heiße Victoria und mein Mann Virgile.«

»Danke, Victoria. Danke, Virgile.«

»Oh, nicht doch, Sie werden sich bitte nicht die ganze Nacht hindurch bei uns bedanken, das ist nur ein bisschen Suppe.«

»Ich heiße Judith und meine Tochter Sarah«, fuhr die Frau fort, und in ihrem Lächeln schien die ganze Traurigkeit der Welt zu liegen. Und als erinnere sie sich plötzlich an eine wichtige Pflicht, sagte sie: »Ich werde Sie bezahlen.«

Sie holte aus dem kleinen Ledersäckchen, das sie bei sich trug, ein Bündel abgenutzter Geldscheine heraus und legte sie auf den Tisch.

»Was tun Sie da?«, fragte Victoria.

Erstaunt antwortete Judith: »Das ist für Sarahs Aufenthalt.«

»Wir sind nicht in Not!«, empörte sich Victoria.

Die Frau schien nicht zu verstehen, und ihr Gesicht verschloss sich.

»Sie wollen sie nicht behalten?«, fragte sie.

»Gute Frau, das habe ich nicht sagen wollen, wir freuen uns wirklich, Ihre Kleine bei uns zu behalten, aber wir brauchen kein Geld dafür.«

Die Frau schaute sie ungläubig an: »Wissen Sie, ich kann dafür bezahlen.«

»Ja, wir haben es verstanden, aber wir wollen Ihr Geld nicht.«

»Wollen Sie es wirklich nicht? Und Sie behalten meine Tochter?«

»Aber ja! Das habe ich Ihnen doch gerade gesagt.«

In dem Moment, in dem Virgile und Victoria die Tränen in den Augen der Frau bemerkten, fühlten sie sich schuldig, ohne zu wissen, wofür. Sarah sah ihre Mutter weinen und wischte sich ebenfalls die Augen.

»Seien Sie beruhigt!«, sagte Victoria. »Wir behalten sie so lange bei uns, wie es nötig ist. Ich verspreche es Ihnen.«

»Aber ja«, mischte sich Virgile ein, »machen Sie sich keine Sorgen.«

Und da die Frau immer noch nicht zu verstehen schien, nahm Victoria die Scheine und legte sie zurück in ihre Hand.

»Nun, nehmen Sie sie wieder zurück. Es wäre mir eine Freude.«

Die Frau zögerte, dann murmelte sie: »Seit wir Paris verlassen haben, habe ich immer bezahlt.«

»Vielleicht«, sagte Victoria, »aber bei uns werden Sie nicht bezahlen.« Und leise fügte sie hinzu: »So ist das.«

Judith streichelte den Kopf ihrer Tochter, die ihn endlich mit einem neugierigen Schimmer in den Augen hob.

»Warum tun Sie das?«, fragte sie.

»Warum tun wir was?« Victoria drehte sich zu Virgile, als wollte sie ihn um Hilfe bitten. »Würden Sie das nicht tun? Es ist keine Freude, die Menschen im Leid zu sehen. Wir sind nicht so erzogen worden, wissen Sie? Bei uns waren wir viele zu Hause, aber jeder ist satt geworden.«

»Aber wir gehören nicht zu Ihrer Familie.«

»Das mag ja sein. Ich weiß nur, dass es Leute gibt, die Ihnen Böses wollen, und Sie sehen nicht aus, als hätten Sie irgendjemandem etwas getan. So, wir reden nicht mehr darüber, ich zeige Ihnen, wo die Kleine schlafen wird.«

Victoria ging Judith und ihrer Tochter auf der schmalen Treppe voran in den ersten Stock. Virgile traute sich nicht, ihnen zu folgen.

Ungläubig blieb er sitzen und fragte sich, ob er nicht träumte, als er die Schritte über seinem Kopf vernahm. Sollte sein Haus nun tatsächlich ein Kind beherbergen, über das sie Tag und Nacht zu wachen hätten? Und das, nachdem er so lange mit Victoria allein gelebt hatte. Er schaute auf die Uhr, deren Pendel ein ihm so vertrautes Geräusch von sich gab, dass er es gar nicht oder kaum hörte, und stellte fest, dass es zwei Uhr dreißig war. Zeit also, bald wieder aufzubrechen. Doch plötzlich verspürte er keine Lust mehr. Er wäre gern einfach dageblieben, hätte die Türen geschlossen, um sich vor dieser Bedrohung zu schützen, die er immer häufiger spürte, vor dieser Gefahr, die überall lauerte, seit Dr. Dujaric sie im Frühling gebeten hatte, ihm zu helfen.

Die Frauen kamen wieder herunter, und Sarah setzte sich dorthin, wo sie vorher gesessen hatte. Sie wandte ihren Blick nicht von Virgile ab, der ihrem nicht standhalten konnte. Ihre Augen waren so verloren, so voller Angst, dass er spürte, wie er von Neuem vor Rührung überwältigt wurde.

»Du musst müde sein«, sagte Victoria.

Das Kind verneinte mit einem Kopfschütteln und antwortete: »Ich kann warten.«

Sie begriffen, dass es die Abreise seiner Mutter fürchtete und nicht damit einverstanden war. Und als der Moment der Trennung zuletzt trotz allem kam, klammerte sich die Kleine verzweifelt an Judith, die nach Worten suchte, um sie zu trösten, und ihr versprach, sehr schnell wiederzukommen. Doch es gelang ihr nicht, die um ihre Taille geschlungenen Arme zu lösen.

Weder Victoria noch Virgile wagten einzugreifen. Ohnmächtig wohnten sie dieser Zerreißprobe bei, auf die sie sich nicht vorbereitet hatten, während die Mutter mit immer schwächer werdender Stimme versuchte, ihre Tochter zu überzeugen, sie loszulassen. Victoria hätte sich nicht gerührt, wenn Judith sie nicht mit einem verzweifelten Blick zu Hilfe gerufen hätte. Sie trat auf die beiden zu und fuhr mit einer Hand durch die Haare der Kleinen.

»Hab keine Angst, deine Mutter kommt wieder. Du bist hier bei Virgile und mir in den Ferien. Du wirst sehen, es wird dir hier gut gehen – und du kannst mir wenigstens helfen, nicht wie Virgile, der den ganzen Tag unterwegs ist wie ein Taugenichts.«

Mit einer ruhigen und sanften Handbewegung nahm sie die Arme des Kindes, und schließlich gelang es ihr, sie langsam zu lösen und um ihre eigene Taille zu legen. Gleichzeitig machte sie der Mutter ein Zeichen, sich zu entfernen. Als diese zögerte und sich nun selbst kaum regen konnte, stand Virgile auf, öffnete die Tür und forderte Judith mit einer Geste auf, ihm zu folgen. Wenige Sekunden später schloss sich die Tür hinter ihr, ohne jedoch den Schrei zu dämpfen, der in der Küche ertönte, wo Victoria das Kind fest an sich drückte, mit all der Kraft, die sich in ihr gesammelt hatte, seit sie davon träumte, Mutter zu sein.

Draußen war der Mond am Himmel aufgegangen, an dem nun alle Gewitterwolken abgezogen waren. Virgile hatte die Lampe mitgenommen, sie aber nicht angezündet.

»Kommen Sie schnell!«, sagte er zu Judith, um sie glauben zu machen, sie hätten wenig Zeit.

Als sie zu ihm aufschloss, bemerkte er, dass sie weinte, und wusste nicht, was er sagen sollte. Er war den Kummer einer Frau nicht gewohnt, denn Victoria hatte ihm niemals die Gelegenheit gegeben, sie zu trösten.

»Kommen Sie!«, sagte er noch einmal. »Man wartet doch auf Sie!«

Nun war es wieder warm, dem abendlichen Regen war es nicht gelungen, die in den langen Tagen aufgestaute Hitze vollkommen zu vertreiben. Virgile ging langsam voran, drehte sich aber regelmäßig um, um zu kontrollieren, dass die Frau ihm auch wirklich folgte. Irgendwann blieb Judith stehen. Er nahm ihren Arm.

»Was ist?«

Sie zögerte ein wenig, dann murmelte sie: »Ich werde sie nie wiedersehen.«

»Von wem sprechen Sie?«

»Von meiner Tochter.«

»Aber was sagen Sie da?«, rief er aus. »Wissen Sie, wir werden uns gut um sie kümmern.«

»Ja, ich weiß, ich habe Vertrauen zu Ihnen beiden, aber ich werde nie zurückkehren.«

»Kommen Sie! Sagen Sie doch so etwas nicht.«

Unvermittelt nahm Judith seine Hände und flehte ihn an: »Versprechen Sie mir, sich nie von ihr zu trennen und immer über sie zu wachen, egal, was passiert.«

»Seien Sie unbesorgt«, antwortete er, gerührt von dem Vertrauen dieser Frau, die er vor zwei Stunden noch nicht gekannt hatte.

Und da er fürchtete, dass sie noch einmal zögern würde, sprach er weiter: »Kommen Sie, bitte! Wenn wir mehr als eine Viertelstunde Verspätung haben, wird auf der anderen Seite niemand mehr sein.«

Sie machten sich wieder auf den Weg, und Judith folgte ihm bis zum Fluss, ohne anzuhalten. Als sie ins Boot stieg, zögerte sie noch ein letztes Mal. Es war wie ein Schluchzer, den sie mit der Hand erstickte. Doch es gelang ihm, sie hinzusetzen, und sogleich steuerte er das Boot quer zur Strömungsrichtung. Wie auf der Hinfahrt hatte er keinerlei Schwierigkeiten und legte diesmal auch problemlos exakt an der Stelle an, die er erreichen wollte, denn er hatte die Kraft der Strömung während der ersten Überfahrt genau abgeschätzt.

Der Kontaktmann wartete bereits auf der anderen Seite, und Virgile hatte das Gefühl, ihn zu kennen, als er die Stimme vernahm. Doch was war daran verwunderlich, da er genau genommen alle Leute aus Monestier und der Umgebung kannte. Es musste einer der vielen Freunde von Dr. Dujaric sein, wie er und Victoria.

»Unendlichen Dank!«, sagte Judith, nahm noch einmal seine Hände und drückte sie. »Ich flehe Sie an! Wachen Sie gut über Sarah.«

»Machen Sie sich keine Sorgen. Bei uns ist sie keiner Gefahr ausgesetzt.«

Judith drehte sich unvermittelt um und folgte dem Mann, der einige Schritte entfernt bereits ungeduldig wartete. Virgile sah zu, wie sie im Dunkeln verschwanden. Er dachte dabei an das, was sie auf dem Weg gesagt hatte: *Ich werde sie nie wiedersehen.* Er konnte sich nicht vorstellen, was sie damit meinte, aber in ihrer Stimme hatte eine solche Hilflosigkeit gelegen, dass er erschauerte. Dann ging er langsam zu seinem Boot zurück und setzte über, verfolgt von der Verzweiflung dieser Mutter, die ihm gerade ihr Kind anvertraut hatte.

Er beeilte sich, nach Hause zu kommen, und wurde durch die feuchten Düfte der Nacht getröstet. Langsam fand er vertraute Empfindungen wieder, wie das Geräusch seiner Schritte im feuchten Gras oder den Ruf der Eule in der großen Eiche am Weg. Und auf einmal spürte er, wie die ganze Müdigkeit einer durchwachten Nacht auf seine Schultern fiel. Als er die Haustür öffnete, saß Victoria da und wartete auf ihn. Sie legte einen Finger auf die Lippen und murmelte: »Psst! Sei leise. Sie ist eingeschlafen.«

Drei

Tage und Wochen vergingen, bis ein sehr milder Herbst Einzug hielt, der noch nicht den geringsten Hinweis auf die kalte Jahreszeit mit sich brachte. Kaum ein Hauch von Tau befeuchtete morgens den Saum der Wiesen und die Baumhecken, in denen die Beeren reifer und reifer wurden. Sarah lebte immer noch bei Virgile und Victoria. Mit der den Kindern eigenen Fähigkeit, zu vergessen, hatte sie sich unter Victorias achtsamem Blick an ihre neue Welt gewöhnt. Sie hatte mit dem Arzt darum gerungen, die Kleine bei sich behalten zu können, bis er schließlich nachgegeben und ihr falsche Papiere besorgt hatte, die dem Kind auf Victorias Wunsch hin die Identität einer Nichte verliehen. Von nun an hieß sie Sarah Anne Duchemin. Doch aus Vorsicht kam es nicht in Frage, die Schule von Saint-Martial zu besuchen, noch weniger die von Monestier, denn um dorthin zu gelangen, hätte man täglich die französischen und deutschen Posten passieren und die Zone wechseln müssen.

Da sich der Hof Sauvénie weit abgelegen vom nächsten Dorf befand, konnte das Mädchen tagsüber mit Victoria hinausgehen, ohne sich zu verstecken, und lebte fast normal. Falls doch plötzlich jemand auftauchen würde, war vereinbart, sie ihren Papieren gemäß vorzustellen: Sarah war die Tochter von Victorias Schwester, die sehr krank war und nicht für sie sorgen konnte. Doch bisher war niemand auf Sauvénie erschienen, außer Dr. Dujaric, der Victoria jedes Mal daran erinnerte, dass es nicht klug war, das Mädchen so nah an der Demarkationslinie zu lassen, und dass man irgendwann eine andere Lösung finden müsste.

»Ja«, antwortete Victoria jedes Mal. »Wir werden sehen.«

Die Leidenschaft, mit der sie sich von Beginn an mit dem Mädchen verbunden hatte, verwunderte Virgile, der seinerseits einige Schwierigkeiten hatte, mit dem Mädchen zu kommunizieren. Victoria weckte sie morgens vorsichtig und bereitete ihr das Frühstück in der Küche: Milch und frisches Brot. Danach beschäftigte sie sich mit Sarah, während Virgile in seine Werkstatt ging, wo er sich immer häufiger mit der Frage beschäftigte, wie seine Frau wohl reagieren würde, wenn das Kind sie eines Tages verlassen sollte.

Victoria lehrte Sarah die Arbeit und Handgriffe einer Bäuerin, als würde diese für den Rest ihres Lebens bei ihnen bleiben. Sie zeigte ihr, wie man eine Kuh melkt, die Hühner und Hasen versorgt, Gartenarbeit verrichtet und kocht, sodass es dem Kind durch diese Beschäftigung immer häufiger gelang, seine Eltern zu vergessen. Victoria brachte ihr auch die Verwendung der häuslichen Gegenstände bei, weihte sie in die Bräuche des Landlebens ein und stärkte so ununterbrochen die von Tag zu Tag intensivere Bindung mit der Kleinen. Sarah hatte bisher ausschließlich in der Stadt gelebt. Sie staunte über alles, was sie umgab, und versäumte nicht, beispielsweise zu erzählen, wie sie in Paris in einer Wohnung am Boulevard des Capucines gelebt hatte. Sie erwähnte den siebenarmigen Kerzenleuchter mit dem heiligen Buch auf Seidenstoffbahnen, die köstlichen »Kugels« mit Marmelade, das bernsteinfarbene Klavier, das Fasten am Yom Kippur und den

Sabbat. Und die verblüffte Victoria hörte nicht auf, sie auszufragen, und wunderte sich, wie unterschiedlich die Menschen doch sein konnten, die in ein und demselben Land lebten.

Sarah hatte diesem unbekannten Ehepaar, zu dem ihre Mutter sie gebracht hatte, ihr Vertrauen geschenkt, und zögerte nicht, ihnen einige Geheimnisse anzuvertrauen. Sie erzählte von ihrer Reise von Paris nach Bordeaux, von ihrem Vater, dem Juwelier, und ihrer Mutter, die ihr so sehr fehlte. Sie ließ sich nun umarmen und küssen, morgens und abends, auch von Virgile, der nicht darum gebeten hätte, wenn Sarah einige Tage nach ihrer Ankunft nicht zu ihm gekommen wäre und ihm ihre Wange so natürlich und rührend hingehalten hätte, dass er davon tief berührt gewesen war.

Jedes Mal, wenn sich am Abend bei Einbruch der Dunkelheit ein trauriger Zug auf Sarahs Gesicht legte, fasste Victoria sie bei den Schultern und schüttelte sie ein wenig mit der ihr eigenen rauen Zärtlichkeit und kommunikativen Energie – ihrer Gewohnheit, dem keinerlei Wichtigkeit beizumessen, was weit entfernt von ihr geschehen konnte. »Woran denkst du?«, fragte sie und streichelte ihre Wange. »Geht es dir hier nicht gut?«

Und da die Kleine nicht die Kraft fand, zu antworten, fuhr sie fort: »Möchtest du mich mit Virgile alleinlassen, diesem Taugenichts, der nicht einmal in der Lage ist, in diesem Haus allein einen Nagel einzuschlagen, obwohl das Teil seines Berufs ist?«

Virgile setzte eine niedergeschlagene Miene auf und senkte den Kopf, was die Kleine aufheiterte, vor allem, wenn Victoria fortfuhr: »Er kann nicht einmal eine Kuh melken. Schau ihn an, diesen Faulenzer, der vorgibt, in seiner Werkstatt zu arbeiten, obwohl er immer wieder entwischt und den ganzen Tag unterwegs ist.«

Tatsächlich verschwand Virgile des Öfteren. Und nicht nur am Tag, denn es gab weiterhin Flüchtende, die seine Hilfe brauchten.

Aber Victoria folgte ihm nicht mehr bis zum Fluss, da sie Sarah nicht alleinlassen wollte. Seit dem Sommer hatte Virgile drei Hin- und Rückwege begleitet, die völlig unproblematisch gewesen waren. Die Mutter der Kleinen war jedoch nicht zurückgekommen.

Dr. Dujaric brachte Neuigkeiten, wenn auch in unregelmäßigen Abständen: Sarahs Eltern befanden sich immer noch in Bordeaux, konnten jedoch nicht in die freie Zone fliehen, da sie noch keinen sicheren Unterschlupf gefunden hatten. Der Arzt half ihnen bei der Suche, man musste jedoch vorsichtig sein. Im Zusammenhang mit den Aufträgen hatte er Virgile und Victoria Codenamen gegeben, die sie von nun an bei ihren heimlichen Kontakten verwenden sollten. Virgile nannte sich »Barnabé« und Victoria »Aurore«. Auch die Parolen waren geändert worden, stammten aber immer noch aus einem Gedicht von Victor Hugo. Es war nicht mehr eine Strophe des Gedichts »Demain, dès l'aube«, sondern aus »Booz endormi«. Der Führer sollte sagen: »Sein Bart war silbern«, und Virgile musste antworten: »… wie ein Bach im April«. Es fiel ihm allerdings nicht leicht, sich diese Worte zu merken, er verwechselte »Bach im April« mit »Fluss im Frühling«, was Victoria immer wieder erheiterte. Dr. Dujaric konnte hierüber allerdings nicht lachen, er zeigte sich mehr und mehr besorgt, was die Situation betraf: Seine Kontakte zur Präfektur behaupteten, dass die Zeiten der deutschen und französischen Patrouillen vor Jahresende geändert werden sollten, sie waren jedoch nicht in der Lage, das genaue Datum zu nennen. Man musste also abwarten, ehe neue Passagen organisiert werden konnten.

Victoria nahm dies wohlwollend zur Kenntnis, denn sie legte Wert darauf, dass sich in ihrer kleinen Welt nichts änderte. Virgile dagegen störte es, denn er hatte Geschmack an seinen nächtlichen Ausflügen gefunden und zuletzt die damit verbundene Gefahr völlig vergessen. Jeden Abend hielt er beim Heimkommen von der Werkstatt nach dem Auto des Arztes Ausschau und fragte Victoria, ob er nicht während seiner Abwesenheit gekommen sei. Aber nein, es war wie ein Waffenstillstand, der sich inmitten des Abenteuers ihres neuen Lebens eingestellt hatte, und nur die Anwesenheit der kleinen Sarah erinnerte noch daran.

Eines Sonntagnachmittags Ende Oktober tauchte jedoch ihr nächster Nachbar, der zwei Kilometer von Sauvénie entfernt seinen Hof bewirtschaftete, überraschend mit seiner Frau genau zu der Zeit im Hof auf, als Sarah dort unter Victorias wachsamen Blicken spielte. Er war ein freundlicher Mann und sie eine entfernte Cousine von Victoria, mit denen sie die besten Beziehungen unterhielten. Virgile half ihnen bei den großen Arbeiten im Sommer, und Henri kam und mähte sein Heu auf der an den Fluss grenzenden Wiese, auf der die Werkstatt erbaut worden war. Seit der Besatzung sahen sie sich ein wenig seltener, da sich die Leute untereinander zusehends misstrauten. Für Victoria und Virgile war das kein Problem, da sie es gewohnt waren, isoliert zu leben, selbst wenn diese Isolierung durch die Schwierigkeiten, nach Monestier zu kommen, verstärkt worden war.

Als der Karren im Hof erschien, warf Sarah panisch die Arme in die Luft und rannte zu Victoria.

»Hab keine Angst, ich kenne sie«, beruhigte sie sie. Und schnell fügte sie leise hinzu: »Du redest so wenig wie möglich, und wenn du ›Guten Tag‹ gesagt hast, gehst du zum Spielen hinauf in dein Zimmer.«

Virgile, der im Stall die Ständer zum Trocknen des Heus reparierte, kam heraus, ging auf die Besucher zu und begrüßte sie wie gewöhnlich mit einem Scherz: »Arbeitest du jetzt auch am Sonntag?«, fragte er Henri.

»Man könnte meinen, es wärest eher du, der sonntags arbeitest«, antwortete er, denn Virgile hatte Heu am Hemd.

Er half Henris Frau Rose vom Wagen herunter, dann ging er zu Henri auf die andere Seite und begleitete ihn, um das Pferd an dem in der Stallmauer eingelassenen Ring zu vertäuen.

Victoria spürte, wie die Kleine dicht neben ihr zitterte, und sagte noch einmal: »Hab keine Angst, hab keine Angst.«

Sie begrüßte Rose, ohne Sarahs zitternde Hand loszulassen.

»Ist die Kleine aber hübsch!«, rief Rose aus. »Wer ist sie denn? Ich habe sie noch nie gesehen.«

»Sie ist die Tochter meiner Schwester Marie«, antwortete Victoria.

»Mein Gott, wie schön sie ist!«, wiederholte Rose. »Wie alt ist sie?«

»Nun, antworte!«, sagte Victoria.

Aber Sarah bekam den Mund nicht auf. Seit Beginn des Krieges hatte ihre Mutter ihr geraten, nicht mit Fremden zu reden.

»Sie ist zehn Jahre alt«, kam Victoria ihr zu Hilfe.

Rose begnügte sich damit, das Kinn der Kleinen in ihre rechte Hand zu nehmen und mit einem freundlichen Lächeln zu murmeln: »Na, du hast wohl deine Zunge verschluckt!«

So wie Virgile rundlich und kräftig war, war Henri groß und mager mit einem länglichen knochigen Gesicht, in dem Wangen und Kinn hervorsprangen. Rose war brünett und klein, ihre Haare hatten einen rötlichen Schimmer. Sie trug sie hochgesteckt, was sie größer wirken lassen sollte, sicher um den Größenunterschied zwischen ihr und ihrem Mann zu verringern.

»Und wie heißt diese hübsche Kleine?«, fragte Henri und ging ganz natürlich auf Sarah zu, um sie zu küssen.

Er hielt inne, da Sarah zurückwich, den Kopf senkte und sich so weigerte, ihren Blick preiszugeben.

»Anne ist die Tochter meiner Schwester Marie«, wiederholte Victoria. »Sie ist ein wenig scheu, wenn sie jemanden nicht kennt.«

»Du musst keine Angst vor Henri haben«, sagte Rose. »Er hat noch niemanden gefressen.«

»Sag ›Guten Tag‹!«, forderte Victoria sie auf. »Danach kannst du spielen gehen.«

Das Kind blieb stumm, als wüsste es, dass seine Stimme es verraten würde, doch Victoria, die sich inzwischen daran gewöhnt hatte, vergaß den Pariser Akzent und insistierte: »Komm schon, sag ›Guten Tag‹!«

Sarah hob langsam den Kopf und sagte ganz leise: »Guten Tag!«

Es herrschte eine ganze Weile Stille, dann ließ Victoria die Hand der Kleinen los, die sogleich zum Haus hin flüchtete.

»Kommt doch herein!«, schlug Victoria vor, um der Befangenheit ein Ende zu machen, die sich plötzlich unter ihnen eingestellt hatte. »Ihr werdet doch nicht den ganzen Nachmittag hier stehen bleiben wollen.«

Sie setzten sich um den Tisch, sprachen über ihre Verwandtschaft und Gott und die Welt, dann entschlossen sich die beiden Männer, zur Werkstatt zu gehen, um endlich das Holz für die Fensterläden auszuwählen. Die Frauen blieben allein und lauschten immer wieder auf die Schritte, die sie ab und zu von oben vernahmen. Dann unterhielten sie sich über die Schwierigkeiten der Zeit und vertrauten einander an, dass sie immer seltener nach Monestier gingen und die Demarkationslinie das Leben der Bewohner des Tals doch beträchtlich verändert hatte.

Victoria hatte Vertrauen in ihre Cousine, doch sie wusste, dass sie ein wenig launisch war und somit fähig, eine Unvorsichtigkeit zu begehen. Sie sehnte sich danach, dass Virgile und Henri zurückkehrten, war sich jedoch sicher, dass die beiden es nicht eilig hatten. Im Gegenteil, sobald die beiden Männer sich sahen, nutzten sie die Gelegenheit, um ausführlich Neuigkeiten über ihre Bekannten auszutauschen, über ihre Jugend, die Arbeit oder die unerwartet aufgetretenen Veränderungen in diesem Tal zu sprechen, in dem sie beide geboren waren.

Victoria hatte Rose einen Kaffee angeboten. Oder vielmehr das, was man inzwischen Kaffee nannte: hauptsächlich Zichorie und ein wenig gemahlene Gerste. Während sie in kleinen Schlucken tranken, sprach Rose mit Rührung über ihre in Coutras verheiratete Tochter, deren Mann jedoch Gefangener in Deutschland war, und die sich auf dem Bauernhof mit Lebensmitteln wie Butter, Eier und Geflügel eindeckte.

»Was willst du«, seufzte sie, »wir haben nur eine, also helfen wir, so gut wir können.«

Und dann sagte sie leise: »Wie du, du hilfst deiner Schwester. Aber woran leidet Marie denn eigentlich? Es ist doch nicht etwa Tuberkulose?«

Es gehörte nicht zu Victorias Gewohnheiten, um etwas herumzureden. Sie hatte immer in der Wahrheit gelebt.

»Die Kleine ist nicht meine Nichte«, sagte sie.

»Ich habe es wohl begriffen«, entgegnete Rose. »Sie hat einen zu deutlichen Akzent für ein Kind von hier.«

Victoria zögerte nun doch, die Wahrheit zu sagen. Gleichzeitig spürte sie, dass es besser wäre, ein wenig mehr zu erzählen, um Rose nicht zu neugierig zu machen.

»Sie ist die Tochter von Leuten, die in Bordeaux wohnen und die sie nicht bei sich behalten können«, sprach sie weiter.

»Ja«, sagte Rose, »ich weiß, dass das Leben in den großen Städten schwierig geworden ist und man oft nicht satt wird. Aber sie hat eher einen Pariser Akzent.«

»Sie haben Paris verlassen, um nach Bordeaux in die Nähe ihrer Familie zu gehen«, erklärte Victoria. Sie geriet in Verwirrung, als ihr bewusst wurde, dass das, was sie sagte, keinerlei Sinn ergab: Wenn diesen Leuten von ihrer Familie geholfen werden könnte, warum hätten sie dann ihre Tochter in Obhut aufs Land gegeben?

»Aha!«, sagte Rose. Und da sie Victorias Verlegenheit bemerkte, fuhr sie fort: »Mach dir keine Sorgen, ich kann meine Zunge im Zaum halten.«

Victoria musterte ihre Cousine, suchte ihren Blick zu ergründen und murmelte:

»Sie ist Jüdin.«

Warum hatte sie dieses Geständnis gemacht? Sicher, weil sie wissen musste, woran sie war, was die Bewohner des Tals anging. In ihren Augen glich Rose allen Frauen auf dem Land, die wie ihre Ehemänner dachten. Sie vertrauten dem Marschall Pétain, der »eine nationale Revolution« ausgerufen hatte, die für sie unausweichlich war, und sie machten sich keine Gedanken über die Konsequenzen einer Kollaboration, die wie ein notwendiges Übel betrachtet wurde. Der Marschall hatte das Wichtigste gerettet und stützte sich auf die ländliche Bevölkerung, um das Land wieder aufzubauen, man konnte ihm also blind vertrauen ...

»Die Arme!«, seufzte Rose.

»Warum die Arme?«, fragte Victoria.

»Man will diesen Menschen so viel Böses, dass man sich fragt, ob sie wirklich so sind wie alle.«

»Nun, natürlich sind sie wie alle!«, rief Victoria aus. »Hast du sie nicht gesehen, die Kleine? Sie hat zwei Arme und zwei Beine wie du und ich.«

»Du musst dich nicht ärgern«, sagte Rose, »ich sage nur, was ich darüber höre. Du weißt doch genau, dass ich ihnen nichts antue.«

Es trat ein Moment der Stille ein. Victoria bedauerte es, geredet zu haben. Sie ließ ihre Augen nicht von Rose, die nun doch einen verwirrten Eindruck machte.

»Ihr riskiert viel«, sagte Rose.

»Wir riskieren überhaupt nichts«, erwiderte Victoria. »Nur wenn uns jemand denunziert«, fügte sie mit fester Stimme hinzu.

»Sollte so etwas Furchtbares eintreten«, flüsterte Rose, »weißt du, dass es nicht von mir kommt.«

Ihre Blicke trafen und taxierten sich. Victoria spürte, dass sie von ihrer Cousine nichts zu befürchten hatte, doch gleichzeitig begriff sie, dass es wenige Menschen gab, die sich wie Virgile und sie verhielten. Die Angst hatte sich über diesem Tal ausgebreitet, das vor dem Krieg so friedlich gewesen war.

»Du würdest es auch tun, genauso wie wir, wenn es sein müsste«, forderte Victoria sie ein letztes Mal heraus.

»Nein«, sagte Rose. »Henri würde es nicht wollen.«

»Henri vielleicht nicht, aber du!«

»Ich weiß nicht«, entgegnete Rose. »Ich glaube nicht.«

Und während sie ihr Glas betrachtete, in dem der Kaffee kalt wurde, sprach sie weiter: »Das sind Leute, die immerhin Geld haben. Wir gehören nicht derselben Welt an.«

Victoria insistierte nicht. Sie wusste nun, was sie wissen wollte. Außer Dr. Dujaric konnte sie sich auf niemanden verlassen, denn der offiziellen Propaganda war es gelungen, bis in den hintersten Winkel auf dem Land Argwohn gegenüber den Leuten zu säen, von denen man nicht wusste, wer sie waren, noch, was man ihnen wirklich vorwarf. Sie hätte es nicht in Worte fassen können, aber sie empfand eine Feindseligkeit, die sich zu einer Gefahr entwickeln konnte. Sie stand allein da und war ein wenig ratlos in diesem Kampf, den sie aufgenommen hatte, ohne nachzudenken, ganz aus ihrem ureigenen Instinkt heraus.

Es hätte weiter Stille zwischen den beiden Frauen geherrscht, wären nicht genau in diesem Moment ihre Männer im Hof erschienen.

»Mach dir keine Sorgen«, sagte Rose noch einmal, »ich kann meine Zunge im Zaum halten. Sogar Henri gegenüber.«

Doch Victoria fühlte sich eigenartigerweise schuldig, und sie konnte es kaum erwarten, wieder allein mit Virgile und Sarah zu sein, die sich weigerte, herunterzukommen, um sich von den Besuchern zu verabschieden, als hätte sie ebenfalls eine Bedrohung gespürt. Victoria forderte Henri nicht auf, einzutreten. Im Gegenteil, sie beschleunigte die Verabschiedung, dann ging sie ins Haus zurück und schloss die Tür hinter sich. Dort erklärte sie Virgile, was geschehen war, und ausnahmsweise zeigte er sich weniger besorgt als sie. Mit einer ihm eigenen fatalistischen Geste zuckte er einfach mit den Schultern.

»Du weißt doch, je weniger man sagt, desto besser ist es.«

Dieser Nachmittag hinterließ bei Victoria das Gefühl einer viel größeren Gefahr, als sie es sich vorgestellt hatte: eine Erkenntnis, die sie in Zukunft berücksichtigen würde, das nahm sie sich fest vor.

Anfang November kam Doktor Dujaric mit den Instruktionen für eine Überfahrt von zwei Personen am darauffolgenden Abend. Er schien besorgt und fragte sich laut, ob man nicht besser eine Pause machen sollte, denn, so sagte er, er fühle es wie eine Schlinge, die sich um ihn zusammenzöge. Es war das erste Mal, dass Virgile und Victoria ihn so beunruhigt sahen. Er zögerte, traf zuletzt aber doch eine positive Entscheidung und gab Virgile ausgiebige Empfehlungen.

»Gehen Sie vor allem kein Risiko ein! Wenn Sie auch nur den

geringsten Zweifel haben, drehen Sie um. Eine Passage kann verschoben werden, das ist nicht schlimm.«

Virgile versprach es, auch wenn er entschlossen war, seinen neuen Auftrag erfolgreich durchzuführen. In der nächsten Nacht, die von ungewohnt kalten Windböen durchzogen wurde und den Wechsel der Jahreszeit ankündigten, machte er sich auf den Weg. Heftige Windstöße fuhren durch die Baumwipfel, vermischt mit ein wenig Regen, sodass er auch beim genauen Hinhören außer dem Wind nichts vernahm, nicht einmal das Geräusch des Wassers, als er sich dem Fluss näherte. Es war Viertel vor zwei, als er die Uferböschung erreichte. Einen Moment lang beobachtete er das gegenüberliegende Ufer, an dem die Bäume sich wie Gespenster bewegten, und beinahe hätte er aufgegeben. Doch die Freude darauf, den Kahn loszubinden und sich auf den Fluss zu begeben, war stärker, und er entschloss sich, ihn ins Wasser zu lassen.

Nach nur fünf Minuten legte er ohne Probleme auf der anderen Seite an und brauchte nicht lange zu warten, bis er drei Gestalten erkannte: die des Begleiters und der beiden Personen. Als die Codewörter ausgetauscht worden waren, führte Virgile die beiden Männer zum Kahn, legte rasch ab und setzte über. Kurz vor dem Erreichen der Flussmitte vernahm er das Bellen von Hunden und erblickte etwa zweihundert Meter flussabwärts in Richtung der nächsten Brücke eine Laterne. Was der Arzt so sehr gefürchtet hatte, war offensichtlich eingetreten, die Uhrzeiten der Patrouillen hatten sich geändert. Er hörte auch Schreie und sagte sich, dass ihm vielleicht genug Zeit bliebe, ans andere Ufer zu gelangen, falls die Hunde die Spur der Kontaktperson auf der anderen Seite fänden. Er hatte sowieso keine Wahl. In jedem Fall wäre es besser, die Fahrt fortzusetzen, als auf der deutschen Seite zu bleiben und zu hoffen, dass die französische Patrouille nicht auch ihre Zeiten geändert hatte.

»Vor allem bewegt euch nicht«, sagte er zu den beiden Männern.

Einer der beiden, der größere, dessen Gesicht Virgile nicht erkennen konnte, machte eine panische Bewegung, die beinahe das Boot zum Kentern gebracht hätte.

»Bleibt ruhig!«, befahl Virgile.

Er legte in dem Moment an, als die Schreie dort hinten wieder begannen, vom wütenden Bellen der Hunde begleitet. Dann ertönten Gewehrschüsse, die in dieser Nacht voll bedrohlicher Schatten unheilvoll widerhallten. Virgile sprang ans Ufer, vertäute eilig das Boot und half den Männern beim Aussteigen. Die beiden klapperten mit den Zähnen, und ihr gehetzter Atem verriet ihre Panik. Sie begannen, in Richtung Dorf zu laufen, und Virgile hatte es nicht leicht, sie auf den rechten Weg zu bringen.

»Folgen Sie mir. Haben Sie keine Angst.«

Wieder ertönten Schüsse von der anderen Seite herüber und ließen Virgile hoffen, dass der Mann dort drüben der ersten Salve entkommen war und vielleicht der zweiten ebenfalls entkommen würde. Es musste jemand sein, der das Gebiet gut kannte, sicher einer, der grenznah zur besetzten Zone lebte.

Alle drei rannten jetzt auf dem vom Wind leergefegten Pfad dahin, bis der Größere plötzlich völlig außer Atem stehen blieb. Virgile ging ein Stück zurück, fasste ihn am Arm, zwang ihn vorwärtszugehen und murmelte ermutigende Worte: »Halten Sie durch! Wir sind gleich da.«

Victoria hatte trotz der Windböen die Schüsse gehört. Sie war im Nachthemd heruntergekommen und schaute zum Küchenfenster hinaus. Sobald sie die drei Männer erblickte, öffnete sie die Tür, ließ sie eintreten und schloss sie überstürzt hinter ihnen. Dann schenkte sie ihnen heißen Kaffee ein, der die beiden Männer ein wenig aufmunterte. Obwohl sie unterschiedlich groß waren, ähnelten sie sich: Sie waren beide dunkelhaarig, hatten kurze Haare und schwarze Augen, und als sie sich bedankten, verrieten ihre Stimmen immer noch eine gewisse Unsicherheit und ihre fremde Herkunft. Sie wirkten erschöpft, ganz offensichtlich waren sie es nicht gewohnt, zu Fuß unterwegs zu sein. Wer waren sie? Woher kamen sie? Unmöglich, sie auszufragen, Dr. Dujaric hatte ihnen empfohlen, den Personen keine Fragen zu stellen. Während die beiden Männer sich langsam erholten, fragten sich Virgile und Victoria, wie sie weiter verfahren sollten: die Instruktionen befolgen und sie noch in derselben Nacht nach Saint-Martial bringen, oder bis morgen warten, um sich nicht noch weiter der Hektik auszusetzen, die bei den französischen und deutschen Posten herrschen musste? Victoria plädierte für die zweite Lösung, da sie große Angst gehabt hatte, als sie die Schüsse vernahm. Die beiden Männer waren am Ende ihrer Kräfte und willigten zu Virgiles großer Erleichterung ein, in der Scheune zu schlafen. Er hätte nicht den Mut gehabt, sich in einer so feindseligen Nacht wieder auf den Weg zu machen.

Und so geschah es. Als die Männer geschützt untergebracht waren, begaben sich Virgile und Victoria wieder ins Haus und fragten sich, ob sie nicht eine Dummheit begangen hatten, die Instruktionen von Dr. Dujaric nicht befolgt zu haben. Doch der Wind ließ bald nach, und Stille senkte sich wieder über das Tal, sodass sie sich endgültig beruhigten. Schließlich schliefen sie ein und vergaßen die beiden im Heu liegenden Männer, auch wenn ihr Schlaf bis in den Morgen hinein unruhig blieb.

Am nächsten Morgen ging Victoria sehr früh in den Stall, ohne auf Sarah zu warten, und war beim Melken so leise wie möglich, um die beiden Männer nicht zu wecken.

Sie war gerade fertig, als das Auto des Arztes im Hof anhielt. Wie ein Zyklon stürzte er ins Haus, da er sehr besorgt darüber war, was sich in der vorangegangenen Nacht ereignet hatte. Virgile erklärte es ihm in wenigen Worten. Der Arzt entschuldigte sich, ihn auf den Fluss geschickt zu haben, obwohl er wusste, dass die Zeiten sich ändern konnten.

»Glauben Sie mir, so etwas wird nicht wieder geschehen«, sagte er. »Von nun an werden wir noch vorsichtiger sein. Wenn Ihnen etwas passiert wäre, hätte ich es mir nicht verziehen.«

»Und der Begleiter der beiden?«, fragte Virgile.

»Er ist davongekommen, aber er wurde verletzt.«

Virgile und Victoria gestanden ihm, dass sie die beiden Männer, anstatt sie nach Saint-Martial zu bringen, über Nacht beherbergt hatten. Anders als erwartet, billigte er ihre Entscheidung.

»Wir ändern den Plan«, entschied er. »Saint-Martial liegt zu nah an der Nationalstraße, da ist zu viel Verkehr. Sie werden sie nach Reillac bringen, an den Waldrand. Das Haus, in dem man sie erwartet, befindet sich am Ausgang des Dorfes, es ist das letzte auf der rechten Seite. Sie können es nicht verfehlen. Treffpunkt um zwei Uhr dreißig kommende Nacht. Sind Sie damit einverstanden?«

»Ich werde sie hinbringen«, sagte Virgile.

»Wollen Sie mit ihnen sprechen?«, fragte Victoria.

»Nein. Sie kennen mich nicht, und es ist besser, dass sie mich nicht sehen.« Und er fügte wie zur Beruhigung hinzu: »Aus Sicherheitsgründen gibt es Mittelsmänner zwischen ihnen und mir.« Er trank seinen Kaffee aus und beobachtete sie schweigend. Als er aufstand, sagte er: »Sie wissen, falls Sie nicht mehr weitermachen wollen, bin ich Ihnen nicht böse.«

»Hätten Sie denn jemanden, der uns ersetzen würde?«, fragte Victoria wie nebenbei.

»Nein, so einfach wäre das nicht. Niemand wohnt so günstig wie Sie, so nah an der Linie, besitzt einen Kahn und kennt den Fluss so wie Virgile.«

»Also?«

Der Arzt nickte, dann drückte er ihre Hände. »Danke. Sie versöhnen mich mit den Menschen dieses Landes.«

Die beiden blieben auf der Türschwelle stehen, leicht erstaunt über ein Urteil, das ihnen in ihren Augen sehr viel mehr Bedeutung zumaß, als sie verdienten. Victoria zuckte mit den Schultern und ging ins Haus. Virgile ging wie gewöhnlich zur Werkstatt und blieb immer wieder stehen, um die Drosseln und Stare zu beobachten, die sich seit Kurzem im Tal niedergelassen hatten.

In der Nacht brachte Virgile die beiden Männer nach Reillac, einem Dorf in Hanglage am Rand des Waldes Double, der wunderbar nach Kiefern und Ginster duftete. Der Ort lag vier Kilometer von Sauvénie entfernt und war Virgile sehr vertraut, da er sein Holz in einem Holzschlag in der Nähe des letzten Hauses kaufte. Er führte seinen Auftrag ohne Zwischenfall aus und fühlte sich weniger in Gefahr als bei seinen Märschen nach Saint-Martial. Er nahm sich fest vor, Dr. Dujaric dies bei seinem nächsten Besuch mitzuteilen.

Das Leben ging weiter wie vor dieser gefährlichen Nacht und drehte sich ganz und gar um Sarah, die Victoria inzwischen mehr als liebgewonnen hatte. Sie war ein sehr sensibles und empfindliches Kind, das zudem seine religiösen Überzeugungen zu Victorias großer Verwunderung zum Ausdruck zu bringen wusste. So auch an jenem Mittag, als sie am Jom-Kippur-Tag fasten wollte und sich trotz der eingelegten Entenbrust mit Kartoffeln auf ihrem Teller nicht davon abbringen ließ.

»Wenn du nicht isst, wirst du krank«, hatte Victoria gejammert, »und wir alle bekommen ziemlichen Ärger.«

Dennoch verweigerte Sarah das Essen, was auch auf Virgile nicht ohne Auswirkung blieb, der liebend gern eingemachtes Fleisch aß, aber glaubte, vor dem Kind nichts essen zu dürfen. Zur großen Erleichterung beider aß sie am nächsten Tag wieder. An einem anderen Tag, Victoria briet Schweinekottelets, weigerte sich Sarah erneut, sodass Victoria entschied, sie nach mehr Informationen über ihre Religion zu fragen. Die Kleine ließ sich nicht lang bitten und erklärte, worin die Feste Sukkot, Pessach, Schavuot, Chanukka, Purim und das wichtigste Buch des Glaubens und der Praktiken ihrer Religion bestanden.

»Mein Gott!«, hatte Victoria ausgerufen. »Das ist ja alles ganz furchtbar kompliziert!«

»Man darf den Namen des Herrn nicht aussprechen«, hatte Sarah sie berichtigt, »die Thora verbietet es.«

Victoria konnte es nicht glauben.

»Ich Arme!«, rief sie wieder aus. »Ich werde noch das letzte bisschen Verstand verlieren, das mir geblieben ist.«

Sie tat ihr Möglichstes, damit Sarah sich wohlfühlte und ihre Eltern vergaß, unter deren Abwesenheit sie noch immer litt. Jedes Mal, wenn die Kleine sich nach ihnen erkundigte, spürte Victoria, wie ein glühendes Eisen in ihr Herz drang, und fragte besorgt: »Du willst mich doch nicht verlassen, oder? Du wirst ganz unglücklich sein, so weit weg von mir.«

»Ich werde wiederkommen und dich besuchen«, antwortete Sarah.

Doch schon der Gedanke an eine mögliche Trennung erregte Victoria über die Maßen. Sie drückte die Kleine an sich und malte sich Strategien aus, mit deren Hilfe sie Sarah bei sich behalten könnte. Auch weigerte sie sich, sich klarzumachen, dass Sarah sich tatsächlich in Gefahr befand, selbst wenn sie an Rose und Henri dachte. Und sie bemühte sich, ihr dies tagtäglich zu zeigen, indem sie sie dazu ermunterte, so wie vor dem Krieg zu leben, so viel wie möglich draußen zu sein, ohne sich zu verstecken, auch wenn die Kälte den milden Herbst inzwischen vertrieben hatte.

Sarah hatte allen Tieren auf dem Hof Namen gegeben, hatte ihr Vertrauen gewonnen und versorgte sie selber. An dem Tag, als Victoria vorhatte, die Enten zu stopfen, rebellierte sie, und obwohl Victoria seit ihrem ersten Jahr bei Virgile diese Tradition gepflegt hatte, willigte sie ein, davon abzulassen. Morgens holten sie gemeinsam die Eier, beobachteten die Hennen, um ihre Verstecke herauszufinden, wechselten das Stroh der Kuh, die Sarah »Blondie« getauft hatte, da es eine helle Kuh aus der Aquitaine war, mit fast weißem Fell und großen staunenden Augen. Danach gingen sie ins Haus, machten den Haushalt und bereiteten das Essen vor. Victoria fragte die Kleine, was sie in Paris oder Bordeaux üblicherweise gegessen hatte, was sich natürlich sehr von ihrer eigenen Küche unterschied, und sie entschuldigte sich: »Ich kann meine Küche nicht ändern, wegen Virgile, verstehst du?« Und da Sarah nachdenklich mit dem Kopf nickte: »Schmeckt es dir denn nicht bei mir?«

»Aber doch, es schmeckt sehr gut.«

Victoria war beruhigt und wechselte das Thema. Sie beauftragte Sarah, den Tisch zu decken und das Brot zu schneiden. Dann warteten sie gemeinsam auf Virgile, der selten zu spät zum Mittagessen kam. Er aß für sein Leben gern und nahm sich viel Zeit dafür, die Gerichte, meistens in Gänsefett gebraten, zu genießen. Das Brot schnitt er mit seinem Messer mit Hirschhorngriff, und er trank den Wein der Region, den er sich jedes Jahr nach der Weinlese liefern ließ.

An einem Tag im November schlug Virgile Victoria vor, Sarah mit zur Werkstatt zu nehmen, damit sie auch einmal sehen könne, wo er arbeitete. Victoria willigte ein, denn es bestand keine große Gefahr, den Weg zwischen den Wiesen zu nehmen, der zum Fluss führte, vor allem in dieser Jahreszeit. Die beiden gingen also am frühen Nachmittag zu Virgile und blieben bis zum Abend bei ihm, so sehr war die Kleine von Virgiles Geschicklichkeit fasziniert, von all den blumigen Holzspänen zwischen seinen Fingern, diesen für sie geheimnisvollen, für ihn vollkommen alltäglichen Werkzeugen. Er wusste sie präzise und akribisch zu gebrauchen, und zwischen seinen Händen entstanden harmonische Formen, wie lebendig geworden.

Zu Victorias größtem Leidwesen wollte Sarah am liebsten nun jeden Tag dorthin. Auf diese Weise würde sie ihr entgleiten, wo sie doch innerhalb des Hauses vollkommen ihr gehörte. Eines Nachmittags verkündete Victoria, die sich wünschte, diesen Ausflügen ein Ende zu setzen, etwas Dringendes erledigen zu müssen, um nicht zur Werkstatt zu gehen.

»Dann werde ich allein hingehen«, sagte Sarah.

»Wo denkst du hin? Ganz allein? Und wenn du jemandem begegnest? Was wirst du dann tun?«

»Ich sage ›Guten Tag‹ und gehe weiter.«

»Aber nein, völlig ausgeschlossen! Das ist viel zu gefährlich.«

Sarah tat so, als ob sie sich fügte, doch wartete sie einen günstigen Moment ab, um Victorias Aufsicht zu entwischen. Als Victoria zehn Minuten später ihr Verschwinden entdeckte, wäre ihr beinahe schlecht geworden. Sie suchte den Hühnerhof ab und inspizierte Stall und Scheune, doch sie musste sich der Tatsache stellen: Die Kleine war weggelaufen. Sie rannte zum Fluss und erreichte die Werkstatt völlig außer Atem, um entsetzt festzustellen, dass weder Virgile noch Sarah dort waren. Sie ging wieder hinaus und rief nach ihnen, doch niemand antwortete ihr. Ihr wurde schwindelig, und sie kehrte mit Mühe und Not wieder zur Werkstatt zurück, um sich hinzusetzen und wieder zu Kräften zu kommen.

Zehn Minuten später ging es ihr endlich besser, und da tauchte Virgile in der Türöffnung auf. Er war allein.

»Wo warst du?«, rief sie.

»Bei Henri. Ich habe die Maße für seine Fensterläden kontrolliert.«

»Und die Kleine?«

»Wie, die Kleine?«

»Sie ist entwischt, sie wollte zu dir.«

»Verdammt!«, sagte Virgile. »Wohin kann sie denn gewollt haben?«

Victoria schrie niedergeschmettert: »Konntest du nicht sagen, dass du zu Henri gehen würdest?«

»Aber ich wusste es nicht!«, verteidigte sich Virgile. »Ich habe erst hier gemerkt, dass es ein Problem gab.«

»Das ist typisch für dich!«, seufzte Victoria. »Und überhaupt, hilf mir lieber beim Aufstehen.«

Er nahm ihren Arm, und sie gingen hinaus und inspizierten alle Richtungen, ohne jedoch mitten in den Wiesen, auf denen nur einige Nebelfetzen hingen, eine Menschenseele zu erblicken. Victoria wollte nach Sarah rufen, aber ihre Stimme blieb ihr in der Kehle stecken. Sie gingen um die Werkstatt herum, dann blieb Victoria plötzlich stehen.

»Der Fluss. Wenn sie ertrunken ist?«

Sie stürzten zum Fluss, der in dieser Jahreszeit viel Wasser führte, aufgrund der unablässigen Regenfälle seit den letzten Oktobertagen. Von Weitem hörte man es zwischen den rutschigen und schlammigen Uferböschungen herabstürzen. Und sobald Virgile rief, antwortete ihm dort eine helle und ruhige Stimme weiter unten vom Ufer her, eine Stimme, die – so schien es ihnen – das in ihren Adern erstarrte Blut wieder zum Fließen brachte.

»Was tust du da?«, fragte Virgile.

»Ich warte darauf, dass du zurückkommst.«

»Schnell!«, stöhnte Victoria. »Halt sie fest, sie könnte abrutschen.«

Virgile stieg ein Stück hinunter, hielt sich an einem Ginsterstrauch fest und reichte Sarah die andere Hand. Sie ergriff sie, lief schnell zu Victoria und strahlte sie an.

»Dieser Fluss ist so schön!«

»Unglückliche!«, sagte Victoria und zog sie an sich. »Bist du dir bewusst, dass du hättest ertrinken können?«

»Ich kann schwimmen. Ich habe es in Paris gelernt.«

Victoria schloss die Augen und seufzte. Dann öffnete sie sie wieder und warf Virgile einen so dunklen Blick zu, dass er davon abließ, auch nur das kleinste Wort zu sagen, geschweige denn, ihr in dem Moment zu folgen, als sie sich auf den Weg zum Haus machte, ihren Arm um Sarahs Schultern gelegt, die ihre Arme um Victorias Taille geschlungen hatte.

Mit noch immer klopfendem Herzen setzte sich Virgile auf einen Stapel Bretter in seiner Werkstatt und war nicht in der Lage, sich an die Arbeit zu machen. Einige Sekunden lang hatte er Sarah vor sich gesehen, ertrunken, mit Schlamm bedeckt, wie die Leichen, die manchmal nach dem Hochwasser gefunden wurden, und er konnte sich nicht davon erholen. Es war ihm, als würde eine riesige Klammer seinen Magen zusammendrücken, und er spürte, dass Sarah für ihn wie auch für Victoria inzwischen lebensnotwendig geworden war. Niemals würden sie es akzeptieren, sie weggehen zu lassen.

Vier

Im Verlauf der folgenden Tage fanden sie nicht die Kraft, über diesen Vorfall zu sprechen, der ihnen dermaßen Angst gemacht hatte. Victoria wich Sarah nicht mehr von der Seite, erzählte ihr vom nahenden Weihnachtsfest und versprach ihr, dass sie wie jedes Jahr an der Mitternachtsmesse teilnehmen würden, nicht in Monestier, sondern in Saint-Martial.

»Virgile auch?«

»Ja, Virgile auch. Er ist ein Ungläubiger, aber Weihnachten geht er trotzdem zur Messe.«

Beide blieben sie besorgt, da Dr. Dujaric schlechte Nachrichten aus der besetzten Zone brachte. In diesem Jahr 1941 waren Anfang Dezember in Paris siebenhundertfünfzig Juden französischer Nationalität festgenommen worden, das hatte eine panische Welle in Richtung der freien Zone ausgelöst. Virgile hatte zwei Überfahrten pro Woche durchgeführt, und eine weitere war für den Abend vor Weihnachten geplant. Bei seinem letzten Besuch hatte Victoria den Arzt gefragt, ob sie Sarah mit zur Mitternachtsmesse nach Saint-Martial nehmen könne, doch er hatte es ihr ausgeredet.

»Man sollte nicht gerade jetzt Risiken eingehen. Es wäre besser, davon abzulassen.«

Die Enttäuschung der Kleinen spiegelte das Ausmaß der Erwartung eines wunderbaren Ereignisses wider, so wie Victoria es ihr ausgemalt hatte. Von da an tat sie ihr Möglichstes, um das Haus so schön zu schmücken und Weihnachten vorzubereiten, als gäbe es nichts, das den Glanz trüben könnte. Da bisher nie Kinder zum Fest im Haus gewesen waren, hatten sie auch nie einen Baum geschmückt, geschweige denn Geschenke gekauft. Ihre Einsamkeit war nur durch die Weihnachtsfeiern mit den Nachbarn Henri und Rose im Anschluss an die Mitternachtsmesse erhellt worden. Doch der Krieg hatte diesen ganz gewöhnlichen Freuden ein Ende gesetzt, bei denen man sich vor allem über die Neuigkeiten der nahen und entfernten Familie unterhielt, über das, was in Monestier passierte, und über die Ereignisse des vergangenen Jahres.

Aber dieses Weihnachten war kein gewöhnliches. So bat auch Victoria Virgile, einen Wacholderbaum zu schlagen und ein Spielzeug für Sarah herzustellen. Sie selbst beschloss, nach langer Zeit einmal wieder ins Dorf zu gehen, um ein Geschenk zu kaufen, und während ihrer Abwesenheit vertraute sie die Kleine Virgile an. Es gab zwei Möglichkeiten, nach Monestier zu gelangen: über den Posten auf der Nationalstraße oder über den auf der Brücke über dem Fluss. Sie nahm die Straße, wie sie es gewohnt war, und ignorierte die näher liegende Brücke, die sie zu sehr an Virgiles gefährliche Aktivitäten erinnerte.

Dank ihrer Papiere als Grenzgängerin passierte sie den französischen wie den deutschen Posten ohne Schwierigkeiten und legte die dreihundert Meter bis zum Marktplatz zurück, ohne weiteren Uniformierten zu begegnen. Sie freute sich sehr, die Geschäfte um die Kirche herum endlich einmal wiederzusehen, auch wenn sie ihr weniger gut ausgestattet erschienen als vor dem Krieg. Im ersten kaufte sie Girlanden, ein Paket Baumwolle und Kerzen, im zweiten bat sie, sich die Puppen und Puppenwagen anschauen zu dürfen.

»Sie haben also ein kleines Mädchen zu Hause?«, fragte die Verkäuferin, die sie gut kannte.

Victoria wurde unsicher und antwortete: »Ich erwarte eine meiner Schwestern mit ihrer Tochter.«

»Und wie alt ist sie?«

»Zehn Jahre.«

Während Victoria auswählte, ließ die Chefin nicht davon ab, ihr Fragen zu stellen, als würde sie sie verdächtigen, sodass sich Victoria fragte, ob sie nicht die Gendarmen informierte. Sie verließ das Geschäft mit einem Gefühl des Unbehagens und ohne den Puppenwagen, den sie vorgehabt hatte, zu kaufen. Danach besorgte sie einige Dinge für ihren Haushalt und kaufte Süßigkeiten. Doch es gelang ihr nicht, dieses unangenehme Gefühl abzuschütteln, das sie bis in die Hauptstraße verfolgte und nur noch stärker wurde, als die Deutschen sie aufforderten, ihre Pakete zu öffnen.

»Aha, kleines Mädchen zu Hause!«, stellte der deutsche Posten fest.

Und da Victoria nicht antwortete, sprach er weiter: »Ihr Name?«

Sie hätte beinahe »Sarah« geantwortet, stolperte aber über das Wort und murmelte: »Anne.«

»Und wie alt ist das Kind?«

»Zehn Jahre.«

Am französischen Posten stellte ihr der diensthabende Gendarm keine Fragen, jedoch mochte sie den Blick, den er ihr zuwarf, ganz und gar nicht, sodass sie sich beeilte, nach Hause zu kommen, und sich schwor, keinen Fuß mehr nach Monestier zu setzen. Bis Weihnachten dauerte dieses Gefühl der Bedrohung an, dann erst verschwand es endlich angesichts des Baumes und der darunter liegenden Geschenke.

Virgile hatte aus Pappelholz zwei helle Holzschuhe gefertigt, oben verziert mit einer Lederlasche. Sie fesselten Sarah mehr als die Puppe, das in Glanzpapier eingewickelte Weihnachtskonfekt und die schön verpackten gebrannten Mandeln in den Paketen, obwohl auch diese mit weiteren Bonbons und Schokoladenstückchen versehen waren. Angesichts der Freude der Kleinen waren Victoria und Virgile einfach nur glücklich. Und was war es ihnen für ein Vergnügen, dabei zuzuschauen, wie sie versuchte, mit den Holzschuhen in der Küche auf und ab zu laufen und sie auf dem Holzfußboden wie Victoria klappern zu lassen.

»Ein echtes Mädchen vom Lande, wie ich!«

Tatsächlich hatte Victoria, seit Sarah auf ihrem Hof Sauvénie lebte, nach und nach Kleider gestrickt und gekauft, die ihr das Aussehen eines Kindes vom Lande und nicht aus der Stadt gaben. So war sie im Laufe der Zeit zu Victorias großer Befriedigung allen kleinen Mädchen des Tals ähnlich geworden, und sie betrachtete diese Verwandlung als ein Pfand zusätzlicher Sicherheit.

Sie nahmen ein üppiges Mahl ein: Pasteten, Steinpilze und Kartoffeln in Entenschmalz gegart, feines Gebäck und Obstsalat. Dann spielten sie Karten, da Virgile Sarah im Verlauf der langen Dezemberabende die Grundregeln eines Spiels beigebracht hatte. Es war nach zwei Uhr morgens, als Sarah einwilligte, hinauf in ihr Zimmer zu gehen, die neuen Holzschuhe noch immer an den Füßen. Als sie oben war, stellte sie sie deutlich sichtbar auf die Kommode, sodass sie von ihrem Bett aus zu sehen waren. Victoria beugte sich über sie, um sie zu küssen, und spürte sogleich, wie sich zwei Arme um ihren Hals schlossen.

»Ich werde dich niemals verlassen«, murmelte die Kleine.

Victoria antwortete nicht. Langsam richtete sie sich wieder auf, ging zurück zur Tür und löschte rasch das Licht. Eine Weile blieb sie regungslos auf der Treppe stehen und wischte sich die Augen.

Am nächsten Tag war Weihnachten, und Dr. Dujaric besuchte sie mitten am Nachmittag. Wie immer nahm er den Likör, den Virgile ihm anbot, dankend an und geriet in Entzücken über die Holzschuhe und die Puppe, die Sarah ihm zeigte. Dann vertraute er Virgile und Victoria an, dass die Kandidaten, die in die freie Zone passieren wollten, ständig zahlreicher wurden. Sie unterhielten sich lange über dieses Thema, denn der Sektor der Demarkationslinie wurde immer stärker überwacht. Dabei vergaßen sie die Kleine, die sich keine Silbe der Unterredung entgehen ließ, und als schließlich Stille eintrat, meldete sie sich zu Wort.

»Dann werden meine Eltern also auch bald kommen und mich holen?«

Victoria fuhr zusammen und wurde blass.

»Hast du es so eilig, uns zu verlassen?«

Sarah senkte den Kopf, antwortete nicht, und die Stille hielt ewig an. Die ganze Freude, die sich seit ungefähr zehn Tagen in dem für Weihnachten so hübsch dekorierten Haus angesammelt hatte, war im Nu wie weggeblasen.

Kurz darauf, am Tag nach einer Passage, bei der Virgile zwei englische Piloten, deren Maschine in der besetzten Zone abgeschossen worden war, nach Reillac gebracht hatte, tauchten gegen Mittag zwei französische Gendarmen auf Sauvénie auf, als man sich gerade zu Tisch begeben wollte. Virgile, der eben aus seiner Werkstatt gekommen war, ließ sie eintreten, forderte sie jedoch nicht auf, sich zu setzen, denn in dem Kleineren der beiden hatte er den wiedererkannt, der ihn am Flussufer festgenommen hatte. Victoria stand unbeweglich mit einem Handtuch in der Hand am Spülbecken und war erleichtert, dass sich Sarah oben in ihrem Zimmer befand.

Da richtete sich ihr Blick auf die drei Gedecke auf dem Tisch, im selben Moment, als der Brigadier, den seine Pluderhosen über den engen Stiefeln etwas lächerlich wirken ließen, sie ebenfalls bemerkte.

»Zu wievielt leben Sie denn hier?«, fragte er mit einem herausfordernden Blick.

Virgiles und Victorias Blicke begegneten sich und verrieten ihre Verwirrung. Doch Victoria war geistesgegenwärtig genug, um zu antworten, ehe über ihnen Schritte zu hören wären.

»Derzeit sind wir zu dritt. Die Tochter meiner Schwester hat uns in den Weihnachtsferien besucht.«

In diesem Moment erschien Sarah auf der Mitte der Treppe, und als sie die Männer in Uniform erblickte, wollte sie umdrehen.

»Komm nur herunter! Hab keine Angst!«, sagte Victoria und ging rasch auf die Treppe zu. Und da die Kleine zögerte, stieg sie ihr einige Stufen entgegen und nahm ihre Hand. »Setz dich hin!«, sprach sie weiter, »wir werden sehr bald essen.«

Sarah wurde von einem nicht zu kontrollierenden Zittern heimgesucht, das den Gendarmen nicht entgehen konnte.

»Wie heißt die Kleine?«, fragte der Brigadier.

»Anne«, antwortete Victoria überstürzt.

»Können Sie sie nicht selbst antworten lassen? Hat sie keine Zunge?«

Sarah hob den Kopf und sagte leise: »Ich heiße Anne.«

Innerhalb von sechs Monaten hatte sie ihren Akzent so gut wie verloren, und da sie ganz leise gesprochen hatte, war das, was noch davon übrig geblieben war, nicht zu hören gewesen.

»Und wo wohnt sie außerhalb der Ferien?«, fragte der Brigadier.

»In Labarrère.«

»Das liegt in der besetzten Zone. Haben Sie Papiere?«

Victoria machte Virgile ein Zeichen, die Schublade des Buffets hinter ihm zu öffnen. Er hielt dem Gendarmen die Dokumente hin, der sie eine ganze Weile untersuchte und sie ihm dann mit den Worten zurückgab: »Sie wird also am Ende der Ferien wieder abreisen. Das heißt in drei Tagen, wenn ich mich nicht irre?«

»Sie wird ein wenig länger bleiben«, sagte Victoria, »da ihre Mutter – meine Schwester – krank ist.«

Der Brigadier sagte einen Moment lang nichts, als wollte er die von Victoria ausgesprochenen Worte abwägen, dann fragte er: »Was hat ihre Schwester?«

»Tuberkulose.«

Eine lange Stille trat ein, während der die Blicke der Gendarmen mit Nachdruck auf der Kleinen ruhten. Dann wandte sich der Brigadier an Virgile.

»Sie haben einen Kahn, nicht wahr?«

»Ja, habe ich«, antwortete Virgile nach kurzem Zögern.

»Wo befindet er sich?«

»Hinter meiner Werkstatt.«

»Wenn ich mich recht erinnere, sind Sie Schreiner?«

»Ja.«

»Und benutzen Sie den Kahn in dieser Jahreszeit?«

»Manchmal. Um Barsche und Hechte zu angeln.«

»Im Winter?«

»Ja, das ist die Jahreszeit für den Raubfisch.«

Der Brigadier richtete sich auf und fuhr in einem bemüht geistreichen Ton fort: »Und Sie fangen nie etwas anderes als Barsche?«

»Manchmal Forellen, aber nur sehr selten.«

Victoria entspannte sich, da sie begriff, dass die Gendarmen nicht wegen Sarah, sondern wegen der nächtlichen Aktivitäten auf dem Fluss gekommen waren. Und was das betraf, ging sie davon aus, dass Virgile sich würde verteidigen können.

»Nachts angle ich nicht«, sagte er. »Ich weiß, dass es verboten ist.«

Der Brigadier argwöhnte, dass man sich über ihn lustig machte, und verdrehte wütend die Augen.

»Nun, Sie werden künftig gar nicht mehr angeln können, weder nachts noch tagsüber, weil ich Ihren Kahn beschlagnahme.«

»Aber ich brauche ihn!«, empörte sich Virgile.

»Sind Sie Schreiner oder Fischer?«

»Beides.«

Der Brigadier überlegte, dann sprach er mit einer Stimme weiter, in der eine eindeutige Drohung wahrzunehmen war.

»Tun Sie nicht zu viel, Monsieur Laborie, sonst bringen Sie sich in eine missliche Lage.«

»Man soll nicht mehr angeln dürfen?«, bemerkte Victoria und kam so ihrem Mann zu Hilfe. »Und seit wann?«

»Seien Sie still!«, herrschte der Brigadier sie an. »Sie wissen ganz genau, dass es nicht ums Angeln geht! Sie befinden sich nah genug am Fluss, um zu wissen, was nachts dort vor sich geht. Seien Sie froh, dass ich nur Ihren Kahn beschlagnahme, anstatt Sie festzunehmen. Bringen Sie ihn heute Nachmittag Punkt vier Uhr an die Brücke hinunter. Haben Sie verstanden?«

»Sie brauchen nicht so zu schreien!«, sagte Victoria. »Wir sind nicht taub. Wir haben es gehört.«

Sie hatte nur noch einen Gedanken im Kopf: dass diese Männer verschwänden, dass sich die Gefahr von dem Kind entfernte, das man ihr anvertraut hatte.

»Und wann bekomme ich ihn zurück?«, fragte Virgile unvorsichtigerweise.

»Im Moment geht es darum, den Kahn zu beschlagnahmen, nicht darum, wann Sie ihn zurückbekommen! Haben Sie das jetzt kapiert?«

Er legte die Hand an seine Mütze und gab seinem Kollegen das Zeichen zum Aufbruch. Der zweite Gendarm war während der gesamten Unterhaltung stumm geblieben, seine Augen waren jedoch lebhaft überall im Raum umhergewandert. Sie gingen, ohne die Tür hinter sich zu schließen. Stille trat plötzlich ein, dann ging Victoria zu Sarah, setzte sich neben sie und umfasste ihre Schultern mit den Worten: »Hab keine Angst, es ist vorbei.«

Die Kleine zitterte immer noch. Sie lehnte sich an Victoria, die ihr über die Haare strich und zu Virgile sagte: »Hol die Suppenschüssel. Essen wir, das wird uns guttun.«

Er erhob sich und kam bald darauf mit der dampfenden Schüssel zurück, die nach kräftiger Brotsuppe duftete. Dann füllte er Sarah, Victoria und zuletzt sich selbst ein.

»Dr. Dujaric wird sich nicht freuen«, murmelte er.

Victoria dachte stillschweigend nach, dann antwortete sie: »Vielleicht ist es besser. Es ist wirklich zu gefährlich geworden.«

In der Tat war sie in einer Hinsicht beruhigt: Sarahs Anwesenheit auf Sauvénie war nun bekannt und durch die Kontrolle der Papiere legitimiert. Was die Transporte betraf, hatte sie in den letzten Nächten solche Ängste ausgestanden, dass die Enteignung des Kahns auch eine Erleichterung bedeutete. Der Arzt würde das verstehen, und sie versuchte, es auch Virgile zu erklären. Ihm aber fiel es schwer, sich von diesem Boot zu trennen, das er selbst aus Weidenholz gebaut und das ihn seit zwanzig Jahren in seinen Stunden der Freiheit begleitet hatte.

»Ich werde ein anderes bauen«, sagte er.

»Sicher wirst du das. Aber erst einmal gibst du das alte zur vereinbarten Zeit ab. Ich habe keine Lust, in diesem Haus so bald wieder Uniformen zu sehen.«

Sie beendeten ihre Mahlzeit in einer Stille, die nur dann und wann von Victorias beruhigenden Worten Sarah gegenüber unterbrochen wurde. Dann machte sich Virgile, nachdem er seinen Kaffee getrunken hatte, auf den Weg zu seiner Werkstatt, wo die Arbeit auf ihn wartete. Dennoch hatte er dort nicht den Mut, auch nur das kleinste Werkzeug in die Hand zu nehmen. Dass man ihm sein Boot beschlagnahmte, empörte ihn. Er malte sich alle möglichen Strategien aus, um es der Konfiszierung zu entziehen, doch jedes Mal kam er zu derselben Erkenntnis wie Victoria: Es musste vermieden werden, die Gendarmen auf Sauvénie wiederzusehen.

Schließlich gab er auf und brachte den Kahn kurz vor der vereinbarten Zeit zur Brücke hinunter – ein letztes Mal genoss er die Freude, die er immer beim Dahingleiten auf dem vertrauten Wasser verspürt hatte. Er übergab ihn den beiden französischen Gendarmen, die gemeinsam mit zwei deutschen Soldaten Dienst hatten. Da erst begriff er, dass die Franzosen nur den Besatzern gehorchten, und seine Resignation verwandelte sich in Wut. Eiligen Schrittes kehrte er nach Sauvénie zurück, brütete über Rachegedanken und war fest entschlossen, den Kampf zusammen mit Dr. Dujaric wiederaufzunehmen, dessen baldigen Besuch er sich dringend herbeiwünschte.

Der Arzt ließ zwei Tage lang auf sich warten, denn die Überwachung um Monestier herum war seit den zahlreichen Überfahrten im Dezember verstärkt worden. Glücklicherweise dachte niemand daran, seine vielen Besuche bei den Bewohnern der Bauernhöfe auf beiden Seiten der Demarkationslinie einer genaueren Untersuchung zu unterziehen. Er besaß nicht die übliche Karte der Grenzbewohner, sondern einen echten Passierschein, der monatlich – und bis zu diesem Tag ohne die geringsten Schwierigkeiten – erneuert wurde.

Selbstverständlich war er über die von den Deutschen geforderte Beschlagnahmung des Bootes auf dem Laufenden, doch er schien nicht besonders betroffen. Im Gegenteil, er pflichtete Victoria bei.

»Es ist wirklich zu gefährlich geworden. Es wurde dringend Zeit, eine andere Methode anzuwenden.«

Und er hatte auch bereits eine Idee: Er erklärte Virgile und Victoria, dass die Demarkationslinie etwa senkrecht zum Fluss verlief, dessen Strömung von Osten nach Westen ging. Die Grenze zwischen besetzter und freier Zone entsprach also einer Nord-Süd-Linie. Seine Argumentation war einfach: Wenn man nicht mehr den Fluss passieren konnte, würde man eben durch den Wald gehen.

»Hier in Monestier sind zu viele Leute unterwegs«, schloss er. »Wir sind schon dabei, einen Weg einige Kilometer südlich, ungefähr zwischen Villefranche und Saint-Rémy, ausfindig zu machen. Wir werden die Linie am höchsten Punkt bei Brugère passieren. Von Ihnen aus sind es fünf oder sechs Kilometer, um zum Kontakt zu kommen. Können Sie mir helfen?«

Da Virgile und Victoria sich fragend ansahen, fügte er hinzu: »Es besteht keine große Gefahr, die Nationalstraße auf offener Strecke zwischen Monestier und Saint-Martial zu überqueren. Danach führt in westlicher Richtung eine Landstraße durch den Wald, die wenig benutzt wird. Von da an kann man auf kleineren Pfaden weitergehen.«

»In welche Richtung?«, fragte Virgile verwirrt.

»Richtung Périgueux natürlich, aber für Sie endet der Weg zwischen Brugère und Saint-Rémy. Weiter brauchen sie nicht zu gehen.«

Er schwieg und musterte Virgile und Victoria. Das Format und die Kraft, die dieser Mann ausstrahlte, waren ungewöhnlich. Die hellen Augen unter seinen braunen Haaren beeindruckten jeden, der sie zu fixieren wagte.

»Ich will weitermachen«, sagte Virgile. »Ich höre nicht auf, nur weil sie mir mein Boot genommen haben, im Gegenteil.«

Victoria begriff, dass dies für Dr. Dujaric als Grund nicht genügte, der mehr Überzeugung erwartete.

»Es werden Kinder wie unsere Kleine in Gefahr sein«, seufzte Victoria.

»Ja, viele«, stimmte der Arzt zu. Er blickte um sich und fuhr fort: »A propos, wo ist sie?«

»Sie spielt in ihrem Zimmer.«

»Das trifft sich gut, da ich Ihnen etwas Wichtiges anzuvertrauen habe.«

Victoria, die wie immer in der Nähe des Spülbeckens stand, spürte, wie ihre Knie nachgaben. Sie ging zum Tisch, an dem Virgile und der Arzt einander gegenüber saßen, und setzte sich ebenfalls. Doch Dr. Dujaric zögerte nun, als wäre das, was er ihnen zu verkünden hatte, außergewöhnlich ernst.

»Ich muss es Ihnen doch sagen«, murmelte er. »Ihre Eltern haben Zuflucht in einem Vorort von Périgueux gefunden. Sie werden etwa in acht Tagen die Linie passieren.«

Virgile drehte den Kopf zu Victoria, die völlig blass geworden war.

»Ich weiß, dass es hart für Sie wird, aber eine Frau wird sie holen.«

Seine Gastgeber sahen so erschüttert aus, dass der Arzt nicht weitersprechen konnte. Als Victoria ihn mit einem vorwurfsvollen Blick ansah, senkte er den Kopf, obwohl er es gewohnt war, Krankheit oder Tod zu verkünden. Was ihn jetzt bei seinen Gastgebern jedoch am meisten traf, war ihr Schweigen. Ein würdiges, aber doch bestürztes Schweigen.

»Es tut mir leid«, sagte er.

Und leiser: »Ich überlasse es Ihnen, es ihr selber zu verkünden.«

Dann fügte er mit einer Geste der rechten Hand hinzu: »Oder aber ich kann es selber tun. Es macht mir nichts aus. Wie Sie wollen.«

Das Schweigen hielt an und wurde vom Ticken der Uhr nur noch betont.

»Ich verspreche, Ihnen weitere Kinder anzuvertrauen«, fuhr er fort. »Ich brauche Menschen wie Sie, die fern der Städte und Dörfer leben. Die Verhaftungen häufen sich, wie ich Ihnen schon gesagt habe. Das heißt auch, dass immer mehr Kinder von ihren Eltern getrennt werden.«

Der Blick, den Victoria ihm zuwarf, ließ ihn innehalten. Er verstand, dass es keinen denkbaren Trost für die beiden gab, wenn sie Sarah verlören. Virgile betrachtete seine geöffneten Hände vor sich, die ein wenig zitterten. Victoria hatte sich wieder gefasst, fand aber immer noch nicht die Kraft zu sprechen.

»Ich habe Ihnen vom erstem Tag an nichts verheimlicht«, sprach der Arzt wieder weiter. »Ich habe Ihnen immer gesagt, dass sie nicht bleiben wird.«

»Das stimmt«, sagte Virgile und brach endlich das Schweigen. Er versuchte, dies auch Victoria in Erinnerung zu rufen, doch war sie in diesem Augenblick nicht in der Lage, es zu hören.

»Mit zehn Jahren braucht man seine Mutter«, fuhr der Arzt fort.

Victoria wich mit dem Oberkörper zurück, als wäre sie geschlagen worden.

»Entschuldigen Sie«, warf er ein, »ich weiß ja, dass Sie zehn Monate lang ihre Mutter gewesen sind.«

Bei diesen Worten schien es, als würde Victoria aus einem bösen Traum erwachen.

»Versprechen Sie mir nur eines, Doktor. Wenn sie je wieder von ihren Eltern getrennt wird … bringen Sie sie mir zurück.«

Der Arzt dachte einen Moment lang nach, dann antwortete er: »Ich verspreche es Ihnen.«

Victoria erhob sich, ging zur Spülküche, wo sie begann, mit ihren Kochtöpfen zu hantieren, während Virgile und der Arzt sich ratlos musterten und nichts fanden, was sie hätten hinzufügen können. So vergingen ein oder zwei Minuten, dann richtete sich der Arzt plötzlich auf.

»Man wartet auf mich. Ich bin spät dran.«

Er drückte Virgile die Hand und wandte sich zu Victoria, die über ihren Kochtöpfen gebeugt stehen blieb, als wenn sie sich entschlossen hätte, ihm den Rücken zu kehren. Dann ging er auf die Tür zu und blieb auf der Schwelle stehen.

»Auf Wiedersehen, Victoria«, sagte er. »Bis bald.«

»Auf Wiedersehen!«, antwortete sie, weigerte sich jedoch unverändert, sich auch nur ansatzweise zu ihm umzudrehen.

In den folgenden vierundzwanzig Stunden fanden weder Virgile noch Victoria die Kraft, Sarah die Neuigkeit zu verkünden. Dann fügte sich Victoria eines Morgens, geplagt vom schlechten Gewissen, als sie sie weckte, in ihr Schicksal. Sie setzte sich auf die Bettkante und verkündete mit einer betont heiter klingenden Stimme: »Deine Eltern werden in die freie Zone herüberkommen.«

»Wirklich? Wann?«

»In einigen Tagen.«

»In wie vielen?«

»In einer Woche, nicht später.«

Das Kind stieß einen Schrei aus und warf sich an Victorias Hals, die beinahe vom Bett gefallen wäre.

»Ich freue mich so!«, sagte sie immer wieder und hielt ihre Arme um Victorias Hals geschlungen, deren leidendes Gesicht sie nicht sah und auf dem sich trotz allem ein zartes Lächeln abzeichnete.

Victoria suchte die notwendige Kraft, um dieser Freude standzuhalten, die sie befürchtet hatte, und die sich nun genauso manifestierte, wie sie es sich vorgestellt hatte.

»Wer hat es dir gesagt?«, fragte das Kind mit leuchtenden Augen und löste sich von Victorias verkrampftem Körper.

»Dr. Dujaric.«

»Also ist es sicher! Ist es wirklich ganz sicher? Werden sie herkommen?«

»Nein. Jemand wird dich holen, um dich zu ihnen zu bringen.«

»Aber wohin denn?«

»Nach Périgueux.«

»Ist das eine Stadt? Ein Dorf?«

»Eine Stadt.«

»Wie Bordeaux?«

»Kleiner.«

»Ich bin so glücklich!«, wiederholte Sarah und drückte jetzt Victorias Hände.

Plötzlich bekam sie Zweifel und sagte: »Du auch?«

»Ja«, sagte Victoria, »ich auch.«

»Danke! Danke!«

Wie sollte sie reagieren, ohne sich zu verraten? Victoria tat so, als würde sie sich genauso freuen wie die Kleine, aber trotz ihrer Anstrengungen übermannte sie die Ergriffenheit. Um Sarahs Freude nicht zu dämpfen, richtete sie sich auf.

»Komm jetzt, steh auf. Wir beide haben viel zu tun.«

Und sie ging hinunter, um das Frühstück zuzubereiten, erleichtert darüber, die Kraft gefunden zu haben, mit Sarah zu sprechen.

Von diesem Morgen an kam es ihr vor, als würden die Stunden zu schnell vergehen, trotz ihrer Anstrengungen, sie zu verlangsamen und sich von Sarahs Gegenwart erfüllen zu lassen, derer sie so bald beraubt sein würde. Virgile dagegen hatte die Sprache verloren. Wenn sie am Tisch saßen, blieben seine Augen an der Kleinen hängen, die weit davon entfernt war, zu ermessen, wie sehr dieser Mann und diese Frau litten, die ihr zwar ans Herz gewachsen waren, aber für sie dennoch nicht mit denen zu vergleichen waren, unter deren Abwesenheit sie litt. Und nicht nur unter ihrer Abwesenheit, sondern auch unter der Angst, sie zu verlieren, sie vielleicht niemals wiederzusehen.

Victoria und Virgile blieben bis spät in die Nacht wach und vermieden es, an die anstehende Trennung zu denken, gegen die sie nichts unternehmen konnten. Zu groß war ihr Kummer darüber, zu sehen, wie Sarah sich freute und auch ihre Freude einforderte, die sie tagtäglich, Stunde um Stunde teilen sollten.

An dem Abend, an dem der Arzt wiederkam, begann die Kleine, ihren Koffer zu packen. Dr. Dujaric kündete für den übernächsten Tag gegen Mittag die Ankunft einer Frau mit Namen Fanny an. Er beschrieb sie kurz, erklärte, dass sie mit einem schwarzen Citroën Trèfle kommen und sogleich wieder abfahren würde.

»Sie können ihr vollkommen vertrauen. Sie arbeitet für eine israelitische Organisation, ›l'Aide Sociale Israélite‹.«

Mehr sagte er nicht, aber Virgile und Victoria verstanden, dass der Arzt wusste, was er tat. Er stand mit sehr gut organisierten Leuten in Verbindung, und das beruhigte sie, was Sarah betraf, auf eine gewisse Weise.

Der letzte Tag wurde für die beiden eine Qual, sie ließen das Kind nicht eine Sekunde allein. Der Abend war von einer Unruhe geprägt, der sie sich unmöglich entziehen konnten. Dann wollte Sarah früh zu Bett gehen, damit »der Morgen schneller herbeikäme«, und Victoria hielt sich nicht länger in ihrem Zimmer auf, wo sie normalerweise noch eine Viertelstunde lang blieb, ehe sie wieder hinunterging.

Am nächsten Morgen um acht Uhr standen der Koffer vor der Tür und das Kind hinter dem Fenster.

»Setz dich«, sagte Victoria. »Wir werden das Auto hören.«

Trotz der Kälte mussten sie dennoch hinausgehen, um auf die Straße zu spähen, und dann wieder zurückkehren. Virgile war nicht arbeiten gegangen. Auch er wartete erschüttert, aber lächelnd und hörte Victoria zu, die nicht mit Vorsichtsmaßnahmen geizte, die genauso vergeblich wie schmerzhaft auszusprechen waren. Schließlich fuhr ein schwarzes Auto auf den Hof, lange vor der vereinbarten Zeit. Eine blonde Frau um die dreißig mit lockigem Haar ging auf die Tür zu, die Sarah eilig öffnete, ehe sie auf die Frau zustürzte. Die Kleine nahm die Hand der Besucherin, die ihr einmal über die Haare strich und dann auf Victoria zuging, die auf der Türschwelle stand.

»Treten Sie ein, bitte«, sagte sie.

Die junge Frau nahm die Verletzbarkeit in der Stimme wahr und nahm die Einladung an. Sie drückte Virgile die Hand, während das Kind fragte: »Wo sind sie? Wie geht es ihnen?«

»Es geht ihnen gut«, antwortete die Besucherin mit einem seltsamen Akzent, den Virgile und Victoria nicht als Hinweis auf ihre elsässische Herkunft erkannten.

»Und wann werde ich sie sehen?«

»Heute Nachmittag. Man braucht nicht lange, um nach Périgueux zu fahren.«

»Dann fahren wir sofort los.«

Die junge Frau bemerkte einen Schatten von Trauer, der über die Gesichter ihrer Gastgeber fuhr, und sagte: »Hast du dich denn schon bei Monsieur und Madame Laborie bedankt?«

»Ja«, sagte Victoria. »Sie ist ein liebes Mädchen.«

Die Besucherin lächelte und hob die Handtasche, die sie neben sich auf die Bank gelegt hatte, auf den Tisch.

»Auch ich möchte mich auf das Herzlichste bei Ihnen bedanken. Monsieur Dujaric hat mir alles erzählt, was Sie für Sarah getan haben. Ihre Eltern und ich sind Ihnen sehr dankbar.« Dann öffnete sie die Handtasche und holte einige Geldscheine heraus. »Ich werde Sie für das bezahlen, was wir Ihnen schulden.«

»Ah! Sie auch!«, rief Victoria aus. »Ich habe ihrer Mutter schon gesagt, dass wir kein Geld wollen.«

»Aber Madame, das ist ganz normal, unsere Organisation hat Mittel für Ausgaben.«

»Vielleicht, aber nicht für uns. Wir sind durch die Gegenwart der Kleinen reichlich entlohnt worden.«

»Sie haben sie verköstigt, gekleidet und beherbergt.«

»Und sogar noch mehr«, sagte Victoria.

Und obwohl sie sich geschworen hatte, der Rührung nicht zu erliegen, sprach sie leise und ergriffen weiter. »Sie hat uns etwas gegeben, das uns lange Zeit gefehlt hat.«

Die Besucherin fragte leise: »Sind Sie wirklich sicher, dass Sie keine Bezahlung wollen?«

»Ganz und gar sicher. Wir leiden keine Not. Wir haben alles, was wir zum Leben brauchen.«

Entgegen ihrem Willen ließ Fanny den Blick durch die Küche schweifen, und Ungläubigkeit war in ihren Augen zu lesen.

»Können wir jetzt gehen?«, fragte Sarah und legte ihre Hand auf den Arm der jungen Frau.

»Ja, wir fahren gleich«, sagte sie. Doch sie rührte sich nicht und betrachtete ihre Gastgeber weiter mit einer Art erschütterter Fassungslosigkeit. »Wenn Sie erlauben, werde ich Sie wieder besuchen«, sagte sie.

»Wann immer Sie wollen«, entgegnete Victoria. »Gern. So werden Sie uns die Kleine wieder zurückbringen.«

»Ich weiß nicht, ob das möglich sein wird«, sagte die Besucherin, »aber ich verspreche Ihnen, dass ich es versuchen werde.«

Sie erhob sich und ging auf die Tür zu, wo Sarah bereits stand. Sie gab zuerst Victoria und dann Virgile die Hand. »Ich werde Sie nicht vergessen.«

Dann drehte sie sich zu Sarah um.

»Sag danke und auf Wiedersehen!«

Das ging schnell. Das Kind hatte es zu eilig, um sich noch lange aufzuhalten, und schnell rückte sie von Victoria ab, die sie ein letztes Mal an sich drücken wollte. Dann lief sie zum Auto und stieg hinein. Anders Fanny, die Virgile und Victoria noch eine Weile betrachtete, ehe sie einstieg. Sie ließ den Motor an, und die beiden erkannten gerade noch die kleine Hand, die hinter der Scheibe winkte.

Eine ganze Zeit lang blieben sie stehen, dann gingen sie langsam zurück ins Haus und setzten sich einander gegenüber an den Tisch, unfähig, auch nur das kleinste Wort herauszubringen. Sie lauschten auf eine Stimme ein Stockwerk höher, obwohl sie wussten, dass sie sie nicht mehr vernehmen würden.

Zweiter Teil

Fünf

Der Winter hatte sich verabschiedet, und ein vorzeitiger Frühling war ihm gefolgt, der die Wiesen und Felder von Anfang April an wieder grün werden ließ. Für Virgile und Victoria waren diese ersten Wochen und Monate des Jahres 1942 schmerzhaft gewesen, sie wurden von der Abwesenheit Sarahs gequält, die sie zweifellos für immer verlassen hatte. Sie hatten nicht die Kraft, darüber zu sprechen, sie kämpften, so gut sie konnten: Virgile, indem er heimlich begann, ein neues Boot zu bauen, und Victoria, indem sie mit Dr. Dujaric die Routen durch den Wald ausarbeitete, an denen sie unbedingt teilnehmen wollte.

Es war ihre Art, in Sarahs Nähe weiterzukämpfen, sie nicht zu vergessen, ihr treu zu bleiben und ihr beizustehen, trotz der Distanz, die sie voneinander trennte. Dr. Dujaric hatte ihnen zwei Mal Neuigkeiten von Sarah überbracht, ihnen jedoch aus Sicherheitsgründen empfohlen, ihr nicht zu schreiben. Virgile hatte ein Fahrrad aus den Dreißigerjahren repariert, und der Arzt hatte ihnen ein zweites verschafft, damit sie sich nachts leichter fortbewegen konnten, um die Aufträge gut durchzuführen, die unter allen Umständen vor Tagesanbruch beendet sein mussten. Im Verlauf des Frühlings hatten sie drei erfolgreich durchgeführt, im Juni hatten sie ausgesetzt, um Henri beim Heuen auf seinen und ihren eigenen Wiesen zu helfen.

Bei der ersten Passage im Frühling waren sie auf einige Schwierigkeiten dabei gestoßen, die genaue Stelle zu finden, an der der Begleiter und seine Leute aus der besetzten Zone auf sie warteten, doch inzwischen war das nicht mehr der Fall. Der Kontakt fand mitten auf einer Waldlichtung statt, die hundert Meter von der höchsten Erhebung entfernt lag. Sie empfanden immer eine gewisse Furcht, wenn sie sich dem Treffpunkt näherten, und jedes Mal dachte Victoria an die Frage, die der Arzt ihr eines Tages gestellt hatte: »Warum machen Sie das? Seit Monaten nehmen Sie ungeheure Risiken auf sich.«

»Und Sie?«, hatte sie entgegnet.

»Menschen zu helfen, ist auch eine Art, sie zu behandeln. Und Menschen zu behandeln, ist mein Beruf.«

»Ich weiß nicht, ob Sie es verstehen können«, hatte Victoria entgegnet, »aber wir wollen den Kinder Gutes tun, die wir nicht gehabt haben und die wir niemals haben werden.«

Als wäre er bei einer Verfehlung ertappt worden, fiel es ihm schwer, Victorias strengen, fixierenden Blick zu ertragen.

»Natürlich, ich verstehe Sie. Entschuldigen Sie, Victoria.«

Nie wieder hatten sie darüber gesprochen. Es war jetzt eine beschlossene Sache: Jedes Mal, wenn er eine Passage organisieren musste, wandte sich der Arzt an sie und stellte keine weiteren Fragen mehr.

Bei der letzten Passage waren sie jedoch auf verschiedene Schwierigkeiten gestoßen, unter anderem eine ungewohnte Belebtheit in beiden Richtungen auf der Nationalstraße. Als sie am Abend heimkamen, wirkte Dr. Dujaric angespannt.

»Wozu waren die heute mit den vielen Autos unterwegs?«, wollte Victoria wissen.

Sie hatten den Eindruck, er würde erbleichen, als er es ihnen mit belegter Stimme erklärte.

»Sie haben Minen gelegt.« Und da Virgile und Victoria stumm vor Verblüffung blieben, fuhr er fort. »Sie haben nicht viele und können zum Glück nicht überall welche legen. Seien Sie unbesorgt, wir werden keine Passagen durchführen, solange wir nicht sicher ermittelt haben, wo sie sie gelegt haben.« Und mit einem Seufzer fügte er hinzu: »Eigentlich bin ich nicht deswegen hergekommen.«

Er schien zu zögern, sprach dann aber weiter.

»In Paris haben in letzter Zeit große Razzien stattgefunden. Wir werden viel Arbeit haben. Übrigens hat Fanny darum gebeten, Sie besuchen zu dürfen.«

Victoria war darüber nicht wirklich überrascht, denn die junge Frau hatte gesagt, dass sie wiederkommen würde.

»Ich muss es Ihnen erklären«, sprach der Arzt weiter. »Damit Sie wissen, woran Sie sind.«

Er trank einen Schluck Schnaps, schnalzte mit der Zunge und sagte: »Zwischen dem 11. und 21. November 1940 sind sechzigtausend französische Elsässer von den Deutschen vertrieben worden. Das Departement Dordogne ist ausgewählt worden, die Bevölkerung Straßburgs und sechzehn weiterer Kommunen aus dem Gebiet von Erstein und Sélestat aufzunehmen. In Straßburg gab es fast zehntausend jüdische Bürger. Die meisten von ihnen sind in Périgueux gelandet und haben sich organisiert, indem sie die israelitische Hilfsorganisation gegründet haben, die ›l'Aide Sociale Israélite‹, die nicht nur in der Dordogne, sondern im ganzen Land agiert. Diese Vereinigung verteilt Hilfe in Naturalien: Kleidung, Nahrungsmittel, Medikamente, aber auch bares Geld. Wie Sie verstehen, ist das nur ihre offizielle Fassade, tatsächlich ist sie im Untergrund noch aktiver, denn sie gibt Adressen von

Pflegefamilien weiter und findet welche für die Flüchtlinge, die aus der besetzten Zone gekommen sind. Fanny, die junge Frau, die Sarah abgeholt hat, arbeitet für diese Organisation. Sie hat im Frühling 1940 über meine Frau Louise, die ich während meines Studiums in Bordeaux kennengelernt habe und die ebenfalls Jüdin ist, Kontakt zu mir aufgenommen. Louise ist nach Périgueux in die freie Zone gezogen, weil sie der Ansicht ist, dort nützlicher zu sein. Natürlich hätte ich wieder zu ihr ziehen können, doch sie hat mich gebeten, in der Nähe der Demarkationslinie zu bleiben, um die Passagen zu organisieren.«

Der Arzt hielt plötzlich inne, als hätte er zu viel geredet.

»Und warum erzählen Sie uns das heute?«, fragte Victoria. »Wir vertrauen Ihnen, das wissen Sie doch. Und Sie haben immer gesagt, es wäre für uns besser, so wenig wie möglich zu wissen.«

»Ja, das stimmt auch. Doch jetzt wird alles immer gefährlicher. Und Sie haben uns schon so viel geholfen. In der letzten Nacht sind Sie noch einmal ein ziemliches Risiko eingegangen.« Er schwieg, seufzte. Dann murmelte er: »Sie haben natürlich jederzeit das Recht, mit alldem aufzuhören.«

»Aufhören! Aufhören!«, rief Victoria aus. »Glauben Sie, das ist jetzt einfach? Wir denken unablässig an die Kleine.«

»Wenn Fanny Sie treffen will, geht es wahrscheinlich darum, Sie zu bitten, neue Pflegefamilien für die Kinder zu finden.«

»Und wir?«

»Es gibt viele Kinder, die von ihren Eltern getrennt sind.«

»Genau. Warum gibt sie uns nicht eins?«

»Wahrscheinlich will sie Sie auch deswegen sehen.«

»Sie kann kommen, wann sie will, das wissen Sie doch.«

»In Ordnung.« Nach einer kurzen Pause fügte Dr. Dujaric hinzu: »Wir befürchten von nun an sogar in der freien Zone Durchsuchungen.«

»Wenn das nicht traurig ist!«, seufzte Virgile.

»Und Sarah in Périgueux?«, fragte Victoria.

»Sie ist genauso in Gefahr wie die anderen.«

»Dann müssen Sie sie zu uns zurückbringen.«

»Das besprechen Sie mit Fanny«, sagte Dr. Dujaric und schaute auf seine Uhr.

Er stand auf und verabschiedete sich mit den gleichen Worten wie immer.

»Man wartet auf mich. Ich bin spät dran.«

Er ging hinaus und eilte zu seinem Auto, das ihn mit aufheulendem Motor zur nächsten Familie brachte.

Als Virgile und Victoria allein waren, schauten sie sich lächelnd an. Eine Hoffnung war in ihnen geweckt worden: Vielleicht würden sie Sarah wiedersehen. Doch die Furcht, eventuell doch enttäuscht zu werden, hielt sie davon ab, darüber zu sprechen.

»Lass uns essen!«, sagte Victoria. »Es ist höchste Zeit.«

Es war schon acht Uhr, normalerweise aßen sie um sieben. Als Victoria aufgefüllt hatte, fragte Virgile: »Wann soll diese Fanny kommen?«

»Übermorgen.«

Victoria erriet, dass auch er hoffte, man würde ihnen Sarah wieder zurückbringen.

»Es lohnt sich nicht, sich irgendetwas auszumalen«, sagte sie mit barscher Stimme.

Virgile zuckte mit den Schultern und lächelte, denn er hatte verstanden, dass ihr Ton ihr selbst galt, nicht ihm.

Acht Tage später hatte man ihnen all ihrer Hoffnung entgegen noch immer kein Kind anvertraut. Fanny war wie angekündigt gekommen und hatte ihnen die Schwierigkeiten dargelegt, mit denen sie konfrontiert war. In der Dordogne gab es vierhundertzweiundvierzig jüdische Kinder. Von dreiundvierzig waren die Eltern interniert, gestorben, deportiert oder einfach verschwunden. Die anderen hatten noch einen Vater oder eine Mutter, aber man hatte Angst um sie und versuchte, sie auf Bauernhöfen weit weg und außerhalb der Städte unterzubringen. Sie hatte also Virgile und Victoria gefragt, ob sie nicht noch eine Familie kannten, die geeignet wäre, ein Kind aufzunehmen. Victoria hatte geantwortet, dass sie versuchen würde, eine zu finden, es jedoch schwierig wäre, da sie so weit außerhalb lebten und folglich nur mit wenigen Leuten verkehrten.

Im Gegenzug hatte sie die junge Frau daran erinnert, dass sie selber ein Kind aufnehmen könnten. Wenn möglich, wäre es ihnen am liebsten, es wäre Sarah, da sie sie liebgewonnen hatten. Fanny hatte versprochen, ihr Bestes zu tun, und ihnen gedankt, dann war sie wieder abgefahren und hatte seitdem nichts von sich hören lassen.

Im August war das ganze Tal vom Dröhnen des mächtigen Dampfgenerators erfüllt, den man zum Einsatz bringen musste, da es kein Öl mehr gab. Der Geruch von Stroh und Korn schwebte leicht wie Werg über der Ebene, und nicht der geringste nächtliche Wind vertrieb ihn. Virgile hatte wie jedes Jahr den drei Bauern auf den Höfen zwischen Sauvénie und Reillac geholfen. Zu Beginn des Monats hatte er den im Juli fertiggestellten Kahn zu Wasser gelassen und mit vier großen Steinen auf dem Grund versenkt. Auf diese Weise war er vor indiskreten Augen verborgen, gleichzeitig sog sich das Holz voller Wasser und wäre dicht, wenn das Boot gebraucht würde.

Dr. Dujaric war glücklich, als er erfuhr, dass man den Fluss wieder benutzen konnte. Die Gendarmen hegten inzwischen keinen Verdacht mehr.

»Laufen Sie nicht Gefahr, dass Ihr Boot entdeckt wird?«, hatte er Virgile gefragt.

»Nein. Ich lasse es auf dem Grund des Wassers. Es genügt, wenn ich es bei Einbruch der Dunkelheit heraufhole und leere. Dann kann ich es gegen drei Uhr benutzen. Auf dem Rückweg versenke ich es wieder, so kann niemand es sehen.«

»Die Patrouillen wurden eingestellt«, hatte der Arzt gesagt. »Sie konzentrieren sich jetzt mehr und mehr auf die Hügel.«

Victoria löste ihr Versprechen Fanny gegenüber ein und hatte sich entschlossen, die Bewohner des Hauses in Reillac zu besuchen, in dem die Leute nachts nach der Passage empfangen wurden. Virgile hatte ihr erklärt, dass es das letzte Gebäude auf der rechten Seite am Ausgang des Dorfes sei, auf der Straße, die zu den Hügeln führte. Sie hatte darauf bestanden, allein hinzugehen, um unter den Dorfbewohnern keine Aufmerksamkeit zu erregen.

Als sie am Nachmittag ankam, verschwitzt von der Augustsonne, zögerte sie zu klopfen, so imposant wirkte das Haus auf sie. Es hatte eine Art eckigen Turm und Fenstersprossen, die ihm das Erscheinungsbild eines kleinen Schlosses gaben. Tatsächlich öffnete ihr, als sie mit dem Türklopfer an die reich verzierte Eichentür geklopft hatte, eine Bedienstete mit weißer Schürze und fragte sie, was sie wünsche.

»Ich komme im Auftrag von Victor.«

Die Bedienstete, eine junge kräftige Frau mit schwarzen Augen, die eine Bauerstochter sein musste, zögerte und antwortete: »Einen Moment bitte.«

Sie hatte Victoria nicht hereingebeten. Sie fragte sich, ob sie sich nicht in der Adresse geirrt hatte, zumal einige Minuten verstrichen, ehe man sie zur Linken des Flurs in eine Art Wohnzimmer-Bibliothek führte, in der Sessel aus grünem Rips einen prächtigen Teppich einrahmten. Sie wartete noch einige Minuten, ehe eine ungefähr sechzigjährige Dame mit einer sorgfältig durch Kämme gehaltenen Hochsteckfrisur, hellen Augen und einer Bluse geschmückt mit einer Perlenkette eintrat, ohne dass auch nur das leiseste Geräusch sie angekündigt hätte.

»Guten Tag«, sagte sie zu Victoria, die von dieser unerwarteten Erscheinung beeindruckt war. »Ich verstehe die Absicht Ihres Besuches nicht, denn ich kenne keinen Victor.«

Victoria war überzeugt, sich geirrt zu haben, und wurde unsicher. Dennoch lag in dem Blick dieser Frau, die nun vor ihr stand und auf eine Erklärung wartete, keinerlei Aggressivität. Zum Glück hatte Virgile sie an die letzten Code-Worte erinnert, die in der vorangegangenen Woche erneuert worden waren, und sie konnte sie ohne zu zögern aussprechen: »*Ce sont de braves coeurs que les gens de la plaine.*«

Das Gesicht der Frau entspannte sich und sie wies Victoria einen Sessel.

»Nehmen Sie doch bitte Platz.« Dann sagte sie mit derselben friedlichen Stimme: »Es war vereinbart, dass ich nur nachts Kontakt hätte. Weiß er von Ihrem Besuch?«

Victoria begriff, dass sie auf Dr. Dujaric anspielte.

»Ja. Ich habe mit ihm darüber gesprochen, und er sollte Sie kontaktieren. Er hat sicher keine Zeit gehabt.«

»Sicher«, erwiderte die Frau. »Zumal er gestern Nachmittag festgenommen worden ist.«

Victoria verlor den Boden unter den Füßen.

»Festgenommen? Dr. Dujaric?«

»Es ist nicht nötig, seinen Namen auszusprechen. Aber es wundert mich, dass Sie nicht auf dem Laufenden sind. Ich hatte vermutet, Sie würden mir Nachrichten von ihm bringen.«

»Nein«, sagte Victoria. »Nein, ich wusste es nicht.«

»Nun, was wollen Sie von mir?«, fragte ihre Gastgeberin ein wenig ungeduldig.

Victoria zögerte und fragte sich, ob es der richtige Zeitpunkt wäre, die Absicht ihres Besuches zu erzählen, nachdem sie von der Festnahme des Arztes erfahren hatte.

»Jemand hat mich gebeten, Kontakt zu möglichen Pflegefamilien aufzunehmen, um Kinder zu verstecken«, sagte sie. »Man hat mich beauftragt, eine oder zwei zu finden.«

Dann dachte sie wieder an Dr. Dujaric, und ihr Schritt erschien ihr plötzlich sinnlos und gefährlich. Ihre Gastgeberin merkte es und ermutigte sie mit einem Lächeln, fortzufahren.

»Es ist eine Dame aus Périgueux.«

»Ich kenne sie«, sagte die Frau mit der Kette.

»Sie kennen sie?«, entgegnete Victoria erstaunt.

»Sie heißt Fanny.« Da Victoria stumm blieb, unfähig, auch nur das kleinste Wort von sich zu geben, sprach sie weiter: »Ich kann kein Kind aufnehmen, da mein Gemahl dort oben gelähmt in seinem Zimmer lebt und ich meine gesamte Zeit damit verbringe, mich um ihn zu kümmern. Doch es gibt noch einen weiteren Grund.« Sie wartete einen Augenblick und fügte dann flüsternd hinzu: »Ich heiße Weisemann. Hélène Weisemann, und ich bin Jüdin. Verstehen Sie?«

»Entschuldigen Sie«, sagte Victoria, »das konnte ich nicht wissen.«

Zu Victorias großer Verwirrung herrschte eine ganze Weile Stille. Sie war Situationen wie diese nicht gewohnt, doch ihre Gastgeberin kam ihr zu Hilfe.

»Ich danke Ihnen, dass Sie sich um das Schicksal unserer Kinder sorgen, das ehrt Sie. Doch Sie müssen vorsichtig sein, nicht wahr? Nicht einmal in der freien Zone sind wir noch in Sicherheit.«

Victoria fühlte sich schuldig und verwirrt. Sie sagte die einzigen Worte, die ihr angemessen erschienen, nicht nur ihre gute Absicht, sondern auch ihre Solidarität zu demonstrieren.

»Es ist mein Mann Virgile, der ihnen nachts die Leute bringt.«

»Ich weiß.«

»Aber ... woher wissen Sie das?«

»Die Leute, die uns hier auf dem Land helfen, sind nicht so zahlreich. Victor hat es mir erklärt. Sie können sich vorstellen, dass wir nicht irgendjemandem die Tür aufmachen.«

Ihre Gastgeberin musterte sie jetzt ernst.

»Sie sind sehr mutig.«

»Aber nein!«, rief Victoria aus, wie jedes Mal, wenn man ihr ein Kompliment machte. »Wenn man helfen kann, hilft man, das ist alles.«

Hélène Weisemann lächelte und bot Victoria eine Tasse Tee an.

»Nein, nein, ich möchte Sie nicht weiter stören. Sie haben mir ja erzählt, wie beschäftigt Sie sind«, lehnte sie höflich ab.

Hélène Weisemann lächelte wieder. »Fünf Minuten werde ich wohl noch haben. Abgesehen davon wird mir ein wenig Gesellschaft guttun und mich auf andere Gedanken bringen.«

Sie rief ihre Bedienstete, die bald darauf mit einer Teekanne und zwei Tassen auf einem Silbertablett zurückkehrte, das sie auf einem kleinen mit Intarsien verzierten Tisch abstellte. Victoria hatte während dieser Zeitspanne kaum Muße, sich um Dr. Dujarics Schicksal zu sorgen.

»Morgen werden wir mehr wissen«, sagte ihre Gastgeberin. »Es wurden bereits alle Leute benachrichtigt.«

Jedes Mal, wenn sie mit der Außenwelt in Kontakt kam, hatte Victoria den Eindruck, ein Glied in einer Art mysteriöser Kette zu sein, obwohl es sich anfühlte, als befänden sie und Virgile sich allein mit Dr. Dujaric in einem Kampf, der von niemandem bemerkt würde. Und jedes Mal fühlte sie sich in der Nähe der solidarischen Menschen stärker, wie in Sicherheit.

Dieses Gefühl verstärkte sich noch im Verlauf dieser Viertelstunde, die sie mit ihrer Gastgeberin verbrachte und deren aufmerksame Gesten sie bewunderte. Etwa ihre Art, den Tee einzuschenken und zu trinken. Sie selber hatte nie welchen getrunken, wusste nichts von diesem Getränk, das ihr fader als Kaffee erschien, das sie aber vorgab, sehr zu mögen.

Kurz bevor sie ging, erhielt sie noch einen zusätzlichen Vertrauensbeweis, als Hélène Weisemann ihr sagte: »Wenn Sie Fanny sehen, berichten Sie ihr, dass Sie mich kennengelernt haben und warum. Aber vergessen Sie meinen Namen und Vornamen. Nennen Sie mich Ariane.«

Als sie die Tür am Ende des schwarzweiß gekachelten Flurs erreicht hatten, blieb sie noch einmal stehen.

»Erlauben Sie mir, Sie zu umarmen?«

Warum wollte man sie immer umarmen oder küssen? Auch Fanny hatte sie bei ihrer ersten Begegnung darum gebeten. Victoria konnte nicht wissen, in welchem Maße sie einen Vertrauen erweckenden Eindruck machte, welche Kraft von ihr ausging, von ihren so einfachen, ja manchmal so naiven Worten. Wie nebensächlich nahm sie die kurze Berührung der beiden sehr zarten Wangen entgegen, dann ging sie davon.

Der Duft der Haare ihrer Gastgeberin begleitete sie den ganzen Rückweg über. Sie hatte eine Welt entdeckt, von deren Existenz sie nichts gewusst hatte, und sie war wie betrunken und besorgt zugleich, zumal diese Entdeckung mit der unerwarteten Nachricht der Festnahme zusammenfiel, an die sie ständig denken musste. Sie hatte es nun eilig, darüber mit Virgile zu sprechen. Es war die einzige Möglichkeit, sichere Orientierungspunkte wiederzufinden, sich klar zu werden, wie der morgige Tag aussehen würde.

Als er um sieben Uhr am Abend heimkam, hatte sie keine Zeit, ihm auch nur irgendetwas zu erzählen, denn er war es, der als Erster redete. Der Arzt war in seiner Werkstatt vorbeigekommen, um ihn zu beruhigen: Er war nicht festgenommen worden, sondern man hatte ihn dienstlich verpflichtet, einen deutschen Offizier zu behandeln, der an einer Bauchfellentzündung litt. Aufgrund des alarmierenden Zustandes des Offiziers hatte er ihn nach Périgueux bringen müssen und wurde von einem Auto mit den Farben der Gestapo eskortiert, daher das Gerücht, er sei festgenommen worden. Aber alles war in Ordnung. Er hatte Virgile Fannys Ankunft für den nächsten Tag bestätigt, wieder am Ende des Vormittags. Diese hatte Dr. Dujaric im Krankenhaus von Périgueux eine Nachricht zukommen lassen, den genauen Grund ihres Besuches jedoch nicht angegeben.

Das hatte einige Fragen aufgeworfen, aber nicht zu viele, denn Victoria hatte es eilig, Virgile zu erzählen, was in Reillac geschehen war: von ihrer Begegnung mit dieser außergewöhnlichen Frau, die alles zu wissen schien und mit einem solchen Vertrauen mit ihr gesprochen hatte. Als sie fertig war, erzählte Virgile, er habe sie noch nie gesehen, da er das schöne Haus noch nie betreten hätte, dem er sich ja nur nachts näherte. Wie in Saint-Martial war er, sobald sich die Tür geöffnet hatte und die Leute im Innern verschwunden waren, gemäß den Anordnungen wieder zurückgegangen.

Sie aßen schnell zu Abend und gingen früh schlafen, da Victoria vor Müdigkeit und Erregung völlig erschöpft war. Sie konnte dennoch nicht einschlafen, da die Frau mit der Perlenkette unablässig vor ihren geschlossenen Lidern erschien. Sie fühlte sich nun nicht mehr so allein: Von nun an gab es nur wenige Kilometer von ihr entfernt einen Menschen, auf den sie sich verlassen konnte.

Am nächsten Tag standen sie früh auf, belebt von einer neuen Hoffnung, die sie einander nicht anzuvertrauen wagten. Würde Fanny ihnen Sarahs Rückkehr verkünden? Um nicht zu sehr daran zu denken, gingen sie ihren Beschäftigungen nach: Victoria auf dem Hinterhof und im Stall, Virgile in seiner Werkstatt, die er jedoch immer wieder verließ, da er zu ungeduldig war.

Vom späten Vormittag an begannen sie zu warten und saßen auf der Steinbank rechts neben der Haustür, ohne allerdings miteinander reden zu können. Es war einer der heißesten Tage im August. Seit einer Woche drohten Gewitter, die sich aber nicht entluden. Der Geruch von Stroh und Korn hing immer noch über dem Tal, und es gab nicht das kleinste bisschen Wind, der ihn hätte vertreiben können. Victoria erzählte schließlich erneut in bewunderndem Ton von ihrer Gastgeberin in Reillac.

»Es sind keine Leute von hier, das ist sicher. Sie müssen aus der Stadt kommen, wahrscheinlich aus Paris.« Doch von einem Moment auf den anderen änderte sich ihre Stimmung. »Ich frage mich, ob sie wirklich in Sicherheit sind. Vor allem hätten sie in einer Notsituation Schwierigkeiten, da der Mann gelähmt ist.«

»Was sollte ihnen denn passieren? Am Waldrand sind sie weit weg von allem.«

»Trotzdem, man weiß nie.«

Sie hatte nicht die Muße, sich darüber weitere Fragen zu stellen, denn jetzt war der Motor eines sich nähernden Autos zu hören. Sie erhoben sich beide mit demselben Schwung, gingen einige Schritte auf den Hof hinaus – und spürten einen Stoß im Herzen, sobald Fanny den Wagen angehalten hatte. Neben der Fahrerin entdeckten sie den Kopf eines Kindes. Fanny stieg aus, ging auf die andere Seite, öffnete die Tür und nahm die Hand eines Kindes. Doch es war nicht Sarah, sondern ein Junge von ungefähr zehn Jahren war, den Fanny nun zu ihnen führte.

»Er heißt Élie«, sagte sie, »und er braucht Sie.«

Er war ein mageres Kind mit schwarzen Haaren und Augen ohne den geringsten Glanz. Seine kurzen Hosen ließen zwei knochige Knie zum Vorschein kommen. Der Junge schien das ganze Unglück der Welt in sich zu tragen, was Victoria nicht entging. Instinktiv beugte sie sich zu ihm hinunter, um ihn zu küssen und in die Arme zu nehmen. Er machte eine zurückweichende Bewegung, die Fanny sanft mit den Worten auffing: »Hab keine Angst, hier passiert dir nichts.«

Und da sie den Wunsch hatte, ihm zu zeigen, dass er Vertrauen haben konnte, umarmte und küsste sie Virgile und Victoria, die das Kind neugierig musterten. Er ähnelte der blonden Sarah überhaupt nicht, deren Blick voller Leben und Hoffnung war. Er schien zerbrechlich, sodass man Angst hatte, ihn bei der kleinsten Berührung zu verletzten.

»Gehen wir hinein!«, sagte Victoria.

In diesem Augenblick machte das Kind einen Schritt nach vorn und ließ seine Hand in die von Virgile gleiten, der seinen Augen nicht traute. Es war, als würde der Kleine sich ihm anvertrauen, ohne ihn zu kennen, und dieses ebenso plötzliche wie scheinbar grenzenlose Vertrauen rührte ihn zutiefst. Als sie in der Küche waren, setzte sich Élie neben Virgile, nahm seinen Arm und drückte sich an ihn.

»Er hat Sie adoptiert«, sagte Fanny verwundert und gerührt zugleich.

Virgile bewegte sich kaum, und aus Angst, den Kleinen zu verschrecken, atmete er so ruhig wie möglich. Victoria schenkte Kaffee ein und bot dem Jungen Plätzchen an.

»Du wirst sehen, hier wird gut gegessen.«

Eine lange Stille trat ein, und es war Fanny, die sie zuletzt beendete.

»Wenn du willst, wird Virgile dir die Tiere zeigen. Ich habe dir ja gesagt, dass es eine Kuh, Kaninchen und Hühner gibt.«

Élie nickte als Zeichen der Zustimmung und ging mit Virgile hinaus, der seine Hand nahm, ehe er durch die Tür trat. Nun erklärte Fanny Victoria, dass das Kind in Paris aus einem Schrank heraus, in dem es versteckt gewesen war, gesehen hatte, wie seine Mutter und sein Vater ermordet worden waren. Dies hatte den Jungen so verstört, dass er darüber die Sprache verloren hatte. Doch trotz des Eindrucks, den man nun von ihm haben musste, war er ein Kind voller Intelligenz und Fähigkeiten.

Fanny brachte auch Nachrichten von Sarah, der es gut ging und die ihnen einen Brief geschrieben hatte. Sie reichte Victoria einen Umschlag.

»Sie hat ihre Eltern, Élie aber hat nichts mehr, nicht ein einziges Familienmitglied. Verstehen Sie? Er braucht Sie, nicht Sarah. Jedenfalls nicht im Moment, und ich hoffe, dass es niemals so weit kommen wird.«

Victorias Enttäuschung hielt sich angesichts der Not und Zerbrechlichkeit des Jungen in Grenzen.

»Das Wichtigste ist, dass es ihr gut geht. Um den Rest machen Sie sich keine Sorgen, wir werden uns um diesen Kleinen kümmern, wie wir uns um sie gekümmert haben.«

»Ich weiß«, sagte Fanny. »Und ich danke Ihnen dafür. Ich bin sicher, dass mit Ihrer Hilfe eines Tages auch das Licht in seine Augen zurückkehren wird.«

»Es stimmt, er hat einen merkwürdigen Blick, der Arme. Man könnte meinen, der gesamte Schnee des Winters sei dort eingeschlossen.« Und nachdenklich fügte sie hinzu: »Es läuft mir kalt den Rücken hinunter.«

Dann fing sie sich wieder und erzählte Fanny, wie und warum sie Madame Weisemann in Reillac kennengelernt hatte.

»Sie haben dieses Haus abseits von allem kurz vor dem Krieg gekauft, denn sie hatten ein Vorahnung dessen, was passieren würde«, erklärte Fanny. »Schon Ende 1940 sind sie aus Paris geflohen, um sich dort zu verstecken. Monsieur Weisemann war Pilot in der Armee und wurde bei einem Absturz verletzt. Seitdem ist er gelähmt. Sie dienen als Zwischenstation für die Flüchtlinge auf dem Weg nach Périgueux.«

In diesem Moment kamen Virgile und Élie herein. Der Blick des Jungen ließ Victoria aufs Neue erschauern.

»Nun!«, sagte sie, »hast du Blondie gesehen? Morgen Früh werden wir sie gemeinsam melken, wenn du magst.«

»Wir haben auch den Hühnern Körner und den Kaninchen Gras gegeben«, sagte Virgile. »Eins von ihnen wollte flüchten, doch wir haben es wieder eingefangen.«

Sie musterten das Kind, das keine Miene verzog und dessen Augen von einer extremen Kälte erfüllt waren.

»Bitte! Iss ein wenig von diesem Pflaumenkuchen!«, sagte Victoria und schob ein Stück Kuchen in seine Richtung. Doch er schüttelte den Kopf und schob es mit der Hand zurück.

»Du musst aber essen!«, beharrte Victoria. »Sonst kannst du Virgile nicht in seiner Werkstatt helfen.«

Doch lange konnte sie dem Blick nicht standhalten, der sich auf sie richtete und sie zu prüfen schien. »Ja«, sprach sie weiter, »Virgile ist Tischler. Hat er es dir nicht gesagt?«

»Ich habe ihn auf alles vorbereitet, was er hier vorfinden würde«, meldete sich Fanny zu Wort. »Nicht wahr, Élie?«

Der Kleine nickte wieder, antwortete jedoch nicht. Angesichts der Dimension dieser Aufgabe begann Victoria sich zu fragen, ob sie dem allen gewachsen wäre. Obwohl sie nichts aus der Fassung bringen konnte, hatte sie auf einmal Angst vor diesem Kind, das das Grauen erlebt hatte und dadurch zutiefst erschüttert schien.

»Ich muss wieder zurück«, entschied Fanny.

Der Junge stand mit einem Ruck auf und stürzte zu ihr hin, als wollte er sie aufhalten.

»Nun«, sagte sie. »Komm! Ich werde dir deinen Koffer geben.«

Sie gingen hinaus, und Virgile und Victoria blieben ein wenig ratlos zurück. Anstatt vor dem Auto zu warten, stürzte der Junge auf die Rückbank und schloss die Tür. Fanny nahm den Koffer, öffnete die Tür wieder und sprach eine ganze Weile vergeblich mit dem Kind. Sie drehte sich zu Virgile und Victoria um, als wolle sie sie um Hilfe bitten.

»Hol ihn«, sagte Victoria zu Virgile. »Mit dir zusammen wird er es schaffen.«

Sie hatte erraten, dass zwischen dem Kleinen und ihrem Mann ein Band entstanden war. Nicht mit ihr. Als sich Virgile näherte, hörte sie nicht, was er sagte, aber in der Tat, sobald er die Hand ausstreckte, nahm der Junge sie und willigte ein, ihm zu folgen. Als sie einige Schritte auf das Haus zugingen, ließ Fanny den Motor an, und bald schon war das Auto hinter der nächsten Biegung der Straße verschwunden. Sie blieben einen Moment lang alle drei regungslos stehen. Victoria hatte den Koffer genommen, und der Kleine hielt immer noch Virgiles Hand.

»Nimm ihn mit in die Werkstatt, bis ich das Essen zubereitet habe«, sagte sie. »Dort kommt er auf andere Gedanken.« Und mit einer leicht verdrießlichen Handbewegung fügte sie hinzu: »Ich glaube nicht, dass er bei mir bleiben würde.«

Sie beobachtete die beiden, während sie sich entfernten, und schüttelte den Kopf. Dann ging sie ins Haus und fragte sich ein weiteres Mal, ob sie die Kraft besitzen würde, sich dieses so zerbrechliche und unheimliche Kind vertraut zu machen.

Sechs

Die ersten Tage waren sehr mühsam. Das galt für Victoria und Virgile ebenso wie für Élie, der kaum aß und sich immer noch weigerte, zu sprechen, sogar zusammen mit Virgile, der das Schweigen zwar respektierte, es aber nicht verstand. Auch wenn sie allein in der Werkstatt waren und der Junge ihn beobachtete, näher kam und sich dann wieder entfernte und zu einem Holzstapel ging, auf dem er anscheinend einen sicheren Zufluchtsort gefunden hatte. Dort saß er, hatte seine Hände artig auf die Knie gelegt und beobachtete Virgile, der ein Brett hobelte oder nagelte, von Zeit zu Zeit den Kopf hob und dessen Augen denen des Jungen begegneten, die unverändert ohne Leben waren.

Virgile begann, nach Worten zu suchen, für die Élie empfänglich wäre. Doch er konnte sich noch so große Mühe geben, er fand keine. Er fühlte sich machtlos, diese Mauer ins Wanken zu bringen, die sich zwischen ihm und dem Kind erhob, wurde darüber traurig und unsicher und sehnte sich danach, wieder bei Victoria zu sein, die die Herausforderung mittlerweile auf ihre Art angenommen hatte.

Anstatt schweigsam zu bleiben, redete sie ohne Unterlass. Über alles und nichts, über die kleinsten Handlungen und Gesten, über alles Mögliche. Sie hatte begriffen, dass Élie die Hölle erlebt hatte, doch sie lehnte es ab, vor der Verletzung, die ihn zugrunde gerichtet hatte, zu kapitulieren. Und da gab es für sie nur eine Lösung: Sie musste alle Mittel nutzen, die ihr zur Verfügung standen, um den Jungen zurück ins Leben zu holen. Und zunächst war da das ganz einfache alltägliche Leben ohne Sorgen und Bedrohungen.

»Schau mal!«, sagte sie zu ihm. »Für die Suppe muss man das Brot in sehr feine Scheiben schneiden, so. Erst danach gieße ich die Brühe darüber. Du weißt schon, die Brühe, die ich aus dem Gemüse zubereite, das wir heute Morgen im Garten geerntet haben.«

Tatsächlich war ihr der Kleine morgens nur in Begleitung von Virgile, den sein Verhalten vollkommen aus der Fassung brachte, in den Garten gefolgt. So fragte er auch am Abend, als sie im Bett lagen und die Tür ihres Zimmers offen gelassen hatten: »Warum ist er so? Er ist doch auf mich zugekommen, als würde er mich schon immer kennen.«

»Und worüber beklagst du dich dann? Siehst du nicht, dass ich mich ihm überhaupt nicht nähern kann?«

»Ich weiß nicht, was ich ihm sagen soll ...«

»Er hat begriffen, dass du ein Kind bist wie er«, scherzte sie.

Virgile zuckte mit den Schultern und seufzte.

»Genau, mach dich ruhig über mich lustig.«

»Was für ein unnötiges Theater!«, entgegnete sie. »Verhalte dich einfach wie immer, und hör auf, dir all diese Fragen zu stellen. Du wirst sehen, er wird sich schon noch eingewöhnen.«

Drei Tage nach Ankunft des Jungen machte sich Victoria daran, einen Hasen für die Mahlzeit am nächsten Tag zu schlachten. Als Élie das Blut sah, ließ er entsetzt Virgiles Hand los und floh Hals über Kopf in Richtung des Flusses. Virgile lief ihm nach, doch es fiel ihm nicht leicht, ihn einzuholen, geschweige denn, zu beruhigen. Der Kleine hörte nicht auf zu zittern, ohne dabei eine einzige Träne zu vergießen oder ein Wort zu sagen. Es war kaum möglich, ihn zum Hof zurückzubringen, wo die besorgte

Victoria sich ihm nähern wollte, um ihn zu beruhigen. Doch Élie stieß einen derartigen Schrei aus, dass sie zurückwich und immer wieder sagte: »Oh! Aber nicht doch! Nicht doch! Was geht in diesem Kleinen nur vor?«

Als es Schlafenszeit war, begleitete Virgile ihn in sein Zimmer. Victoria war einige Tage lang gekränkt, aber ihr Temperament war stärker. Bald schon gestalteten sich die Tage wieder wie vor dem Vorfall, und sie begann von Neuem mit ihren Erklärungen und Demonstrationen, die dazu bestimmt waren, den Jungen mit ihr auszusöhnen.

»Hat Virgile dir nicht gesagt, dass es bald die Zeit der Pilze ist? Na, das wundert mich nicht bei ihm. Bestimmt will er alle für sich behalten.« Und in der Hoffnung auf eine Antwort fügte sie hinzu: »Magst du Pilze?«

Das Kind antwortete nicht, aber sie ließ sich nicht entmutigen, fuhr in ihrem Monolog fort und tat so, als mache sie Virgile für jede noch so kleine Sache verantwortlich. Und sie überließ es dem Jungen zu begreifen, dass es sich um ein Spiel handelte, zu dem sie ihn einlud, es mit ihr zu spielen.

»Schau ihn an«, sagte sie zu Élie, »in alle seine Hemden macht er Risse. Er sieht aus wie ein Bohémien. Glaubst du, dass das normal ist?«

Als das Kind wieder nicht antwortete, fuhr sie fort. »Ich bin sicher, dass du es nicht zulassen würdest, ein kaputtes Hemd anzuziehen, stimmt's? Sag mir doch bitte, warum ich so einen Vagabunden geheiratet habe!«

Doch nichts konnte Élies Gesicht erhellen, der sich im Gegenteil immer mehr zu verschließen schien.

Den Papieren von Fanny nach zu urteilen, hieß er Élie Laverdet. Sein Vorname war nicht verändert worden, da er im Périgord nicht unüblich war; der Nachname allerdings schon. Er war der

Neffe von Kaufleuten aus Bordeaux, die ihn Fanny anvertraut hatten. Es bestand nicht die Gefahr, dass er seinen richtigen Familiennamen verraten würde, da er ja nicht redete. Das Einzige, was ihn tatsächlich verraten konnte, waren sein schwächliches Erscheinungsbild, seine Magerkeit und dieser Blick, der jeden erschreckte, der ihm begegnete. Victoria war in ihrer bäuerlichen Weisheit davon überzeugt, dass Élie viel essen müsste, um das Aussehen eines Jungen vom Land zu erlangen.

»Morgen werde ich dir Kartoffeln und gefüllte Tomaten kochen«, sagte sie zu ihm. »Das wirst du sicher mögen.«

Als Élie sich nicht rührte und den Kopf über seinen Teller beugte – außerstande, einen Bissen herunterzubekommen –, bedauerte sie sich selbst und gab vor, Virgile zu beschuldigen, er hätte ihn in der Werkstatt zu hart arbeiten lassen.

»Wenn Virgile dich ärgert, musst du es mir sagen«, rief sie aus. »Ich werde ihm die Ohren langziehen, weißt du?«

Eines Tages machte Virgile, als Victoria das Spiel wieder spielte, ein verängstigtes Gesicht und legte seine Hände auf die Ohren, wie um sie zu schützen. Und da geschah das Wunder: Ein kurzes Lächeln entstand auf Élies Lippen. Für einige Augenblicke waren beide verblüfft, dann spielten sie das Spiel weiter, in der Hoffnung, endlich ein Wort zu vernehmen. Doch vergeblich.

Als eines Abends Dr. Dujarics Auto im Hof auftauchte, zog der Junge Virgile an der Hand, um mit ihm zusammen in seinem Zimmer Zuflucht zu suchen. Er drückte Virgiles Hand so fest, dass Virgile nicht wieder hinuntergehen und Victoria ihm erst später die Neuigkeiten des Arztes mitteilen konnte. Wieder einmal waren es keine guten: Die französische Behörde in Mussidan hatte eine mobile Überwachungseinheit mit zwei zusätzlichen Autos und Motorrädern gegründet, die damit beauftragt war, über Land zu fahren und Jagd auf Flüchtlinge zu machen.

»Wir werden beobachten, ob sie regelmäßige Patrouillen auf den Hügeln machen«, hatte er präzisiert. »Bis dahin werden wir den Fluss nutzen.«

Für den kommenden Abend war die nächste Überfahrt geplant. Der Arzt hatte ihr die Passwörter, Uhrzeiten sowie die gewohnte Anlaufstelle in Reillac mitgeteilt. Als Virgile heruntergekommen war, um Victoria zuzuhören, schien der Junge, der nicht von seiner Seite wich, durch das Gehörte verunsichert. Doch sie hatten dem keine Aufmerksamkeit geschenkt. Gleich darauf geschah etwas Merkwürdiges, als Victoria Virgile gegenüber ihre Ratschläge für den Abend wiederholte und die Gefahren des Flusses und die der Straße nach Reillac erwähnte: Élie nahm Virgiles Arm, zog so die Aufmerksamkeit auf sich und schüttelte den Kopf, um ein Nein zu signalisieren, als hätte er Angst um ihn.

»Mach dir keine Sorgen«, sagte Victoria mit sanfter Stimme, »Virgile ist es gewohnt.«

Und sie fuhr in der Unterhaltung fort, wobei sie betonte, es handle sich diesmal um ein Paar, das wie immer in Périgueux Zuflucht finden sollte. Da vernahmen sie in die Stille hinein, die auf diese Ausführungen folgte, die dünne Stimme, auf die sie nicht mehr gehofft hatten und die sie vor Bestürzung erstarren ließ.

»Du sollst da nicht hingehen.«

Verblüfft und bewegt musterten sie sich gegenseitig eine ganze Weile. Es war Victoria, die wie gewöhnlich als Erste wieder zu sich kam. Mit ihrem instinktiven Scharfsinn begriff sie, dass sie so tun sollten, als hätten sie nichts bemerkt, sie wandte sich also nicht an den Jungen, sondern an Virgile, der starr vor sich hinschaute und es nicht wagte, dem Blick des Kindes zu begegnen, aus Angst, den Zauber zu zerstören.

»In Reillac kannst du eine Minute ins Haus«, fuhr sie fort, »jetzt kennt man dich ausreichend. Aber wenn du wieder zurückkommst, musst du an der Weggabelung der kleinen Straße, die von unten kommt, gut aufpassen. Folge ihr nicht. Überquere sie und nimm den Weg durch die Wiesen.«

Virgile war schließlich all dieser Ratschläge müde, die sie so endlos ausdehnte, um dem Jungen eine weitere Reaktion abzutrotzen. Er hob die rechte Hand und sagte: »Ist ja gut, ich habe verstanden.« Dann wandte er sich an Élie. »Siehst du, so ist es schon immer gewesen. Sie behandelt mich wie einen kleinen Dummkopf.«

»Sie hat recht«, sagte der Kleine mit einer Stimme, die eher die eines Erwachsenen als die eines Kindes war. »Es ist gefährlich.«

Wie erstarrt begannen sie augenblicklich zu begreifen, dass dieser Junge eine Reife hatte, die sie niemals vermutet hätten. Im Gegenteil, sie hatten ihn wie ein kraftloses Wesen betrachtet, seelisch zutiefst erschüttert. Mit dem Wunsch, ihn nun endgültig auf diese Seite des Lebens zurückzuholen, richtete sich Victoria direkt an ihn.

»Aber nein, es ist nicht gefährlich. Mach dir keine Sorgen. Virgile hat es schon Dutzende Male gemacht.«

Ohne sich abzusprechen, beschlossen sie, nicht weiter zu insistieren und sich für heute mit diesem kleinen Wunder zufriedenzugeben. Victoria beschloss, dem Blick des Jungen standzuhalten, der sie so sehr verunsicherte. Es erschien ihr, als wäre der Schnee in ihm ein wenig geschmolzen. Rasch erhob sie sich und trat an den Spülstein, um ihre Rührung zu verbergen, wie sie es häufig in Momenten tat, in denen sie sich überfordert fühlte.

Am selben Abend bei Einbruch der Dunkelheit begab Virgile sich daran, seinen Kahn zu leeren. Es war ihm schwergefallen, Élie zu Hause zurückzulassen, vor allem, nachdem dieser ihn gebeten hatte, ihn begleiten zu dürfen. Doch Victoria hatte die richtigen Worte gefunden, das Kind davon zu überzeugen, die etwa zwei Stunden, die Virgile fort war, mit ihr allein zu verbringen. Es war Ende August, die Dunkelheit brach schon früher herein als in den vergangenen Wochen. Das Tal war erfüllt von all den Düften, die sich den Sommer über angesammelt hatten, und das Gras der Wiesen wurde durch die Feuchtigkeit vom nahe gelegenen Fluss ganz weich.

Als Virgile um ein Uhr in der Nacht wieder fortging, nachdem er ein wenig geschlafen hatte, begleitete ihn eine milde Kühle entlang des Weges, den das Mondlicht fast wie am hellen Tag beleuchtete. Es schauderte ihn und er ging schneller, immer noch ein wenig besorgt bei dem Gedanken, dass man seinen Kahn vielleicht entdeckt hätte. Er war erleichtert, ihn sanft auf dem Wasser schaukeln zu sehen, mit dem Bug in der Strömung, die ihn ans Ufer drückte. Er säuberte die Planken, auf die die Leute sich später setzen sollten, dann legte er mit einem Ruderstoß vom Ufer ab und steuerte direkt auf die Flussmitte zu.

Fünf Minuten später legte er an genau der Stelle an, die er angesteuert hatte, vertäute das Seil am Stamm einer Erle und stieg die Uferböschung hinauf. Er wusste, dass er zu früh war, und im Kopf wiederholte er immer wieder den Satz, den er sagen musste. Dann wartete er ruhig ab. Kein Geräusch, kein Windhauch. Nichts war zu hören. Er setzte sich ins Gras und wartete weiter, mit allen Sinnen auf der Hut. Bald begriff er, dass die verabredete Uhrzeit verstrichen war, und wie vereinbart beschloss er, sich noch eine Viertelstunde lang zu gedulden.

Doch auch nach Verstreichen dieser Zeitspanne war noch niemand aufgetaucht. Gerade wollte er zum Kahn hinabsteigen und zurückfahren, als er etwa fünfzig Meter entfernt Gestalten unter den Bäumen erkannte. Ein Mann ging voran – der Begleiter, sagte er sich. Dann ein Paar, das nur beschwerlich vorwärtskam, da der Mann von seiner Frau gestützt wurde.

»Es gibt ein Problem«, sagte der Begleiter, sobald sie die Parolen gewechselt hatten.

»Was für eins?«

»Der Mann hat eine Verletzung an einem Bein. Er hat Probleme beim Laufen.«

In der Tat stellte Virgile fest, dass die Frau genauso groß war wie ihr Mann und Schwierigkeiten hatte, ihn zu stützen. Ein Kind – war es ein Mädchen oder ein Junge? – folgte ihnen und schien ebenfalls Mühe beim Gehen zu haben.

»Beeilen wir uns!«, sagte Virgile.

Er ließ zunächst den Mann mit seiner Unterstützung hinuntersteigen, er kam ihm sehr schwer vor. Dann setzte er das Kind hinein – ein kleines Mädchen, wie er jetzt erkannte –, und schließlich platzierte er die Frau auf das Brett in der Mitte.

»Bleiben Sie so still wie möglich sitzen«, sagte er, »es dauert nicht lange.«

Oben auf der Böschung hob der Begleiter eine Hand als Zeichen des Abschieds und verschwand bald darauf im Dunkeln. Virgile war durch die Verspätung und die Verletzung des Mannes beunruhigt.

Sanft legte er ab und setzte auf dem kürzesten Weg über den Fluss. Auf der anderen Seite angekommen, fiel es ihm schwer, dem Mann ans Ufer zu helfen, und er verlor weitere fünf Minuten mit dem Versenken seines Kahns, sodass sie schließlich eine Stunde Verspätung hatten, als sie den Weg erreichten.

Er war nicht verwundert, Victoria zu erblicken, die ihnen aus Sorge entgegengegangen war.

»Er ist verletzt«, sagte er und zeigte mit der Hand auf den Mann, der sehr zu leiden schien.

Victoria begrüßte die drei und sagte zu ihnen: »Kommen Sie ins Haus, schnell!«

Sie ging voran, während Virgile dem Mann mit einem Arm unter die Schulter griff und seine Frau ihn auf der anderen Seite stützte. Auf diese Weise brauchten sie viel länger als gewöhnlich, um das Haus zu erreichen, wo die Leute schließlich auf die Bänke zu beiden Seiten des Tisches fielen. Dort ruhten sie sich ein wenig unter den ängstlichen Blicken von Virgile und Victoria aus, die sich fragten, ob der Mann bis Reillac laufen könnte. Er war groß und mager und hatte graue riesige Augen, aus denen jeglicher Mut verschwunden zu sein schien. Seine Frau war blond, hatte grüne Augen und sah aus, als wäre sie durch dieses Abenteuer, auf das sie offensichtlich nicht vorbereitet gewesen war, verschreckt. Ihre Tochter, deren Blick beharrlich auf der Mutter ruhte, hielt eine Stoffpuppe fest an sich gedrückt und schien ebenfalls verstört.

Als Victoria sie darauf hinwies, nachdem sie ihnen einen Kaffee eingeschenkt hatte, dass sie so bald wie möglich wieder aufbrechen müssten, warf ihr die Frau einen verzweifelten Blick zu und fragte, wie viele Kilometer es noch wären.

»Fünf«, antwortete Virgile. »Glauben Sie, dass Sie die Kraft dafür haben?«

»Was bleibt uns anderes übrig?«, fragte der Mann, der offenbar sehr litt.

»Sie könnten in der Scheune schlafen«, erklärte Victoria. »Aber das ist nicht ratsam, Sie sollten sich so schnell wie möglich von der Linie entfernen.«

»Ich werde es schon schaffen!«, sagte der Mann.

»Also, los geht's!«, entschied Virgile. »Es ist schon halb drei.«

Victoria bedauerte, sie nicht begleiten zu können, doch es war nicht möglich, Élie allein in seinem Zimmer zu lassen. Wenn er wach würde und niemand im Haus wäre, bekäme er Angst, und man wusste nicht, wie er reagieren würde. Also folgte sie ihnen lediglich bis zu dem Pfad, der durch die Wiesen führte. Dann sah sie zu, wie sie sich entfernten, ging seufzend zum Haus zurück und war unglücklich darüber, ihnen keinerlei Hilfe zu sein.

Zu Beginn lief alles ziemlich gut. Doch schon bald holte die Erschöpfung den Mann wieder ein, und der weitere Weg war für ihn und die, die ihn stützten, eine echte Prüfung. Irgendwann setzte er sich vollkommen entmutigt an den Straßenrand und murmelte: »Geht ohne mich weiter! Ich bleibe hier.«

»Unsinn!«, sagte Virgile. »Wir schaffen das, Sie werden sehen. Stützen Sie sich noch mehr auf mich.«

Sie gingen wieder weiter, immer noch genauso beschwerlich, und kamen erst um halb fünf Uhr an. Virgile war ebenso erschöpft wie das Paar und das Mädchen. Abweichend von Victorias Vorschlag ging er nicht mit ihnen hinein, sondern machte sich unmittelbar auf den Rückweg, denn er empfand eine gewisse Furcht, da er die kleine Straße entlang des Flusses noch nie so spät zurückgegangen war. Dies war der gefährlichste Teil des Weges, danach kamen nur Abschnitte mit Bäumen und Büschen, unter denen man sich gut verstecken konnte.

Trotz seiner Müdigkeit ging er zügigen Schrittes und atmete die warmen Düfte der friedlich scheinenden Nacht ein, sehr weit in der Ferne über den Hügeln erstrahlte ein kleines Stück des Himmels in zartem Rot. Jegliche negative Vorahnung hatte ihn verlassen, als er die Straße erreichte. Und so bemerkte er das Auto nicht, das in einem Seitenweg im Schutz der Eichen parkte. Als er das Schlagen der Türen hörte und sich umdrehte, war es bereits zu spät. Schon waren die Gendarmen der mobilen Abteilung bei ihm, und sie gaben ihm nicht einmal die Gelegenheit, eine Erklärung dafür abzugeben, warum er zu einer solchen Stunde auf dem Land unterwegs war. Sie zogen ihn zum Wagen, zwangen ihn, seinen Kopf einzuziehen, um einzusteigen, und schlugen die schwarzen Türen hinter ihm zu. Er hatte das Gefühl, als würden sie sich nie mehr öffnen.

Victoria war eingenickt. Irgendwann schreckte sie auf, sah das Tageslicht durch die Fensterläden hereinscheinen und setzte sich im Bett auf. Als sie feststellte, dass Virgile nicht neben ihr lag, glaubte sie, ihr Herz würde aufhören zu schlagen. Sie ging in die Küche hinunter, in der Hoffnung, ihn dort zu finden, doch sie war leer. Was sollte sie tun? Nach Monestier gehen und dem Arzt Bescheid geben, kam nicht in Frage, da sie Élie nicht alleinlassen wollte. Sie ging über den Hof und ein Stück auf dem Weg entlang bis zur Straße, dann gab sie auf und kehrte wieder um.

Als sie wieder im Haus war, schaute sie auf die Uhr, deren Kupferpendel die Zeit herunterbetete: halb sieben. Sie begann nachzudenken: Wenn man Virgile und die drei Personen festgenommen hätte, würden die Gendarmen sicherlich hierherkommen, um Erkundigungen einzuholen. Obwohl Élie einwandfreie Papiere hatte, wäre es besser, dass sie ihn nicht sähen, da er Gefahr lief, sich durch Anzeichen von Panik zu verraten. Was sollte sie tun? Wo sollte sie ihn verstecken? Er würde sich niemals damit einverstanden erklären, allein in der Scheune zu bleiben, die die Gendarmen zudem ohnehin durchsuchen würden. Ebenso würden sie sich die Zimmer, den Verschlag und alle Nebengebäude vornehmen.

Victorias Blick blieb an dem kleinen Schrank unter dem Spülbecken hängen. Er war knapp einen Meter hoch und etwa einen halben Meter breit, niemand würde auf den Gedanken kommen, dort nachzuschauen, denn kein Mann passte dort hinein. Sie räumte alle Töpfe und Spülmittel aus, wischte den Boden sauber und ging dann hinauf, um Élie zu wecken, den sie ein wenig drängte, so schnell wie möglich zu frühstücken. Er wunderte sich über Virgiles Abwesenheit, doch sie erklärte ihm, er sei in den Wald gegangen, um Holz zu besorgen, und werde vielleicht ein paar Tage lang fortbleiben. Der Junge schien verstimmt und sogar beunruhigt. Man hätte glauben können, er ahnte, was geschehen war.

»Du wirst sehen«, sagte sie zu ihm, »wir beide werden es gut miteinander haben.« Er antwortete nicht und begnügte sich damit, sie mit seinen großen kalten Augen voller Zweifel und Unverständnis zu betrachten.

Sie machte ihm Frühstück, doch er rührte weder das Brot mit Marmelade noch die Schale Milchkaffee an. Stattdessen betrachtete er sie mit fragenden Blicken, denen sie nicht ausweichen konnte. Offenbar ahnte dieses Kind alles. Auch als sie ihm den Schrank unter dem Spülbecken zeigte und ihm erklärte, dass er sich dort verstecken solle, wenn jemand komme, kroch er von selbst hinein, um zu überprüfen, ob er dort sitzen könne, mit angezogenen Knien, um die er seine Arme schlang. Er stellte keine Fragen, und auch als sie ihm erklärte, dass Virgile oft oberhalb von Reillac bei einem Förster in Saint-Michel-du-Double Holz kaufen ging, änderte sich nichts an dem vorwurfsvollen Ausdruck in seinen Augen.

»Du wirst sehen, beim nächsten Mal nimmt er dich mit.«

Immer noch erhielt sie keine Antwort, als wenn der Junge beschlossen hätte, nur in Virgiles Gegenwart zu reden.

»Hast du heute deine Zunge verschluckt?«, wunderte sie sich.

Sie bat ihn, hinaufzugehen, um sich anzuziehen, dann setzte sie sich ans Fenster, um den Weg zu beobachten, und begann, das Essen vorzubereiten. Beim Schälen der Kartoffeln dachte sie darüber nach, wie sie sich verhalten sollte. Wie sollte sie Dr. Dujaric Bescheid geben? Er allein konnte handeln, dessen war sie sich sicher. Er würde ihr zumindest erklären können, was geschehen war und womit sie zu rechnen hätte. Sie senkte den Kopf über ihre Arbeit, dann hob sie ihn plötzlich, in der wirren Hoffnung, Virgiles Gestalt dort hinten hinter den Bäumen zu erblicken. Mehrere Male wandte sie diese Strategie an, um die Hoffnung in sich zu erhalten, dann bat sie Élie herunterzukommen, da sie jemanden um sich brauchte. Doch da der kalte Blick des Kindes sie verstimmte, war auch dies keine Lösung.

»Komm! Wir holen die Eier.«

Er schüttelte den Kopf.

»Nun komm. Du wirst doch nicht den ganzen Tag schmollen!«

Doch sie beharrte nicht weiter darauf und ging in Gedanken alle Möglichkeiten durch. Wenn man Virgile nicht festgenommen hatte, war er vielleicht in der Dunkelheit gestürzt und hatte sich verletzt. Man musste ihm zu Hilfe kommen. Doch wie sollte man ihn finden? Man konnte nichts anderes tun als warten, in der Hoffnung, der Arzt käme als Erster nach Sauvénie und nicht die Gendarmen. Sie hielt sich an diesem Gedanken fest: Virgile war verletzt, er war nicht festgenommen worden. Ein verstauchter Knöchel, das war nicht weiter schlimm. Dann erinnerte sie sich an den Mann, den Virgile beim Laufen stützen musste, und dieser Gedanke beruhigte sie noch mehr: Vielleicht hatten sie auf halber Strecke Unterschlupf gefunden, da sie Reillac nicht erreichen konnten. In diesem Fall würde Virgile die folgende Nacht abwarten, um sie wohlbehalten hinzubringen.

Sie verbrachte den Vormittag mit Kochen und Erledigungen im Haushalt, während Élie zu Victorias großer Erleichterung schließlich am anderen Ende des Tisches saß und in ein Heft zeichnete. Es war kurz vor Mittag, als ein Auto auf dem Weg zu hören war, und sofort verschwand das Kind mit einem entsetzten Blick im Schrank unter dem Spülbecken. Es war Dr. Dujaric. Victoria eilte zu ihm, empfing ihn auf der Schwelle und sagte überstürzt:

»Virgile ist nicht nach Hause gekommen.«

»Ich weiß. Er ist festgenommen worden. Sie haben ihn nach Mussidan gebracht, aber machen Sie sich keine Sorgen. Die Leute waren nicht mehr bei ihm. Sie werden ihn nicht lange dabehalten können.«

»Mein Gott!«, sagte Victoria. »Festgenommen!«

Der Arzt fasste sie an der Schulter und wiederholte: »Er ist mitten in die vom Präfekten angesetzten Razzien geraten. Doch er ist kein Jude, und er war allein. Er riskiert nichts.«

Sie beruhigte sich und seufzte.

»Erinnern Sie sich, was wir vereinbart haben: Wenn es Probleme gibt, soll er vorgeben, mit dem Förster Baptiste Vézillou verabredet zu sein, um Holz zu kaufen. Ich kenne ihn gut, ich habe ihn noch vor drei Tagen gesehen. Er wird es bestätigten.«

Der Arzt lehnte es ab, sich zu setzen, denn er hatte es eilig. Victoria folgte ihm bis zum Auto, und dort beruhigte er sie ein weiteres Mal.

»In zwei oder drei Tagen ist er zurück. Ich verspreche es Ihnen.«

Sie stand allein da, als das Auto verschwunden war, und plötzlich dachte sie an Élie in seinem Schrank. Sie ging ins Haus, um ihn zu befreien, und wurde gewahr, dass er zutiefst verstört war. Sie konnte ihm die Situation noch so gut erklären, er sagte kein einziges Wort und ging hinauf in sein Zimmer, nachdem er ihr einen so vorwurfsvollen Blick zugeworfen hatte, dass sie nicht einmal daran dachte, sich zu rechtfertigen.

Indessen hatten die Worte des Arztes sie getröstet, und sie beschloss, sich der Situation zu stellen und sich auf den Besuch der Gendarmen vorzubereiten, der tatsächlich nicht lange auf sich warten ließ. Sie kamen am frühen Nachmittag und stellten ihr die Fragen, die sie erwartet hatte, doch durchsuchten sie weder das Haus noch die Scheune. Sie bestätigte ihnen, dass Virgile am letzten Abend zu Baptiste Vézillou gegangen war, um Holz zu kaufen.

»Ich hoffe, dass sie ihn noch vor dem Abend freilassen«, sagte sie, als sie hinausgingen.

»Das würde mich wundern«, antwortete der Brigadier. »Wir haben schon lange ein Auge auf ihn.«

»Er hat doch das Recht, zu arbeiten.«

»Wir auch.«

Sie widersprach nicht, und schließlich gingen sie fort, ärgerlich darüber, das von Virgile vorgebrachte Alibi bestätigt bekommen zu haben. Nun war sie wieder mit Élie allein, und als er aus seinem Schrankversteck herauskam, sagte sie, wie um sich selbst zu überzeugen: »Heute Abend ist er wieder da.«

Der Junge antwortete immer noch nicht, aber immerhin setzte er sich ihr gegenüber an den Tisch, als hätte er beschlossen, die Last von Virgiles Abwesenheit mit ihr zu teilen.

Drei Tage vergingen, und Virgile war noch immer nicht zurück. Der Arzt kam gegen Ende jedes Vormittags vorbei und wirkte genauso zuversichtlich wie bei seinem ersten Besuch. Und doch merkte Victoria ihm eine gewisse Verunsicherung an. Vielleicht war etwas geschehen, das er nicht vorhergesehen hatte. Und wenn Virgile geredet hatte? Nein, das war nicht möglich. Seine Verteidigung war klar und unanfechtbar: Baptiste hatte den Gendarmen bestätigt, dass er am Abend vor der Festnahme gemeinsam mit Virgile Holz markiert hatte. Also? Was war geschehen?

»Nichts Schlimmes«, hatte Dr. Dujaric gesagt. »Sie kümmern sich erst um die Juden, die sie verhaftet haben: mehr als dreihundert Menschen. Es wird sich alles regeln.«

In den drei Tagen hatte sich Élie ihr ein wenig angenähert, und eines Abends, als sie schweigend einander gegenüber saßen und aßen, hatte er zu ihrer Überraschung leise vor sich hin gemurmelt.

»Er wird wiederkommen.«

Victoria hatte die Kraft für ein kleines Lächeln gefunden und mit einer Stimme, der das Kind die Ernsthaftigkeit anmerken konnte, geantwortet: »Zum Glück bist du ja da.«

Seitdem lebte sie in der Überzeugung, dass diese drei Tage, so schwer sie auch waren, zu etwas nütze gewesen waren: Sie hatten ihnen die Möglichkeit gegeben, sich einander anzunähern und sich zu begegnen. Die Blicke des Jungen hatten sich verändert. Nach dem Misstrauen, den stummen Vorwürfen drückten sie jetzt eine Art Verbundenheit im Unglück aus, und manchmal, so schien es Victoria, vielleicht auch ein ganz neues Vertrauen, das seine Grundlage in dem Mut hatte, den sie dem Jungen gegenüber an den Tag legte. In der Tat klagte sie nicht, im Gegenteil: Sie beteuerte regelmäßig Gewissheiten, obgleich ihre Zweifel mit jedem Tag wuchsen. Der Junge hatte darin etwas entdeckt, das die Kraft hatte, ihn gegen alle Bedrohungen der Welt zu beschützen, und war dadurch getröstet. Hatte er ihr anfangs misstraut, lag dies letztlich an ihrer lauten Stimme, ihrer Kraft, wogegen Virgile vor allem Sanftheit und Gewaltlosigkeit verkörperte – das genaue Gegenteil dessen, was er erlitten hatte. Schließlich aber hatte er unter Victorias Panzer etwas wie einen Ort der Zuflucht wahrgenommen, an dem er vielleicht die Vergangenheit würde vergessen können.

»Morgen Abend wird er da sein«, wiederholte sie am dritten Tag, als sie sich gegenüber saßen und ihre Mahlzeit einnahmen, und die Augen des Jungen sie erneut fragten. Und wie nebenbei fügte sie hinzu: »Weißt du, Virgile hat es niemals eilig.«

Sie begann, ihm vertrauensvoll von dem Leben seit ihrer Hochzeit zu erzählen, redete über Virgiles Unfähigkeit, sich bezahlen zu lassen, von seiner Leidenschaft für das Angeln, seiner Geschicklichkeit, Holz zu bearbeiten, und auch von Virgiles Vater, der ihm so ähnlich gewesen war. Am Ende dieser Erzählung, der der Junge mit großem Interesse gefolgt war, murmelte er mit gebrochener Stimme: »Ich habe keinen Vater mehr.«

Zunächst verschlug es ihr den Atem, da sie sich schuldig fühlte, das Gespräch bis zu der verbotenen Schwelle geführt zu haben. Dann meinte sie: »Aber was sagst du denn da? Virgile ist jetzt dein Vater.« Und mit unumstößlicher Überzeugung fuhr sie fort: »Und morgen ist er wieder da.«

Élie beharrte nicht weiter darauf. Sicher, da es ihm guttat, nicht an ihren Worten zu zweifeln – als wäre der Glaube daran die einzig mögliche Art und Weise, der Zukunft entgegenzusehen.

Als die Mahlzeit beendet war, setzten sie sich auf die Steinbank mit Blick auf die Straße, die sie hinter den Bäumen erahnten, und teilten die stumme Hoffnung miteinander, eine vertraute Gestalt zu erblicken. Mit der Zeit brach die Dunkelheit herein, und Élie rückte immer näher an Victoria heran, die schließlich ihren Arm um seine Schultern legte. So saßen sie da, ohne etwas zu sagen, bis die Dunkelheit sich über den schweren Duft des fast reifen Heus und den leichteren der verwelkten Blätter gelegt hatte. Kein einziges Geräusch kam aus dem Tal herauf: weder das leiseste Bellen eines Hundes, noch das Geräusch einer Fuhre oder eines Motors.

»Lass uns schlafen gehen«, sagte sie.

Sie blieb eine ganze Weile am Bett des Jungen sitzen, bis sie sicher war, dass er auch wirklich eingeschlafen war. Dann ging sie in ihr Zimmer, wo sie lange mit offenen Augen in der Dunkelheit liegen blieb und vergeblich auf Schritte im Hof lauschte. Doch nichts störte den Frieden der Nacht, und schließlich schlief auch sie ein.

Obwohl sie wenig geschlafen hatte, wurde sie vor Tagesanbruch wach, ging hinunter, machte sich im Stall an das Melken der Kuh und wechselte das Stroh. Bald würde die Sonne aufgehen und einen Tag ankündigen, der schön zu werden versprach, ohne eine einzige Wolke an einem hellblauen Himmel. Ihre Hoffnung, Virgile kommen zu sehen, wurde immer größer und schließlich durch Élies Anwesenheit noch verstärkt, der sich nach dem Aufstehen von selbst auf die Steinbank setzte, um die Straße zu beobachten.

Eine halbe Stunde verging, dann eine Stunde, dann zwei. Victoria ließ von ihrer Arbeit ab und kam in regelmäßigen Abständen heraus, um nachzusehen, sagte aber kein Wort und ging dann wieder hinein. Sie hatten schon begonnen, die Hoffnung aufzugeben, als der Junge gegen elf Uhr einen Schrei ausstieß und zu rennen begann, sodass Victoria – in ihre Gedanken versunken – zusammenfuhr. Sie ging hinaus und erblickte das Kind, das sich in Virgiles Arme warf, der unter dem Aufprall beinahe hingefallen wäre. Sie wischte ihre Hände an der Schürze ab, sah zu, wie die beiden näherkamen, und machte einige Schritte in ihre Richtung. Was sie sah, war nicht das Lächeln des Jungen, sondern die Blutergüsse im Gesicht ihres Mannes.

Sie tat so, als hätte sie nichts bemerkt, umarmte und küsste ihn nicht – das taten sie normalerweise nie, wenn sie nicht allein waren –, aber mit der ihr eigenen Schroffheit, die nur ein erstickter Schluchzer beinahe verraten hätte, rief sie: »Wie du wieder aussiehst! Komm und wasch dich und wechsle die Kleider. Danach isst du etwas.« Und sie fügte hinzu, ehe sie sich umdrehte und seinen Blick mied: »Du musst Hunger haben.«

»Ja!«, sagte Virgile. »Ich habe einen Bärenhunger.«

Als er im Haus war, ging er hinauf ins Schlafzimmer, um sich zu waschen, während Victoria und Élie unten auf ihn warteten. Was sie gesehen hatte, ließ Victoria innerlich erzittern. Eine enorme

Wut kochte in ihr. Sie hatte in Virgiles Augen eine Art schmerzerfüllter Fassungslosigkeit wahrgenommen, die ihm ins Gesicht geschrieben stand. Es war, als hätte sie ihn nicht wiedererkannt, als wäre er durch diese drei Tage hoffnungslos verändert zurückgekommen. Doch sie war ziemlich entschlossen, Élie nichts davon spüren zu lassen.

»Was hast du? Hast du dir wehgetan?«, fragte der Junge ihn, als Virgile ihm gegenüber am Tisch saß.

»Ich habe mich gestoßen«, antwortete Virgile. »Es gab kein Licht, verstehst du?«

»Zumal du dich auch nicht selten stößt, *wenn* es Licht gibt«, scherzte Victoria.

Dann kehrte sie ohne ein weiteres Wort an das Spülbecken zurück. Sie wartete darauf, dass Virgile bereit war, sich ihr anzuvertrauen. Élie musste ihm Fragen stellen, um ihm zu entlocken, was er erlebt hatte: Die Gendarmen hatten ihn auf das Kommissariat von Périgueux gebracht und ihn verhört, dann hatte er mit sechs anderen Leuten in einer Gefängniszelle geschlafen. Am nächsten Tag hatten sie ihn wiederum bearbeitet, und er hatte bestätigt, was er schon am Tag zuvor gesagt hatte: Er war bei Baptiste gewesen, um Holz zu bestellen. Drei Tage lang hatte er nur Suppe und altes Brot gegessen.

»Waren es französische oder deutsche Gendarmen?«, fragte Victoria.

»Französische. In Périgueux gibt es keine Deutschen. Jedenfalls habe ich keine gesehen.«

Victoria brummte Beschimpfungen, von denen nur sie wusste, für wen sie bestimmt waren. Dann wandte sie sich mit vermeintlich ungetrübter Freude an Élie.

»Siehst du! Ich habe dir ja gesagt, dass er heute zurückkommen würde.«

Virgile musterte sie, versuchte zu lächeln, aber es gelang ihm nicht. Victoria fiel es immer noch genauso schwer, ihn anzuschauen. Sie ahnte, was er hatte erdulden müssen, doch sie weigerte sich, es zuzugeben, und schob mit aller Kraft den Gedanken beiseite, dass Virgile gelitten hätte. Was hätte sie jetzt darum gegeben, selbst im Gefängnis gewesen zu sein, anstelle dieses Mannes, der unfähig war, irgendjemandem etwas Böses anzutun, und dessen ganzes Leben von einer fast krankhaften Gutmütigkeit erhellt war! Je mehr Zeit verging, desto mehr kochte die Wut in ihr hoch. Sie hielt es nicht länger aus, ihn so aufgelöst vor sich zu sehen, so voller Unverständnis, so übel zugerichtet.

»Du solltest dich ausruhen«, sagte sie. »Du musst müde sein.«

Das ließ Virgile sich nicht zweimal sagen. Obwohl Élie ihn nicht gehen lassen wollte, nachdem er so lange auf ihn gewartet hatte, stand er auf und ging hinauf ins Schlafzimmer.

In der folgenden Stunde gab Victoria sich Mühe, den Jungen zu beruhigen, und versprach ihm, dass Virgile ihn mit in die Werkstatt nehmen würde, sobald er wieder herunterkäme.

»Wir werden alle drei zusammen hingehen.«

Sie freute sich darüber, dass Élie zwischen ihr und Virgile ging, als sie sich später auf den Weg machten. Sie hatte beschlossen, ihn nicht weiter über das auszufragen, was in Périgueux geschehen war. Das Leben durfte nicht auf Schatten, sondern musste zum Licht hin ausgerichtet sein. So hatten sie immer gelebt, und so wollte sie auch weiterhin leben.

Virgiles Unbeschwertheit kehrte auch in den folgenden Tagen nicht zurück. Auch Victorias Lebendigkeit und erzwungene Fröhlichkeit vermochten daran nichts zu ändern.

»Schau ihn dir an!«, sagte sie zu Élie, »er hat dort Gewohnheiten der Bohème angenommen. Er rasiert sich nicht einmal mehr.«

Sie wusste sehr wohl, warum sich Virgile nicht mehr rasierte.

Er wollte kaschieren, was es auf seinem Gesicht zu verbergen gab. Doch ihrer Gewohnheit entsprechend hatte sie beschlossen, darüber Scherze zu machen, da es keine andere Lösung gab. Und wenn es auch ihr selbst nicht half, so schien wenigstens der Junge diese Art des Umgangs mit der Situation zu brauchen.

Sie ahnte, dass sich Virgile Dr. Dujaric anvertraut hatte, der am Vortag gekommen und mit Virgile in der Werkstatt gewesen war. Sie hatte die beiden eine Weile allein gelassen und war mit Élie am Flussufer spazieren gegangen. Bei ihrer Rückkehr hatte der Arzt Victoria mit verschlossenem Gesicht und zusammengebissenen Zähnen verkündet, dass Virgile sich in Zukunft nicht mehr um Überfahrten kümmern würde. Es war für ihn zu gefährlich geworden. Der Blick, den sie Dr. Dujaric zuwarf, hatte diesem zu verstehen gegeben, dass sie ohnehin nicht damit einverstanden gewesen wäre.

»Es tut mir leid«, hatte er gesagt. »Ich wusste nicht früh genug, dass an jenem Tag Streifen und Durchsuchungen geplant waren. Doch ich habe Ihnen niemals verheimlicht, dass es gefährlich ist.«

»Das stimmt«, hatte sie in einem Ton entgegnet, der ihn nicht einlud, die Unterhaltung fortzusetzen.

Er hatte jedoch den Wunsch, ihr erneut seine Verbundenheit zu bezeugen, und fügte deshalb hinzu: »Dass Sie Kinder aufnehmen, bedeutet schon sehr viel.«

Sie hatte nicht geantwortet, wollte ihn jedoch nicht mit dem Gefühl gehen lassen, dass sie ihm böse wäre, und hatte ihn bis zum Auto begleitet. Ehe er einstieg, hatte er die Hände auf Victorias Schultern gelegt und gemurmelt: »Wenn er nicht zurückgekommen wäre, hätte ich es mir nicht verziehen.«

»Ich auch nicht«, sagte Victoria.

Er hatte sie umarmt und geküsst, war dann weggefahren und hatte wie immer den Motor seines Wagens aufheulen lassen.

Seitdem machte sie sich Vorwürfe, sich gegenüber diesem Mann so feindselig verhalten zu haben, der viel größere Gefahren als sie selber auf sich nahm und dessen Freundschaft ihr so kostbar war. Dies zeigte sich übrigens ein weiteres Mal, als Élie vierzehn Tage nach Virgiles Rückkehr sehr krank wurde. Ein hohes Fieber und Bauchschmerzen zwangen ihn, sich ins Bett zu legen. Typhus, diagnostizierte Dr. Dujaric. Er musste nach Périgueux ins Krankenhaus gebracht werden, wogegen sich Victoria jedoch hartnäckig wehrte.

»Er ist dort nicht sicher, das wissen Sie so gut wie ich«, empörte sie sich.

»Wenn wir ihn hier behalten, gehen wir ein viel größeres Risiko ein.«

»Nicht, wenn Sie sich um ihn kümmern.«

»Dann müsste ich mittags und abends vorbeikommen.«

»Und? Ist das nicht zu machen?«

Der Arzt verstand, dass sie nicht aufgeben würde, und akzeptierte schließlich, sich Élies anzunehmen, dessen Leben fast eine Woche lang in großer Gefahr schwebte. Sulfonamide waren in diesem Fall nicht sehr wirkungsvoll, und man musste sich dem Schicksal ergeben und auf Lebenskräfte derer vertrauen, die an einer solchen Krankheit litten.

Victoria dagegen litt vor allem darunter, zu sehen, wie das Kind gegen den Tod ankämpfte, und sie begriff, wie sehr er ihr ans Herz gewachsen war. So viel Zeit wie möglich verbrachte sie in seinem Zimmer. Sie hielt seine Hand und redete unablässig mit ihm, um die Verbindung aufrechtzuerhalten, die mittlerweile zwischen ihnen entstanden war.

Fanny war von dem Arzt informiert worden und kam zweimal zu Besuch, sie war ihnen ein großer Trost. Wenn Victoria das Zimmer verließ, war es Virgile, der sie ablöste und bei dem

Kranken blieb. Nach einer ersten heiklen Woche ging das Fieber schließlich leicht zurück, und man konnte sagen, dass Élie auf dem Wege der Besserung war. Und doch vergingen drei Wochen, ehe er unter den erleichterten Blicken des Arztes aufstehen konnte, der sich des unsinnigen Risikos bewusst war, auf das er sich auf Victorias Drängen hin eingelassen hatte. Élie hatte drei Kilo abgenommen und konnte sich kaum auf den Beinen halten, doch er war gerettet, und das Leben konnte wieder weitergehen.

Virgile rasierte sich wieder und schien vergessen zu haben, was er erlebt hatte. Doch noch immer verschleierte sich von Zeit zu Zeit sein Blick, und er wurde starr und schweigsam.

»Wo bist du?«, fragte Victoria ihn dann.

»Hier«, sagte er. »Ich bin hier.«

Und er lachte, was auch Élie erfreute. Victoria stellte zufrieden fest, dass der Junge nun genauso an ihr hing wie an Virgile. Im Verlauf dieser drei Wochen hatte er gespürt, wie sehr er dieser Frau vertrauen konnte. Inzwischen kam es ihm vor, als wären mit der Krankheit auch alle anderen Bedrohungen verschwunden. Und als könne er nun die Angst vergessen, in der er so lange gelebt hatte, und künftig ohne sie weiterleben.

Sieben

Wochen vergingen, in denen nichts dieses geheime, sich selbst genügende Leben störte, außer der Nachricht von Razzien, die am 8. Oktober 1942 in den Dörfern ringsherum stattgefunden hatten. Dr. Dujaric kam zu Besuch und informierte sie, dass die Weisemanns nicht betroffen gewesen waren. Es schien, als wäre die Gefahr für Sarahs Familie in Périgueux nicht größer als vorher, im Gegenteil: In einer großen Stadt nicht aufzufallen, war einfacher als in einer kleinen Ortschaft, in der jeder jeden kannte.

Nach und nach hatte Élie zu erzählen begonnen und erwähnte sogar den Tag, an dem seine Eltern ermordet worden waren. An jenem Abend weinte er sehr lange, doch Victoria begriff, dass es ihm guttat, sich ihnen anvertraut zu haben. Am nächsten Morgen schien er es vergessen zu haben, und Victoria spürte, dass in diesem Kind eine besondere Lebenskraft steckte, was sie schon während seiner Krankheit geahnt hatte.

Virgile schien erleichtert darüber, die Grenze zwischen freier und besetzter Zone nicht mehr überqueren zu müssen. Er hatte seinen Kahn in die Werkstatt geholt und unter einem Haufen Sägemehl verborgen. Zusammen mit Élie, der ihm gern zur Hand ging, verbrachte er ganze Nachmittage dort. Morgens blieb der Junge eher bei Victoria, wenn sie sich um den Hühnerhof und den Garten kümmerte.

Danach machte sie sich an die Zubereitung des Essens und verkündete regelmäßig, dass gut zu essen die Voraussetzung für ein gutes Leben sei. Ihr wurde bewusst, dass Élies Eltern offensichtlich nicht so religiös gewesen waren wie Sarahs, denn er berief sich selten darauf, und es schien ihn nicht zu kümmern, was er aß. Gern hätte sie sein vorheriges Leben im Detail kennengelernt, doch wollte sie ihn nicht ausfragen, da sie fürchtete, die Erinnerung an das, was er erlebt hatte, könnte ihm schaden.

In unregelmäßigen Abständen schauten sie noch immer besorgt zur Straße, auf der jederzeit Gendarmen oder andere unerwünschte Besucher auftauchen konnten. Virgile kam auf die Idee, in der Wand des Mansardenzimmers des Kindes eine Tür zum letzten verbliebenen Stück Dachboden zu öffnen. Von außen konnte eine Holzplatte eingefügt werden, die den Unterschlupf vollkommen abschirmte. Sie vereinbarten, dass Élie sich bei dem geringsten Alarm dort verstecken sollte. Sie hatten es mehrere Male geprobt, und es hatte sich als überzeugend erwiesen.

Es war natürlich unmöglich, dass Élie zur Schule ging, die am 1. Oktober mit Beginn des Herbstes wieder angefangen hatte, der Düfte von Fässern, offenen Kellern und Pilzen mit sich brachte. Eines Morgens zu sehr früher Stunde waren Virgile und Victoria, um ihr Versprechen zu halten, trotz des Risikos mit Élie in den Wald gegangen, um Steinpilze und Pfifferlinge zu suchen. Sie hatten ihm beigebracht, die schwarzen Köpfe unter den Nadelbäumen und die großen Steinpilze mit den braunen Köpfen unter den Laubbäumen zu erkennen. Das Kind hatte Geschmack an dieser ihm bisher unbekannten Suche gefunden, und jedes Mal, wenn er einen Pilz fand, rief er sie und bat sie, zu kontrollieren, ob es ein ›guter‹ oder ein ›schlechter‹ war.

Seitdem sie keine Illegalen mehr in die freie Zone brachten, fühlten sich Virgile und Victoria sehr viel weniger in Gefahr. Sie hätten den Krieg fast vergessen, wenn die Erinnerung an das, was Élie erlebt hatte, sie nicht manchmal überwältigt hätte, vor allem bei Einbruch der Dunkelheit.

»Warum wir?«, fragte der Junge eines Abends, als sie still ihre Mahlzeit beendeten, die nur vom Knistern der Holzscheite im Kamin begleitet wurde.

Virgile und Victoria sahen ihn überrascht an.

»Was haben wir Juden eigentlich getan, dass man uns so viel Böses will?«

»Was willst du denn getan haben?«, fragte Victoria nach einem kurzen Schweigen. Hilflos suchte sie nach Worten, doch sie fand keine Antwort, die geeignet gewesen wäre, dem Kind etwas zu erklären.

»Sag du es ihm!«, wandte sie sich an Virgile, der wie so oft aus einem Traum zu erwachen schien und sich die Augen rieb. Er zuckte ratlos mit den Schultern.

»Das ist alles ein großer Unsinn. Es hat immer Menschen gegeben, die auf den Köpfen der anderen Läuse suchen. Das ist so, seit die Welt so ist, wie sie ist, und es wird immer so weitergehen.«

Diese einfachen Argumente ohne wirkliche Bedeutung hatten den Vorzug, dass sie das Drama, das das Kind erlebt hatte, auf eine fast annehmbare Dimension reduzierten. Er lächelte und hörte Victoria zu, die sich in komplizierten Einzelheiten verlor, von denen sie vorgab, sie wären wichtig.

»Es gibt sogar Frauen, die ihren Ehemann nicht ertragen. Vor allem, wenn sie es mit einem Nichtsnutz zu tun haben.« Sie betrachtete Virgile, der wie üblich eine niedergeschlagene Miene aufsetzte, und war froh, für Zerstreuung gesorgt zu haben. Sie beschloss, noch weiter auf Élie einzureden.

»Iss! Bitte! Das ist besser, als Fragen zu stellen, die weder Hand noch Fuß haben.«

Die schönen Tage gingen zu Ende, an den Abenden wurde es früher dunkel und sie verbrachten nicht mehr so viel Zeit vor der Tür. Stattdessen saßen sie oft in der Küche und suchten Zuflucht am Feuer. Dort fühlte Élie sich in Sicherheit, und Victoria erzählte ihm von dem nahenden Weihnachtsfest, von den Holzschuhen, die Virgile ihm anfertigen würde, und von dem Baum, den sie neben dem Kamin aufstellen würden.

Am Morgen des 12. November besuchte Dr. Dujaric sie früher als üblich und wirkte sehr beunruhigt. Er saß vor einer Tasse Kaffee und verkündete betroffen, dass die Deutschen am Vorabend die Demarkationslinie überschritten hätten und als Vergeltung für die Landung der Alliierten in Nordafrika in die freie Zone einmarschiert seien.

»Und was bedeutet das?«, fragte Victoria.

»Das bedeutet, dass sie jetzt jederzeit überall auftauchen können und wir uns noch mehr in Acht nehmen müssen.«

»Also gibt es keine Demarkationslinie mehr?«, bemerkte Virgile.

»So ist es. Und es ist sehr wahrscheinlich, dass die Dinge komplizierter werden.«

»Werden sie es wagen, nach Sauvénie zu kommen?«

»Sie können jedenfalls jederzeit auf der Straße hier vorbeifahren. Sie müssen mit dem Kleinen aufpassen.«

Zum Glück schlief Élie noch und bekam von alldem nichts mit. Zudem hatte der Arzt es wie immer eilig.

»Sooft ich kann, werde ich vorbeikommen, um Ihnen Neuigkeiten mitzuteilen. Bis dahin seien Sie vorsichtig.«

Er hielt sein Versprechen. Jeden Tag kam er zu ihnen, erklärte ihnen, was im Land passierte, und verkündete ihnen eine Woche später, dass die französischen Posten von der Brücke und der Nationalstraße nach Mussidan verlegt worden waren.

»Vorher war es einfacher, Informationen zu erhalten«, erklärte er, »da wir einige unserer Leute bei der Gendarmerie hatten. Mit den Deutschen wird das nicht möglich sein.« Und mit einem Seufzer fügte er hinzu: »Wenn ich daran denke, dass Pétain den Anspruch erhob, das Land zu retten. Nun ist ganz Frankreich besetzt!«

»Und in Périgueux, was geschieht dort?«, fragte Victoria aus Sorge um Sarah und ihre Eltern.

»Zusätzlich zur Miliz werden sie es mit der Gestapo zu tun bekommen.«

»Der Gestapo? Was ist das?«

»Das ist die deutsche Polizei. Sie überwacht sogar die Armee. Ich fürchte, dass uns die schlimmsten Prüfungen noch bevorstehen.«

»Glauben Sie, dass es für Sarah noch schwieriger wird?«

»Ich fürchte, ja.«

»Hier bei uns wäre sie sicherer.«

»Vielleicht haben Sie recht, Victoria, aber sie hat Eltern, und die müssen entscheiden.«

Victoria wirkte enttäuscht, beschloss aber, nicht zu widersprechen. Sie begleitete Dr. Dujaric zu seinem Wagen und sah ihm nachdenklich hinterher. Sie fragte sich, ob nicht eines Tages ein deutsches Auto auf der Straße auftauchen würde. Bei diesem Gedanken überlief sie ein Schauer. Sie beeilte sich, ins Haus zurückzukommen, und schloss rasch die Tür hinter sich.

Der Winter brach schon vor dem Monatsende herein. Regenfälle mit Schnee vermischt, die der Nordwind über den Feldern und Wiesen herumwirbeln ließ, brachten ihn mit. Die Bäume verloren ihre letzten Blätter und nahmen die aschrosafarbene Farbe an, die ihnen in dieser Jahreszeit eigen ist. Auf Sauvénie hatte man das Gefühl, das gesamte Leben wäre zum Stillstand gekommen und jegliche Gefahr vorüber. Virgile ging nur noch nachmittags in die Werkstatt, Élie nahm er seit einiger Zeit nicht mehr mit. Der Junge verbrachte den Tag gemeinsam mit Victoria, die ihn so gut sie konnte beschäftigte. Dies hieß vor allem, dass sie viel redete, um die Bindung zu stärken, die es ihr nach so vielen Anstrengungen schließlich gelungen war, mit ihm zu knüpfen. Nur morgens gingen sie hinaus und kümmerten sich um Blondie und das Federvieh, während Virgile die Straße im Auge behielt, von der jederzeit Gefahr ausgehen konnte.

Das Auto, das schließlich eines Nachmittags Ende November erschien, brachte allerdings keine Gefahr. Es war Fanny, deren Besuch der Arzt ihnen nicht angekündigt hatte. Sie zeigte sich Victoria und Virgile gegenüber unverändert warmherzig und dankbar und war zudem über die Veränderung gerührt, die sie bei Élie feststellte.

»Sie haben ihm das Leben zurückgegeben«, sagte sie, was wie üblich Victorias Protest nach sich zog. Dann gab Fanny eine ausführliche Zusammenfassung der Situation, die die Ankunft der Deutschen in Périgueux geschaffen hatte, um zuletzt den eigentlichen Anlass ihres Besuches zur Sprache zu bringen.

»Sarahs Eltern wären froh, wenn sie die Stadt verlassen könnte. Es ist dort zu gefährlich für sie. Aber sie haben ja nun Élie, fühlen Sie sich also bitte nicht verpflichtet, sie bei sich aufzunehmen.«

»Verpflichtet?«, rief Victoria aus. »Wir haben es doch schon mehrere Male angeboten.«

»Sie haben nur zwei Zimmer, und man kann einen Jungen und ein Mädchen nicht im selben Zimmer schlafen lassen.«

»Wir werden ihr unseres geben.«

»Und Sie? Wo schlafen Sie?«

»Wir arrangieren uns.«

Fanny dachte einen Moment lang nach und betrachtete sie dabei mit einem liebevollen Schimmer in den Augen.

»Sie sind sich nicht bewusst, was das an zusätzlicher Arbeit bedeutet. Sich um zwei Kinder dieses Alters gleichzeitig zu kümmern, mit allen dazugehörigen Risiken! Wenn Sie sich wenigstens einverstanden erklärten, etwas dafür anzunehmen, hätte ich nicht solche Gewissensbisse, Ja zu sagen …«

»Nein, nein! Sie werden nicht wieder damit anfangen!«, empörte sich Victoria. »Wir haben Ihnen schon gesagt, dass wir nichts brauchen.«

Ein weiteres Mal bewegt von dieser Haltung, schwieg Fanny für einen Moment. Dann sagte sie: »Wir können es einige Wochen lang versuchen und sehen, wie es geht, wenn es Ihnen wirklich nicht zu anstrengend ist.«

»Machen Sie sich keine Sorgen«, entgegnete Victoria. »Wir sind ja keine alten Leute. Sagen Sie uns lieber, wann Sie sie uns bringen.«

Fanny antwortete nicht. Sie zögerte immer noch, einerseits aus den bekannten Gründen, aber auch aufgrund der Sicherheit. Zwei Kinder am selben Ort fielen leichter auf als ein einziges. Aber sie hatte keine Gastfamilie mehr, und Sarahs Eltern waren durch die Ankunft der Deutschen sehr verängstigt. Sie hatte keine Wahl, und das wusste sie. Sie hatte sich bisher aufgrund all der Bedenken zurückhaltend gezeigt und wollte die Großzügigkeit ihrer Gastgeber nicht ausnutzen.

»Was sagst du dazu?«, fragte sie Élie. »Würde es dir gefallen, eine Schwester bei dir zu haben?«

»O ja!«, antwortete der Junge, der sich instinktiv vorstellte, sich nicht mehr so allein zu fühlen, und dem überdies die Vorstellung gefiel, jemanden an seiner Seite zu haben, dem er seine Ängste und Geheimnisse leichter mitteilen könnte als den Erwachsenen.

»Und Sie, Virgile, was halten Sie davon?«

»Wissen Sie, wir haben uns immer so sehr Kinder gewünscht, dass wir lieber eins zu viel haben als gar keins!«

»Also gut, dann ist es abgemacht!«, sagte Fanny. »Wenn alles gutgeht, werde ich sie Ihnen in drei Tagen bringen.«

»So ist es recht!«, sagte Victoria. »Ich bin sicher, dass wir dieser Kleinen sehr gefehlt haben.«

Fanny hatte nicht den Mut, zu bemerken, dass *diese Kleine* Eltern hatte, zumal nichts Victorias rührender Begeisterung widerstehen konnte. Ein weiteres Mal erging sie sich – unter dem missbilligenden Blick ihrer Gastgeberin – in Danksagungen, dann verabschiedete sie sich.

Sobald ihr Auto hinter den Bäumen verschwunden war, trug Victoria Virgile Arbeiten auf, die sie bereits im Kopf hatte. Gegenüber dem Kamin befand sich ein einigermaßen großer Bereich, der früher als Alkoven gedient hatte, ehe die Zimmer auf dem Dachboden ausgebaut worden waren. Man brauchte also nur eine Stange zu befestigen und einen Vorhang aufzuhängen, um daraus ein Zimmer zu machen, in dem sie schlafen könnten. Virgile musste alles stehen und liegen lassen, das nötige Werkzeug aus der Werkstatt holen und sich sofort an die Arbeit machen.

In den beiden folgenden Tagen holten sie das Eisenbett und die Matratze wieder hervor, die sie vor langer Zeit in die Scheune gebracht hatten. Sie reinigten das Gestell und platzierten es dort, wo es früher schon einmal gestanden hatte. Zwischen dem Bett und der Wand gab es sogar noch Platz für eine kleine Kommode. Von nun an gab es ein drittes Zimmer im Haus: Alles war bereit, um die zu empfangen, auf deren Rückkehr sie so lange gehofft hatten.

Sarah war gewachsen. Auch sonst hatte sie sich verändert, und in ihren Augen lag der Schatten der Trennung von ihren Eltern, auf die sie nicht vorbereitet gewesen war und gegen die sie sich bis zuletzt gewehrt hatte. Nicht, weil sie nicht wieder mit Virgile und Victoria zusammenleben wollte, sondern weil sie befürchtete, ihre Mutter und ihren Vater nie wiederzusehen. Was seit dem 12. November in Périgueux geschah, die ständige Gegenwart der so gefürchteten Uniformen auf den Straßen, die gepanzerten Lastwagen, die Mercedes-Cabrios, der Lärm der Stiefel – all das war angsteinflößend. Sarah wusste, dass ihre Mutter und ihr Vater in Gefahr waren. Sie dachte unentwegt daran und hörte Victoria kaum zu, die wie immer versuchte, sie abzulenken und sie die Bedrohung ihrer Angehörigen vergessen zu lassen.

Zum Glück half ihr Élies Anwesenheit. Er war ein Jahr jünger als Sarah, dabei aber deutlich reifer. Was er erlebt hatte, brachte ihn dazu, sich über das Leben zu freuen, das er bei Virgile und Victoria führte, sich damit zufriedenzugeben, im Hier und Jetzt zu leben, geschützt, und ohne zu sehr an die Zukunft zu denken. Sie verstanden sich auf Anhieb, und was Victoria gehofft hatte, bewahrheitete sich schnell: Sie wirkten wie Geschwister, die sich gegenseitig stützten und gern und viel Zeit miteinander verbrachten. Sie teilten die wichtigsten Aspekte dieses Lebens miteinander, das sie zwar in Abgeschiedenheit, dennoch aber in der Warmherzigkeit und im sicheren Schutz eines Heims führten.

Es dauerte nicht lange, und durch die offene Tür von Sarahs Zimmer im ersten Stock war Lachen zu vernehmen. Élie besuchte sie oft zu geheimnisvollen Spielen, zu denen Victoria keinen Zutritt hatte. Sie tat so, als würde sie daran Anstoß nehmen, und jammerte auf ihre übliche Art.

»Jetzt machen sie sich also über mich lustig, diese Schlingel! Was habe ich dem lieben Gott nur getan, dass ich das verdient habe?«

Aber das Lächeln, das ihre Lippen umspielte, vertrieb jeglichen Zweifel, und sie verbrachte ihre Zeit damit, Maiskuchen oder Crêpes zu backen, mit denen sie die beiden so willkommenen Gäste mästete. Alle Argumente der Verweigerung wurden sofort zurückgewiesen.

»Wenn ihr nicht esst«, rief sie aus, »werdet ihr krank und müsst ins Krankenhaus.«

Sie hob einen drohenden Zeigefinger mit den Worten: »Wartet nur ab, ich werde euch selber nach Périgueux fahren.«

Virgile entfernte sich kaum vom Haus. Er hatte einiges von seinem Werkzeug aus der Werkstatt in die Scheune herübergeschafft, von wo aus er die Straße besser überwachen konnte. Victoria war nach Monestier gegangen und hatte eine Trillerpfeife gekauft, die er als Signal verwenden sollte, sobald ein unbekanntes Auto auftauchte. In diesem Fall sollten die beiden Kinder in Élies Zimmer gehen und sich im neu geschaffenen Verschlag auf dem Dachboden verstecken. So vergingen die Tage, der Dezember rückte näher und damit Weihnachten, über das Victoria jeden Abend sprach, sodass die Kinder sich ein Fest ausmalten, so hoffte sie, das ihre Gedanken ausreichend beschäftigte, um sie alles andere um sie herum vergessen zu lassen.

Anfang Dezember wurde es sehr kalt, und einige Schneeflocken wirbelten in der eisigen klirrenden Luft herum. Das kurze Gras der Wiesen und die Äste der Bäume wurden schließlich vom Frost mit seinem eisernen Griff eingehüllt. Sie waren von Eiskristallen überzogen, die an Kerzenleuchter erinnerten und die beiden verzückten Kinder ans Fenster lockten.

Man hätte meinen können, das Leben da draußen hätte seinen fieberhaften Lauf unterbrochen, und nicht die geringste Bedrohung könnte ihnen begegnen. Und doch kam Dr. Dujaric eines Abends mit einer schrecklichen Nachricht: Die Familie Weisemann war festgenommen worden.

»Sie sind verraten worden«, sagte er.

»Nein!«, entgegnete Victoria, »das ist nicht möglich. Niemand hier würde so etwas tun.«

»Sie irren sich, wir sind uns ganz sicher. Auch die Milizsoldaten haben keinen Hehl daraus gemacht.«

»Nein!«, wiederholte Victoria aufgebracht. »Ich glaube Ihnen kein Wort.«

Und da sie den Kopf schüttelte und sich beharrliche weigerte, das Gehörte zu akzeptieren, fügte der Arzt hinzu: »Wir werden sehr vorsichtig sein müssen.«

Ehe er im Detail erzählte, was in Reillac geschehen war, hatte Dr. Dujaric die Kinder gebeten, sich in ihre Zimmer zurückzuziehen.

»Was haben Sie für die beiden geplant, wenn es Probleme gibt?«, fragte er, als er am Ende seiner Erzählung angelangt war.

»Ich habe auf dem Dachboden einen Verschlag eingerichtet«, sagte Virgile. »Die Tür, durch die man hineinkommt, ist von außen kaum zu erkennen.«

Dr. Dujaric nickte und schien beruhigt.

»Na schön«, sagte er, »das ist gut.«

Einige Augenblicke herrschte Stille, dann fragte Victoria: »Was haben die mit ihnen gemacht?«

Der Arzt begriff, dass sie von den Weisemanns sprach und antwortete zögerlich.

»Ich weiß nur, dass sie sie nach Drancy gebracht haben, an den Stadtrand von Paris. Aber was dort mit ihnen geschehen ist …«

Wieder trat Stille ein, und Ratlosigkeit breitete sich aus. Dann fing sich Dr. Dujaric als Erster wieder.

»Denken Sie nicht mehr an diese Dinge«, sagte er, jetzt wieder mit festerer Stimme. »Denken Sie an die Kinder, das ist alles, was jetzt zählt.«

Als er bald darauf aufbrach und Victoria und Virgile ihn auf den Hof begleiteten, schien es ihnen, als wäre sein Schritt schwerer und sein Gang nicht mehr ganz so sicher.

Sarah und Élie gegenüber ließen sie nicht ein Wort über das verlauten, was sie erfahren hatten. Und doch fragten sie sich, ob die beiden Kinder die Unterhaltung nicht mitgehört hatten, so aufgeregt wirkten sie den ganzen folgenden Tag über. Virgile und Victoria wechselten sich nun am Fenster ab, um die Straße zu überwachen. Doch nichts geschah und störte ihr Einsiedlerdasein und – dank der beiden Kinder – oft fröhliches Leben. Deren Fähigkeit zu vergessen erstaunte beide.

Sie hatten begonnen, in ihrer Aufmerksamkeit nachlässiger zu werden, als am Morgen des 6. Dezember ein Citroën auftauchte und im Hof anhielt. Virgile gab Alarm, und Victoria stieg in den ersten Stock hinauf, um die Holzplatte wieder einzusetzen, hinter die die beiden Kinder geflüchtet waren. Zum Glück achtete sie darauf, dass alle Kleider jeden Morgen in den Schränken verschwanden, ehe sie zum Frühstück herunterkamen, und möglichst nichts Persönliches auf den Bettvorlegern herumlag, das sie verraten konnte. Unten auf der Treppe standen nur die Holzschuhe, die Virgile Sarah letztes Jahr zu Weihnachten geschenkt hatte, denn sie ließen auf die Anwesenheit eines Bauernmädchens schließen, Victorias Nichte, die regelmäßig in den Ferien nach Sauvénie kommen sollte.

Zwei Milizsoldaten und ein Mitglied der Gestapo öffneten ohne anzuklopfen die Tür, als Victoria gerade ihren Fuß in die

Küche setzte. Virgile hatte sich erhoben. Er war sehr blass und nicht ganz sicher auf den Beinen. Zweifellos zog das, was er in Périgueux erduldet hatte, in Windeseile an ihm vorüber. Victoria stürzte zu ihm, nahm seinen Arm und bot dem Milizsoldaten, der sich vor ihnen aufbaute, die Stirn.

»Wo sind sie?«, fragte er.

»Wer denn?«, entgegnete Victoria, glutrot vor Zorn, schwarzgekleidete Männer bei sich eintreten zu sehen, Träger allen Unglücks der Welt.

»Die Kinder!«

»Welche Kinder?«

»Man hat uns gesagt, hier seien Kinder.«

»Es sind noch keine Ferien. Die Tochter meiner Schwester ist noch nicht angereist. Im Übrigen wird sie dieses Weihnachten nicht kommen.«

Der Deutsche im langen schwarzen Ledermantel mit einem Hakenkreuz auf dem Arm kam nun ebenfalls näher und musterte Virgile und Victoria eine ganze Weile. Mit der Hand gab er ein Zeichen, auf das hin die Milizsoldaten die Treppe hinaufstiegen. Victoria spürte, wie Virgile neben ihr zitterte, und auch sie bebte vor Wut. Ein Zorn machte sich in ihr breit, der immer unkontrollierbarer wurde, denn sie hatte begriffen, dass sie verraten worden waren.

Von wem? Wie? Sie hielt den Atem so lange an, wie die Männer dort oben waren und die Zimmer inspizierten, aus Angst, dass sich eins der Kinder durch ein Niesen oder eine unvorsichtige Bewegung in dem engen Raum auf dem Dachboden verraten könnte. Die Soldaten kamen schließlich wieder herunter, ohne etwas bemerkt zu haben. Sie schienen darüber verärgert, und auf Befehl des Mannes im Ledermantel gingen sie hinaus und in Richtung Scheune.

In dieser Zeit schaute sich der Deutsche in der Küche um, lauschte den vertrauten Geräuschen des Hauses, öffnete den Schrank unter dem Spülbecken, schloss ihn wieder und kam dann ganz dicht an Victoria und Virgile heran.

»Es ist nicht recht, jüdische Kinder zu verstecken!«, sagte er mit seinem markanten Akzent, in dem er die Silben hart voneinander trennte. Mit seinen hellen Augen fixierte er diesen Mann und diese Frau, die es ihm schwer machten, sie für schuldig zu halten.

»Sie würden so etwas nicht tun, oder?«

Weder Virgile noch Victoria antwortete.

»Sie sind sich dessen bewusst, was Sie aufs Spiel setzen, nehme ich an.«

Victoria nickte, ohne den Blick zu senken.

Jetzt änderte er den Ton. »Ich glaube nicht, dass Sie so etwas tun«, sagte er mit fast süßlicher Stimme. »Jüdische Kinder können keine Holzschuhe tragen.«

Er schwieg, dann schrie er plötzlich: »Habe ich recht?«

»Nein!«, sagte Victoria, die nur ein Ziel vor Augen hatte. Sie wollte, dass diese Männer wieder verschwanden, aus Angst, die Kinder könnten sich verraten.

»Ich bin sicher, dass ihr gute Franzosen seid, alle beide.«

Und wieder schrie er: »Nicht wahr?«

»Natürlich«, sagte Victoria.

Eine ganze Weile war es still, dann hörten sie Schritte näherkommen, und die beiden Milizsoldaten traten ein. Einer von ihnen schüttelte verdrossen den Kopf.

»Gut, gut!«, sagte der Mann im Ledermantel. »Wir werden gehen. Madame, Monsieur.«

Bei den letzten Worten neigte er leicht den Kopf. Dann betrachtete er sie noch einen Augenblick und wiederholte: »Ich bin sicher, dass Sie so etwas nicht tun würden.«

Er drehte sich um, und auf ein Zeichen hin veranlasste er die beiden Milizsoldaten, ihm zu folgen. Virgile und Victoria rührten sich nicht einen Millimeter, ehe das Auto um die Ecke der Straße verschwunden war. Und selbst dann verging noch eine ganze Weile, ehe sie die Kraft fanden, sich zu bewegen.

»Ich gehe hinauf und beruhige die Kinder«, sagte Victoria. »Aber ich werde ihnen sagen, dass sie noch eine Stunde im Versteck bleiben sollen, man weiß ja nie.«

Virgile stimmte zu, näherte sich dem Fenster und blieb dort stehen, bis sie wieder herunterkam. Mit weichen Knien setzten sie sich einander gegenüber.

»Wer hat das getan?«, fragte Virgile.

»Wer soll es denn deiner Meinung nach gewesen sein?«, rebellierte Victoria. »Wir werden jetzt nicht damit beginnen, den Deutschen zu glauben. Das fehlte noch!«

Er begriff, dass sie sich weigerte zu glauben, dass sie verraten worden waren, da dieser Gedanke schlicht nicht zu ertragen war.

»Sie inspizieren alle Häuser, das ist alles«, fuhr Victoria fort. »Rose und Henri werden denen kaum etwas gesagt haben, oder? Also wer soll es deiner Meinung nach gewesen sein?«

Es stimmte, sie sahen kaum Leute, und nur wenige kamen auf der kleinen Straße vorbei. Sicher war es möglich, die Kinder auch aus der Ferne zu sehen, doch in dieser Jahreszeit gingen sie selten hinaus. Ob Dr. Dujaric etwas zugestoßen sein konnte, den sie seit fünf Tagen nicht gesehen hatten? Oder Fanny? Sie zogen diese Möglichkeiten in Betracht, doch sie trauten sich nicht, sie auszusprechen, denn sie waren überzeugt, dass weder der Arzt noch Fanny auch nur irgendetwas zugegeben hätte.

»Gut!«, sagte Victoria und erhob sich unvermittelt. »Wir werden nicht mit solchen Verdächtigungen im Kopf leben! Sie haben beschlossen, alle Bauernhöfe im Tal zu kontrollieren, und damit basta. Sobald wir Dr. Dujaric sehen, wird er es uns bestätigen. Bis dahin werden wir einfach noch vorsichtiger sein.«

Den ganzen Tag lang wachten sie abwechselnd am Fenster, doch nichts geschah, um die unter der Kälte und dem Frost schlummernde Landschaft zu stören. Wirklich beruhigt waren sie aber erst, als Dr. Dujaric am nächsten Tag kurz vor Mittag zu ihnen kam und ihnen mitteilte, dass man in ihrem Fall nicht an einen Verrat glaubte.

»Ich denke, sie haben eine großangelegte Aktion im gesamten Tal unternommen«, fuhr er fort, »und in diesem Fall haben wir das Gefährlichste wohl schon überstanden. Aber Sie müssen dennoch wachsam bleiben.«

Durch die Last der Verantwortung wirkte er bei diesem Besuch noch niedergeschlagener als beim letzten Mal. Victoria und Virgile blieben dennoch erleichtert zurück. Und sie hofften, wie zuvor in dieser relativen Sicherheit weiterleben zu können, an die sie sich langsam gewöhnt hatten.

Dennoch wurde Weihnachten nicht so schön, wie sie es sich erhofft hatten. Sie ließen davon ab, einen Tannenbaum zu schmücken, da Victoria behauptet hatte, dass sie zum Fest kein Kind erwarteten. Virgile fertigte für Élie Holzschuhe an, und sie stellten sie im letzten Moment vor dem Schlafengehen neben die von Sarah an den Kamin.

Natürlich kam es nicht in Frage, zur Mitternachtsmesse zu gehen, noch, irgendjemanden zum Weihnachtsessen einzuladen. Victoria bereitete indessen ein wahres Festmahl zu, das sie alle vier um den großen Tisch versammelt einnahmen, nicht ohne dabei den Geräuschen draußen nachzulauschen. Wie immer zeigte sie sich heiter, ärgerte Virgile ständig mit ihrem Sarkasmus, und als sie gesättigt waren, vertrieben sie sich mit Kartenspielen die Zeit bis Mitternacht. Dann begann Victoria, alte Lieder zu singen, und nötigte Virgile dazu, sich zu erheben und mit ihr zu tanzen. Élie und Sarah standen ebenfalls auf und imitierten sie mit ihren auf den Dielen klappernden Holzschuhen. Immer wieder fielen sie hin, lachten und kreischten gleichzeitig und hatten solchen Spaß, dass sie kein Ende fanden, als Virgile und Victoria sich schon längst wieder an den Tisch gesetzt hatten, um ihnen zuzusehen.

Am nächsten Morgen fanden die Kinder Schokoladenbonbons sowie zwei Orangen und in Glanzpapier eingewickeltes Weihnachtskonfekt in ihren Holzschuhen. Bis zum Mittag ließen sie es sich schmecken, dann wollte Élie seine Holzschuhe ausziehen, da ihm die Füße wehtaten.

»Nein!«, sagte Victoria, die sich an die Bemerkung des Deutschen erinnerte: *Jüdische Kinder können keine Holzschuhe tragen.* »Du musst dich daran gewöhnen, so wie Sarah es getan hat.«

Er gehorchte, biss die Zähne zusammen und zog sie nicht mehr aus, bis er schlafen ging und sie unten an der Treppe stehen ließ, als unanfechtbaren Beweis einer bäuerlichen Identität, die sie alle vier beruhigte. Bis zum 1. Januar war es sehr kalt, und sie feierten den Beginn des Jahres 1943, indem sie sich zwangen, nicht an all das zu denken, was dieses neue Jahr für sie bereithalten würde, das mit Raureif und einem messerscharfen und schneidenden Nordwind begann.

Dritter Teil

Acht

Der Frühling hatte sich mit wunderbaren Tagen frühzeitig eingestellt, sodass man von Februar an geglaubt hatte, der Winter sei zu Ende. In dieser Zeit hatte es weder eine weitere Hausdurchsuchung noch andere Vorfälle gegeben – im Gegenteil, es schien, als hätten sich seit der Abschaffung der Demarkationslinie durch die Deutschen im März 1943 die Lebensbedingungen verbessert. Von nun an war freier Verkehr für Menschen und Waren möglich, und man hatte sich schließlich fast an die Gegenwart der Wehrmachtsuniformen gewöhnt, zumindest in der Stadt, wo die Leute ihnen tagtäglich begegneten. Nicht ganz so auf dem Land, dort waren sie seltener zu sehen, und ihr Erscheinen bedeutete immer eine unmittelbare Gefahr.

Je schöner das Wetter wurde, desto schwieriger wurde es, den Kindern das Hinausgehen zu verbieten, obwohl Dr. Dujaric unverändert Wachsamkeit anmahnte. Doch es war so verlockend, dass die beiden immer wieder entschlüpften und die Gefahr vergaßen, sobald Virgile oder Victoria ihnen den Rücken kehrten. Sie konnten nicht anders, sie folgten dem ganz natürlichen Durst nach Leben, Laufen, Kommen und Gehen. Victoria versuchte sich mit dem Gedanken zu beruhigen, dass sie mit den Holzschuhen wie Bauernkinder gekleidet seien, und dass die Schulferien die Anwesenheit von Kindern rechtfertigten. Dennoch vergaß Victoria nicht, was im Dezember vorgefallen war, und hielt unablässig die Straße im Auge, von der jederzeit Gefahr ausgehen konnte.

Ende Juni regte Dr. Dujaric aus Gründen größerer Sicherheit an, die Kinder vom Pfarrer aus Monestier taufen zu lassen, der schon mehrere Taufen jüdischer Kinder durchgeführt hatte. Er war Mitglied der Résistance und hatte sich von den Positionen seines Bischofs distanziert. Doch Sarah hatte sich hartnäckig geweigert.

»Es spielt doch keine Rolle«, versuchte Victoria sie umzustimmen. »Es geht ja nur darum, eine Bescheinigung zu haben. Du wirst deine Religion nach dem Krieg wiederbekommen, wenn keine Gefahr mehr besteht.«

Doch Sarah gab nicht nach, und so nahm man schließlich Abstand von der Idee. Der Sommer kam mit großer Hitze, die sich auch durch lang anhaltende Gewitter im August nicht vertreiben ließ. Dann kam mit den letzten Septembertagen das Ende der relativen Freiheit der Kinder, denn der Schulanfang näherte sich, und es gab keine Rechtfertigung mehr dafür, dass die vermeintlichen Schulkinder sich auf dem Land aufhielten.

In den vergangenen Monaten hatte Sarah sich große Sorgen um ihre Eltern gemacht, doch Fanny, die regelmäßig nach Sauvénie kam, hatte ihr Nachrichten gebracht, die sie irrtümlicherweise beruhigten. Die Spannung, die auf die Invasion der südlichen Zone gefolgt war, war ein wenig gewichen. Tatsächlich aber waren Sarahs Eltern Ende Februar gerade noch mehreren großen Massenverhaftungen entgangen und an die Côte d'Azur gelangt, wo sie darauf hofften, die Italiener als Besatzer würden den Juden weniger Feindseligkeit entgegenbringen als die Deutschen.

Fanny hatte Sarah von all dem nichts sagen wollen, doch als Sarah forderte, ihre Eltern zu treffen, befand sie sich in einer unhaltbaren Situation. Victoria konnte Fanny noch so sehr zu Hilfe kommen, das Mädchen drohte, nach Périgueux zu fliehen und Élie, der sich solidarisch zeigte, mitzunehmen.

»Ihr sagt mir nicht die Wahrheit«, behauptete Sarah. »Ich weiß, dass sie in Gefahr sind.«

Victoria redete mit Fanny, bis diese versprach, Sarah bei ihrem nächsten Besuch die Wahrheit zu sagen. Doch das Mädchen ließ ihnen keine Zeit. Eines Morgens Anfang Oktober, während Victoria sich im Stall um Blondie kümmerte und Virgile in der Werkstatt arbeitete, verschwand sie und nahm Élie mit, wie sie es angekündigt hatte.

Als Victoria das Haus betrat, um die Kinder zu wecken, fielen ihr schon von der Treppe aus die offenen Türen auf. Beinahe wäre sie vor Erregung gestolpert, da ihr sofort klar wurde, was geschehen war. Zunächst lief sie zur Straße, in der Hoffnung, sie einzuholen, doch ihr Herz klopfte so sehr, dass sie stehen bleiben und die Verfolgung aufgeben musste. Was für eine Verrücktheit! Sie war böse auf Fanny, doch diese hatte nur die Anweisungen befolgt, die Sarahs Eltern ihr gegeben hatten. Sie glaubten, ihre Tochter wäre in der Dordogne sicherer als bei ihnen im Süden des Landes.

Was sollte Victoria tun? Zunächst wollte sie Virgile Bescheid geben, dann Dr. Dujaric, der sie mit dem Auto vielleicht wiederfinden könnte, ehe es zu spät wäre.

Um schneller zu sein, fuhr sie mit dem Fahrrad zur Werkstatt und bat ihren Mann, die Landstraße parallel zum Fluss abzufahren, während sie sich selbst nach Monestier begab, um den Arzt zu benachrichtigen. Es war schon zehn Uhr, als sie dort ankam, doch er war nicht zu Hause. Er war zu einer Geburt in ein Dorf an der Straße Richtung Saint-Barthélemy gefahren, und seine Sekretärin wusste nicht, wann man mit ihm rechnen konnte. Victoria zögerte nicht, fünf Kilometer mehr machten ihr keine Angst.

Glücklicherweise war es mild auf der kleinen Straße, und der Herbst hatte die große Hitze des Sommers vertrieben.

Während sie in die Pedale trat, begann sie wieder, gegen Fanny zu wettern, ohne dass es ihr gelang, ihr wirklich böse zu sein. Was die Kinder betraf, so fühlte sie sich schuldig, denn sie hätte misstrauischer sein sollen. Sarah übte inzwischen einen starken Einfluss auf Élie aus, der sich nach wie vor allein fühlte und in dieser »großen Schwester« einen wertvollen Rückhalt gefunden hatte. Victoria war nicht entgangen, dass die beiden ihr zu entgleiten drohten, doch hatte sie auch nicht versucht, sie zu trennen. Sie hätte es auch gar nicht gekonnt, auch wenn sie manchmal auf ihre spielerische Art vorgab, sich über sie zu beklagen. Die beiden Kinder ließen sich nicht täuschen und lachten darüber. Und sie lachen zu sehen, war Victorias größte Freude und beruhigte sie gleichzeitig.

Als sie in dem von der Sekretärin angegebenen Weiler eintraf, war sie erleichtert, den Wagen des Arztes vor einem Bauernhof auf der Straße stehen zu sehen. Sie betrat das Haus und fand den Arzt am Waschbecken, an dem er sich nach der eben zu Ende gebrachten Geburt die Hände wusch. Sie erklärte ihm in Kürze, was geschehen war, ehe sie gemeinsam in seinem riesigen Wagen zurückfuhren. Victorias Fahrrad ließen sie bei dem Bauern zurück, der als Grund für den überstürzten Aufbruch des Arztes einen Notfall annahm.

Auf dem Weg nach Monestier erfuhr Dr. Dujaric weitere Einzelheiten, woraufhin er entschied, die Nationalstraße bis Mussidan zu nehmen und von dort aus auf der kleinen Straße zurück nach Sauvénie zu fahren.

»Weiter können sie in so kurzer Zeit unmöglich gekommen sein«, versicherte er. »Ich bin sicher, wir finden sie unterwegs.«

»Es sei denn, sie wären festgenommen worden«, sagte Victoria.

»Aber nein«, beruhigte er sie. »Sie kennen die Gefahren, außerdem wird man sie für Bauernkinder halten.«

Bis Mussidan sprachen sie kein Wort mehr. Sie einigten sich lediglich darauf, dass Fanny so schnell wie möglich mit Sarah reden sollte. Diese Situation konnte so nicht andauern.

Sie erreichten die Stadt in einer guten halben Stunde, dann nahmen sie die Brücke über den Fluss und bogen links ab, um wieder nach Monestier zurückzukehren. Die schmalere Landstraße war rechts zwischen dem Fluss und den Hügeln von Bauernhöfen gesäumt. Außer einigen Karren gab es nicht viel Verkehr, und nicht eine einzige Uniform war unterwegs zu sehen. Dr. Dujaric fuhr langsam, um mit den Augen gleichzeitig die Abhänge der Hügel sowie auf der anderen Seite die Uferböschung des Flusses zu inspizieren, die meistens hinter einem Vorhang von Eschen und Pappeln verborgen lag. Mehrere Male verließ er die Straße, um einen Sandweg zu den Hängen oder auf der anderen Seite zu einem alleinstehenden Wäldchen zwischen zwei Bauernhöfen einzuschlagen, doch weit und breit war kein Kind zu sehen.

»Wohin können sie denn gewollt haben?«, murrte Victoria.

Der Arzt antwortete nicht. Er fuhr jetzt immer langsamer, hielt häufig an und zeigte sich immer besorgter. Nach einer Viertelstunde entdeckten sie Virgile, der ihnen auf seinem Rad entgegenkam. Auch er hatte nichts gesehen, nichts gefunden.

»Aber wo können sie denn sein?«, wiederholte Victoria. Es gelang ihr nicht, ihre Wut und Angst zu verbergen.

»Sie müssen durch die Wiesen am Fluss entlang gegangen sein«, vermutete Virgile. »Sarah weiß, dass die Isle durch Périgueux fließt, sie hat sie dort gesehen. Der Fluss ist der einzige Punkt, an dem sie sich orientieren können.«

»Sie haben recht«, stimmte der Arzt zu. »Aber in diesem Fall nützt Ihnen mein Auto gar nichts. Virgile, am besten fahren Sie bis Mussidan, lassen Ihr Rad dort stehen und kommen zu Fuß auf der rechten Uferseite zurück. Sie und ich, Victoria, werden ein Stück weit flussabwärts fahren, dann kommen wir am linken Flussufer wieder zurück. Es würde mich wundern, wenn wir die beiden auf diese Weise nicht fänden.« Und in einem schon viel optimistischeren Ton fügte er hinzu: »Wir finden sie schon.«

Virgile entfernte sich und trat auf der Landstraße so schnell wie möglich in die Pedale. Dr. Dujaric setzte Victoria fünf Kilometer flussabwärts von der Stelle ab, an der sie sich getroffen hatten. Als sie allein war, begann sie am Fluss entlangzugehen, dessen Wasser ihr niedrig vorkam, was sie ein wenig beruhigte. Sarah konnte zwar schwimmen, doch für Élie traf dies nicht zu. Sie verdrängte diesen Gedanken und schritt weiter auf dem Uferweg dahin. Eigentlich war es eher ein kaum sichtbarer Pfad, den sie jedes Mal verließ, sobald sie zu ihrer Rechten eine Scheune oder Hütte erblickte, in der die Kinder hätten unterschlüpfen können.

Nach einer Weile verspürte sie Hunger und dachte sich, Sarah und Élie müssten ebenfalls einen leeren Magen haben, falls sie nicht etwas Brot und Käse mitgenommen hätten. Was das betraf, vertraute sie Sarah. Da sie diese Flucht seit Langem plante, hatte sie sicher vorgesorgt. Victoria ging weiter, wurde aber mit der Zeit immer müder und langsamer, sodass es schließlich sechs Uhr abends war, als sie Virgile dort traf, wo ihre Wege sich getrennt hatten. Er hatte ebenfalls nichts erreicht und machte einen entmutigten Eindruck. Ratlos gingen sie ohne ein Wort zu sagen zur Straße zurück. Im Schutz einer Eiche setzten sie sich auf eine kleine Mauer, denn es hatte zu regnen begonnen und wurde langsam kalt. So warteten sie auf Dr. Dujaric.

Der Arzt kam erst um sieben Uhr, entschuldigte seine Verspätung und bot ihnen an, sie nach Hause zu bringen, damit sie sich ausruhen und vor allem stärken konnten.

»Ich werde die ganze Nacht hindurch weitersuchen, wenn es sein muss«, sagte er. »Ich habe sowieso noch Hausbesuche in der Gegend zu machen.«

Und so geschah es. Virgile und Victoria waren am Ende ihrer Kräfte und durchgefroren, als sie mit einer letzten Hoffnung im Innern nach Sauvénie zurückkehrten: die beiden Kinder vor dem Haus zu finden. Aber nein. Bei einbrechender Dunkelheit fanden sie die Bank neben der Tür leer, und sie mussten sich damit abfinden, das Haus allein zu betreten.

Schnell und schweigsam aßen sie zu Abend, unfähig, ihre Ängste zu formulieren, die mit voranschreitender Zeit immer konkreter wurden.

»Sie können doch gar nicht so weit weg sein«, murmelte Victoria nur, als sie schlafen gingen.

Virgile antwortete nicht. Die Abwesenheit der Kinder wog schwer, die Bedeutung, die sie mittlerweile in ihrer beider Leben eingenommen hatten, wurde ihm schmerzhaft bewusst. Und doch gab es nichts zu sagen, was Victoria nicht schon wusste.

»Nun, morgen werden sie da sein!«, sagte sie noch, bevor sie sich ins Bett legte.

»Ja«, erwiderte Virgile. »Das Beste ist, wir versuchen zu schlafen.«

Doch dazu waren sie nicht in der Lage. Jedes Mal, wenn sie die Augen schlossen, sahen sie Sarah und Élie, wie sie von schwarzen Uniformen mitgenommen wurden, nach ihnen riefen und ihnen ihre Hände entgegenstreckten, während sie selbst ohnmächtig zusehen mussten, wie sich die Kinder entfernten. Victoria hatte das Fenster gekippt gelassen, um den Wagen des Arztes zu hören, falls er kommen würde. Doch lediglich der Wind, der im Laufe der Nacht lebendiger wurde, störte hin und wieder die Stille, als wollte er bereits die drohenden Stürme des kommenden

Jahreszeitenwechsels ankündigen. So wurde es eine nicht enden wollende Nacht, in der mit dem Fortschreiten der Stunden die Angst immer mehr wuchs und die Aussichtslosigkeit der Suche des Arztes immer augenscheinlicher wurde.

Gegen sechs Uhr morgens schließlich fand er sich erschöpft und entmutigt ein.

»Ich werde jetzt eine oder zwei Stunden schlafen«, sagte er. »Dann gebe ich Fanny in Périgueux Bescheid. Bleiben wir noch hoffnungsvoll, vielleicht ist ihnen ihr Unternehmen ja gelungen, wer weiß?«

»Hoffen wir es!«, sagte Victoria.

Er brach wieder auf und ließ die beiden allein zurück, noch dazu ohne Räder, mit denen sie die Suche selbst hätten fortsetzen können. Eines befand sich in Mussidan, das andere in Saint-Barthélemy. So gingen sie ihrer täglichen Arbeit nach, um das zu vergessen, was sie umtrieb. Doch sie hatten ihre Aufgaben schnell erledigt, und Victoria äußerte die Absicht, sich noch einmal zu Fuß auf den Weg zu machen.

»Du bleibst lieber hier und wartest«, sagte sie zu Virgile. »Man weiß nie.«

»Es bringt nichts, noch einmal loszugehen«, bemerkte er. »Du wirst nicht weiter kommen als gestern.«

»Aber ich muss etwas tun. Ich kann nicht einfach so hierbleiben, es ist stärker als ich.«

Unter einer fahlen Sonne, der es nur mit Mühe gelang, die regenschweren Wolken zu durchdringen, zog Victoria also aufs Neue los. Virgile setzte sich auf die Steinbank vor dem Haus, unfähig zu arbeiten. Lange Minuten vergingen, bis er sich in einem solchen Maße den schrecklichsten Bildern ausgesetzt sah, dass er sich schließlich zwang, seinen Platz zu verlassen und sich in der Scheune mit dem Reparieren des Werkzeugs zu beschäftigen.

Etwa eine Stunde war er auf diese Weise beschäftigt, als er das Wiehern eines Pferdes im Hof vernahm. Er hatte gerade die Schwelle des Scheunentores überschritten, da stürzten Sarah und Élie auf ihn zu und schlangen weinend ihre Arme um ihn, als müssten sie um Verzeihung bitten.

Ein Mann, in schwarzen Cord gekleidet, mit einem breiten Hut auf dem Kopf und starken Augenbrauen, kam auf ihn zu.

»Gehören die zu Ihnen?«

»Ja«, sagte Virgile und wusste noch gar nicht recht, wie ihm geschah.

»Wir haben sie bei Einbruch der Dunkelheit verirrt im Wald gefunden. Es war zu spät, um sie zurückzubringen. Ich habe sie bei mir schlafen lassen, und heute Morgen sind wir früh aufgebrochen.«

»Ich danke Ihnen.«

»Schon in Ordnung, keine Ursache. Aber ich frage mich schon, was die beiden so weit weg von zu Hause zu schaffen hatten.«

»Das frage ich mich auch«, erwiderte Virgile, der mit dem Wunsch, das Thema zu wechseln, sogleich hinzufügte: »Würden Sie gern einen Schluck trinken, ehe Sie wieder losfahren?«

»Da sage ich nicht nein«, antwortete der Mann.

Virgile ging dem Mann bis zum Haus voran, wohin Sarah und Élie schon geeilt waren, wie um sich zu verstecken. Während er seinem Gast einen Schnaps einschenkte, hörten Virgile und der Förster die beiden oben in ihrem Zimmer lebendig miteinander reden.

»Ihre Kinder sind ein wenig merkwürdig.«

»Es sind die Kinder meiner Schwägerin«, entgegnete Virgile. »Sie ist krank, da haben wir sie zu uns genommen. Aber es fällt ihnen nicht leicht, sich an die neue Umgebung hier auf dem Land zu gewöhnen.«

Diese Erklärung schien dem Förster plausibel. Im weiteren Gespräch entdeckten die beiden Männer eine Reiher gemeinsamer Bekannter, etwa Baptiste Vézillou, bei dem Virgile Holz kaufte. Die Unterhaltung nahm zu Virgiles großer Zufriedenheit einen normalen Verlauf, auch wenn er es eilig hatte, mit Sarah und Élie allein zu sein, um zu erfahren, was geschehen war. Nach einer halben Stunde verabschiedete sich der Mann, und Virgile konnte die Kinder rufen, um Antworten auf die Fragen zu erhalten, die er sich seit einem Tag und einer Nacht stellte.

Bei ihrer Rückkehr streckte die erschöpfte Victoria voller Entrüstung die Arme gen Himmel. Doch gewann die Erleichterung rasch die Überhand über den Zorn – spätestens, als Sarah erzählte, wie sie gerade noch einem Auto der Gendarmen entkommen waren, indem sie im Wald Schutz gesucht hatten. Ihre Angst war so groß gewesen, dass sie immer tiefer hineingegangen waren und sich zuletzt verirrt hatten. Zum Glück war ihnen ein Holzfäller begegnet und hatte sie zu seinem Vorgesetzten gebracht. Der Förster gewährte ihnen für die Nacht Unterschlupf und brachte sie am nächsten Morgen zurück. Nach einer Stunde voller Vorwürfe, denen sich auch Dr. Dujaric anschloss, waren es schließlich Sarahs und Élies Tränen, die die Stimmung umschlagen ließen. Sarah versprach, keine neuen Versuche zu unternehmen, was ihr umso leichter fiel, da Fanny am Nachmittag kommen sollte.

Victoria aber wurde bewusst, wie dieser Fluchtversuch sie erschütterte, hatte er ihr doch deutlich vor Augen geführt, wie sehr die beiden Kinder zu allen möglichen Verrücktheiten fähig waren. Während die Kinder ihr gegenüber mit verschiedenen Versuchen einer Entschuldigung herumdrucksten, betrachtete sie die beiden: Sarah mit ihren grünen Augen, durch die sich Spuren des Leids und der Entschlossenheit zogen, war seit ihrer Ankunft ein wenig gewachsen und dünner geworden. Ihre langen Haare lagen auf den Schultern, und sie sah aus, als würde sie der ganzen Welt die Schuld für das geben, was sie durchmachte. Bei Élie unterstrichen seine schwarzen krausen Haare den ernsten Ausdruck seines schmalen Gesichts. Sein Blick trug unverändert die Spuren des Dramas, das er hatte mitansehen müssen. Doch war auch er inzwischen zu allem bereit, um sich zu verteidigen, sich zu retten, gegen das Unglück anzukämpfen.

Trotz allem, was Victoria für sie getan und ihnen gegeben hatte, erschienen sie ihr an diesem Tag wie zwei Fremde, was sie sehr schmerzte. Doch sie war keine Frau, die aufgab, im Gegenteil.

»Ihr heckt mir schon komische Streiche aus«, schloss sie. »Ab jetzt werde ich euch wohl anbinden müssen.«

Fannys Ankunft gegen vier Uhr nachmittags machte die Situation nicht einfacher. Sie war gezwungen, Sarah gegenüber zuzugeben, dass ihre Eltern an der Côte d'Azur Zuflucht gesucht hatten, und provozierte damit eine heftige Reaktion bei dem Mädchen. So eindringlich Fanny auch versuchte, Sarah zu erklären, dass ihre Eltern überzeugt davon seien, ihre Tochter wäre auf Sauvénie sicherer als irgendwo sonst – Sarah ließ sich nicht davon abbringen, dass man sie im Stich gelassen habe. Weinend lief sie hinauf in ihr Zimmer, gefolgt von Élie, der sich unverändert solidarisch zeigte.

»Ich weiß nicht mehr, was ich tun soll«, vertraute Fanny Victoria niedergeschlagen an. »Wie oft habe ich ihren Eltern gesagt, es wäre besser, Sarah mitzunehmen!«

»Machen Sie sich keine Sorgen«, erwiderte Victoria, »sie wird es irgendwann akzeptieren.«

»Das hoffe ich. All das ist für Sie ja auch nicht einfach.«

»Wissen Sie, nach dem, was wir erlebt haben, kann es nicht schlimmer werden. Das Wichtigste ist, dass sie in Sicherheit ist.«

»Sie haben recht«, räumte Fanny ein.

Als Victoria sich besorgt zeigte, dass es erneut Durchsuchungen geben könnte, beruhigte Fanny sie. Im Moment könne davon keine Rede sein. Derzeit seien sie und ihre Freunde viel mehr darüber besorgt, dass sie Listen mit den Namen der Juden besaßen, denen offiziell von ihrer Organisation geholfen worden war. Listen, die die französischen oder deutschen Behörden jederzeit in die Hände gespielt bekommen könnten.

»Hunderte von Namen mit den jeweiligen Adressen«, fügte sie hinzu, »und bei Weitem nicht alle von ihnen besitzen gefälschte Papiere.«

Das war allerdings ein schwerwiegendes Problem und überstieg Virgiles und Victorias Vorstellung. Fanny wechselte das Thema, ihre Gastgeber hatten genug Sorgen mit Élie und Sarah.

»Ich glaube nicht, dass sie noch einmal ausreißen wird«, sagte sie zu ihnen, ehe sie in ihr Auto stieg.

»Aber nein, machen Sie sich keine Sorgen«, antwortete Victoria. »Wir werden schon aufpassen.«

Die Tage, die auf dieses Ereignis folgten, waren jedoch alles andere als eine Erholung. Um die Verbindung, die zwischen den beiden Kindern entstanden war, ein wenig zu lockern, beschlossen sie, dass Virgile Élie mit in seine Werkstatt nehmen und Sarah im Haus bleiben würde. Victoria nutzte diese erneute Vertrautheit und versuchte auf ihre Art, das Mädchen zur Vernunft zu bringen, mit den einzigen Argumenten, die sie besaß und die aus ihrem Herzen sprachen.

»Sag einmal, du hast doch nicht vor, mich hier mit Virgile allein zu lassen, oder?«

»Du riskierst nichts. Aber meine Eltern sind wirklich in Gefahr«, erwiderte Sarah.

»Soweit ich weiß, sind sie im Moment an einem sicheren Ort.«

»Und warum haben sie mich dann nicht mitgenommen?«

»Ach, du bringst mich noch auf die Palme!«, war das Einzige, was Victoria darauf einfiel.

Diese für Victoria so typische Ausdrucksweise entlockte Sarah ein Lächeln, und für einige Minuten vergaß sie ihre Eltern. Doch es dauerte nicht lange, bis sie die nächsten Fragen stellte, auf die Victoria keine Antwort wusste.

»Ist die Côte d'Azur weit weg?«

»Was weiß denn ich?«, seufzte Victoria.

»Warum sind dort keine Deutschen?«

»Weil dort Italiener sind. Du hast Dr. Dujaric gehört, er hat es uns doch neulich erzählt.«

»Wenn sich die Italiener nicht um die Juden kümmern, warum haben meine Eltern mich dann nicht mitgenommen?«

Es war aussichtslos. Sarah kam immer wieder zu der einen Frage zurück und Victoria geriet in Rage.

»Jetzt habe ich es verstanden. Du hast dir geschworen, mich wahnsinnig zu machen! Geht es dir hier nicht gut? Kümmere ich mich nicht genug um dich?«

Das Mädchen schüttelte nur den Kopf und antwortete nicht.

Eines Tages baute sie sich vor Victoria auf.

»Was bedeutet ›beschnitten‹?«

»Oh, du gütiger Himmel!«, rief Victoria aus. »Wo hast du denn das aufgeschnappt?«

»Élie hat mir gesagt, dass er beschnitten ist, wie alle jüdischen Jungen.«

»Wenn er dir das gesagt hat, wird er auch in der Lage sein, es dir zu erklären.«

»Natürlich. Aber du – wie denkst du darüber?«

»Wie soll ich denn deiner Meinung nach darüber denken? Ich kenne mich mit euren Sitten nicht aus, und das weißt du auch. Du beklagst dich doch ständig darüber, dass ich immer wieder Sachen koche, die man deiner Meinung nach nicht essen soll.«

»Nein. Jetzt nicht mehr.«

»Ah! Immerhin!«

»Ich weiß, dass du alles für uns tust, was du kannst.« Und verschmitzt fügte Sarah hinzu: »Was würde ohne dich nur aus uns werden?«

Trotz dieser liebevollen Bemerkungen forderte sie, tagsüber nicht mehr von Élie getrennt zu sein.

»Ich verspreche dir auch, dass wir nicht mehr weglaufen«, verteidigte sie sich. »Aber du darfst uns nicht trennen.«

»Virgile bringt ihm das Handwerk bei«, antwortete Victoria. »Und du kannst ja wohl kaum Schreiner werden. Also?«

»Ich kann kein Schreiner werden, aber ich will in Élies Nähe sein. Ich brauche ihn.«

Schließlich gab Victoria nach, und das Leben gestaltete sich wieder so wie vor der Flucht der beiden: ein abgeschiedenes, zurückgezogenes Leben, durch den bevorstehenden Winter auch sicherer; als wären sie nun endgültig vor den Bedrohungen der äußeren Welt geschützt.

In diese Zeit fiel auch Virgiles Wiederaufnahme der illegalen Aktivitäten. Er hatte einer erneuten Anfrage des Arztes zugestimmt. Diesmal handelte es sich nicht darum, Menschen aus der besetzten in die freie Zone zu bringen, sondern den Anschluss zwischen den Deserteuren und den Widerstandskämpfern im Wald von Double oberhalb von Reillac zu sichern. Auf Veranlassung der

Deutschen und des Vichy-Regimes wurden junge Franzosen zur Zwangsarbeit nach Deutschland geschickt oder verpflichtet, sich der Miliz anzuschließen. Nicht wenige von ihnen weigerten sich allerdings und schlossen sich stattdessen dem Widerstand an. Als Mann der ersten Stunde war Dr. Dujaric ganz selbstverständlich einer der Leiter der »Abteilung Kampf« in der Region und verfolgte so von 1941 an den Kampf gegen die Besatzer.

Und zum ersten Mal hatte Virgile Ja gesagt, ohne sich vorher mit Victoria besprochen zu haben. Seit seiner Festnahme und seinem Verhör trug er ein Gefühl der Demütigung in sich, das er nicht akzeptieren konnte. Die erlebte Gewalt war für ihn unerträglich. Es war ihm unmöglich, auch nur so zu tun, als akzeptierte er, dass er sich bezüglich seiner Ideen, den Sinn des Lebens betreffend, hinsichtlich seiner Art, die Welt zu verstehen und zu existieren, geirrt habe. All dies war weit davon entfernt, in seinen Gedanken eine klare Form anzunehmen, doch seine Ablehnung dessen, was er erlebt hatte, führte gezwungenermaßen in den Kampf gegen diese unerträgliche Ordnung, mit der er konfrontiert worden war und die ihn zutiefst verletzt hatte.

Letztendlich unterschieden sich diese Missionen nicht sehr von denen, die den Flüchtlingen gewidmet waren. Es ging darum, die Fahnenflüchtigen nachts zu der Gruppe der Widerstandskämpfer zu bringen, die sich in der Nähe von Saint-Michel-du-Double im Wald niedergelassen hatte. Virgile diente gleichzeitig als Verbindungsmann und überbrachte Nachrichten, die ihm der Arzt anvertraute. Noch mehr als der Gestapo, die vor allem in der Stadt ihr Unwesen trieb, musste man den mobilen Reservetrupps misstrauen, die das Vichy-Regime aufgestellt hatte, um gegen die – wie sie es nannten – »Terroristen« vorzugehen.

Victoria hatte sich Virgiles Entscheidung nicht entgegenstellen können, zumal der Arzt ihr vor Augen geführt hatte, dass der

Kampf gegen die Deutschen das einzige Mittel war, eines Tages der Gefahr ein Ende zu setzen, die die beiden Kinder bedrohte. Auch meinte er, je stärker die Widerständler die Aufmerksamkeit der Deutschen auf sich zögen, umso weniger würden sie sich mit den Juden beschäftigen. Und tatsächlich, vom Herbst 1943 an wurden die Widerständler in Mavaleix und Viellecour von den Milizen angegriffen. Dies führte zu einer großen Unzufriedenheit innerhalb der Bevölkerung, sodass die Rekrutierung der Widerstandsgruppen noch weiter verstärkt wurde.

So machte sich Virgile eines Abends auf den Weg nach Reillac und wartete in einer Scheune am Waldrand auf zwei junge Männer. Sie kamen wie vereinbart um Mitternacht an und gaben sich ihm mit der vereinbarten Parole zu erkennen. Dann machten sie sich Richtung Saint-Michel auf den Weg. Es war nicht sehr gefährlich, beim geringsten Alarm müssten sie nur über eine Böschung springen und sich im dichten Wald verbergen. Und doch gab es eine Besonderheit in dieser Nacht. Das Ziel war nicht mehr die etwa einen Kilometer entfernte Lichtung der beiden vorangegangenen Missionen, sondern ein abseits gelegenes Haus, ungefähr zwei Kilometer nördlich in Richtung Saint-Michel.

Virgile spürte, wie seine Furcht vor dem Ungewissen wuchs. Immer wieder rief er sich die Worte Dr. Dujarics in Erinnerung: »Um Punkt zwei Uhr wird eine Lampe angezündet. Sie wird zehn Minuten lang brennen, nicht länger. Wenn Sie kein Licht erblicken, drehen Sie um und bringen die beiden Männer dorthin, wo Sie sie getroffen haben. Machen Sie sich keine Sorgen, man kann die Lampe von der Straße aus sehen.«

Er ging schnell, da er vor Tagesanbruch zurücksein wollte. Hinter sich hörte er die Schritte der Männer. Das Haus befand sich direkt bei einer Kreuzung zwischen zwei Weilern. Sobald sie daran vorbei waren, schaute Virgile erneut auf seine Uhr: Viertel vor zwei. Er ging noch ein paar Schritte weiter, bis er rechts vom Weg eine kleine Lichtung wahrnahm.

»Wir warten dort«, sagte er zu den beiden Männern, die ohne ihm Fragen zu stellen stehen blieben.

Virgile ging ein paar Schritte auf und ab, entfernte sich jedoch nicht zu weit von der Stelle, die sich zwischen den Bäumen zu öffnen schien. Zehn Minuten später wurde ungefähr hundert Meter entfernt eine Lampe angezündet.

»Auf geht's!«, sagte Virgile.

Ein Sandweg führte zum Haus, dessen Umrisse heller waren als die Bäume und das man nur vage erkannte. Die Umgebung schien ruhig, es war, als wolle der leichte Wind, der die Wipfel der Kiefern und Eichen schwingen ließ, die Nacht in den Schlaf wiegen. Als sie vor dem Gebäude standen, wirkte es imposant und sehr anders als die einstöckigen Bauernhöfe im Wald. Virgile klopfte viermal, und die Tür wurde von einem Mann geöffnet, den er sofort an seinen dichten Augenbrauen erkannte. Es war der Förster, der ihm Sarah und Élie zurückgebracht hatte. Er fuhr innerlich zurück, und es fiel ihm schwer, den Zusammenhang zwischen diesem Auftrag und den Kindern herzustellen, doch sobald er das Erkennungswort gesagt hatte und in ein weiträumiges Zimmer mit massiven, stattlichen Möbeln getreten war, legten sich seine Zweifel. Auch der Förster hatte ihn gleich erkannt.

»Seien Sie nicht überrascht. Die Menschen, die den gleichen Idealen folgen, sind nicht sehr zahlreich.« Und mit der Absicht, Virgile zu beruhigen, fuhr er fort: »Ihre Kinder hatten Glück, dass sie auf mich getroffen sind. Mir war sofort klar, mit wem ich es zu tun hatte. Und sie selbst haben hervorragend reagiert, als ich sagte, dass die beiden ein wenig eigenartig wären. Sie sind vorsichtig geblieben, und das war auch richtig. Man kann nie achtsam genug sein.«

Virgile bedankte sich und nahm das Angebot an, einen Schnaps mit dem Förster zu trinken. Danach machte er sich wieder auf den Weg, um vor Tagesanbruch wieder zu Hause zu sein. In dieser Nacht fühlte er sich nicht in Gefahr. Weder um sich selbst noch um Victoria oder die Kinder machte er sich Sorgen. Er hatte den Eindruck, dass um sie herum nicht alles feindselig war. Es gab noch Menschen, den man vertrauen konnte. Und als er seiner Frau erzählte, was sich im Wald zugetragen hatte, spürte er, dass sie ebenfalls beruhigt war.

Seit die Kinder da waren, sahen sie davon ab, ein Schwein aufzuziehen, wie sie es immer getan hatten, da Sarah und Élie – der sie nun in allem imitierte – sich weigerten, davon zu essen. Doch trotz der Vorwürfe des Mädchens stopfte Victoria weiterhin Gänse. Sie tat es im Verborgenen, achtete gut darauf, die Scheunentür hinter sich zu schließen, und wich Sarahs Blick aus, wenn sie nach getaner Arbeit ins Haus zurückkehrte. Um Fragen zu vermeiden, ließ sie die Kinder am Tisch Platz nehmen, während sie das Abendessen zubereitete, und erzählte ihnen Legenden aus alten Zeiten. Victoria zeigte eine solche Begabung im Erzählen, dass die Kinder gebannt lauschend auf ihrer Bank saßen, so fasziniert waren sie von den Geschichten, die so anders waren als jene, die sie aus ihren eigenen Familien kannten.

Als sie ihnen vom *Lébérou* erzählte, dem mit einem Fell bekleideten Wolfsmann, der auf dem Land nachts Schrecken verbreitete, ging Virgile noch einen Schritt weiter. Er tat, als wäre er verängstigter als sie, und fügte weitere Geschichten von nächtlichen Geisterprozessionen, Feen, Irrlichtern und sprechenden Tieren hinzu.

»Tiere, die sprechen?«, wunderte sich Sarah.

»Genau. Ich bin einem begegnet. Das ist lang her, als ich einmal nachts von Mussidan zurückkam. Es ähnelte einer Kuh, aber der Körper war mit Federn bedeckt, und es hatte die Hörner eines Ziegenbocks.«

»Und hat es zu dir gesprochen?«

»Natürlich hat es zu mir gesprochen, aber ich kann dir nicht sagen, was. Das ist streng verboten, das darf man nicht.«

»Warum?«

»Weil es ein Geheimnis ist«, sagte Victoria.

Und die entsetzten Kinder vergaßen alles, was ihnen an diesen Geschichten und Legenden voller Aberglauben fremd war und sie in eine faszinierend magische Welt beförderte.

Um den 15. Dezember herum beging Victoria die Unvorsichtigkeit, den Kindern von den *tornes* zu erzählen, jenen Seelen, die durch Dörfer irrten und in der Heiligen Nacht als Wäscherinnen mit schlagenden Klöppeln wiederkämen. Élies entsetzte Reaktion zeigte ihr, dass sie zu weit gegangen war.

»Werde ich auch die Seelen meiner Eltern in der Weihnachtsnacht hören können?«

Eine furchtbare Stille trat in der Küche ein, die Victoria und Virgile nicht sofort durchbrechen konnten.

»Nein, das glaube ich nicht«, sagte Victoria nach einer Weile. »Es sind Seelen, die vor sehr langer Zeit gegangen sind.«

Als Élie eine weitere Frage stellen wollte, kam sie ihm zuvor und rief: »So, wer hilft mir beim Backen der *Wunder*?«

»*Wunder?«,* rief Sarah aus. »Du kannst *Wunder* backen?«

»Natürlich«, entgegnete Victoria, die an die Krapfen dachte, die nun einmal bei ihnen *merveilles*, Wunder genannt wurden, was Sarah natürlich nicht wusste.

Als Victoria sich daranmachte, den Teig zu rühren, war Sarah enttäuscht, zeigte es aber nicht. Im Gegenteil, sie half Victoria, den Zucker zuzugeben, ehe die *Wunder* frittiert wurden, nicht ohne sie mit Akazienblüten zu parfümieren.

»Das waren also deine *Wunder*?«, fragte Sarah.

»Du wirst noch mehr davon bekommen!«, antwortete Victoria, »denn dieses Jahr ist es beschlossen: Wir werden in die Mitternachtsmesse gehen, und nicht etwa nach Monestier, sondern nach Reillac.«

Virgile dachte an die damit verbundenen Risiken und wollte sich gerade zu Wort melden, als Victoria ihm wieder einmal zuvorkam.

»Was denn?«, sagte sie. »Wir werden doch nicht aufhören zu leben, oder? Wir sind schon letztes Jahr nicht hingegangen. Jetzt ist es genug.« Und energisch setzte sie hinzu: »Ich bin sicher, wenn es eine Nacht gibt, in der keine Gefahr lauert, dann diese.«

Virgile zuckte mit resigniertem Gesichtsausdruck die Schultern und antwortete nicht. Nun, da die Entscheidung getroffen war, sprach Victoria seit jenem Abend unablässig zu den Kindern darüber, sodass diese begannen, ungeduldig auf Weihnachten zu warten. Virgile hatte einen kleinen Wacholderbaum gefällt, den sie mit Schleifen und Watte schmückten, und stellte ihn neben dem Kamin auf. Im Kamin selbst lag ein von Virgile sorgfältig ausgewählter Holzscheit, der nicht vor ihrer Rückkehr ausgehen durfte. Dem Brauch nach musste es ein Scheit aus sehr hartem Holz sein, der lange glimmen und bis zum Morgengrauen des 25. Dezember für Glut sorgen sollte. Virgile hatte einen aus Walnussholz gewählt, der bereits seit Wochen in der Stube lag. Vor dem Anzünden warf Victoria eine Handvoll Salz über ihn und erklärte den Kindern, dass sie im Stall und bei den Hühnern Asche verstreuen würde, die die Tiere vor Krankheiten und Blitz schützen sollte.

Nachdem sie Karten gespielt und Geschichten erzählt hatten, von denen die Kinder nicht wussten, ob Victoria sie erfand oder selber in ihrer Kindheit gehört hatte, gingen sie schließlich in Richtung Reillac los. Es herrschte eine Dunkelheit, die der Frost mit seinem eisernen Griff erstarren ließ. Eine außergewöhnliche Nacht war es, dank des Mondes und der Sterne konnte man beinahe wie am helllichten Tag sehen. Der Nordwind ließ die Felder und Wiesen glänzen, und sie funkelten wie ein gefrorener See.

Victoria hatte Élies Hand genommen, während Virgile und Sarah schweigsam hinter ihnen gingen und dieser Nacht, in der man spürte, dass alles möglich war, große Bedeutung beimaßen. Doch es war nichts Feindseliges, im Gegenteil. Man erahnte, dass die Glocken, die in der Ferne riefen, zu Fröhlichkeit einluden und durch nichts davon abgebracht werden konnten. So kamen sie nach einer Stunde ohne sorgenvolle Gedanken in Reillac an und traten in die von Gold und Kerzenleuchtern erhellte Kirche ein. Sie war bereits sehr voll, und als sie sich in die vorletzte Bank schlängelten, erklangen schon die ersten Lieder unter dem Gewölbe.

Sofort waren Sarah und Élie wie verzaubert. Sie rührten sich nicht und schienen nicht mehr zu atmen. Victoria drehte sich zu Sarah und stellte fest, dass sie ihre Augen geschlossen hatte, woraus sie schloss, dass das Mädchen sich innerlich sammelte. Doch Sarah weigerte sich, die Statuen anzuschauen, wie es ihre Religion verbot.

Victoria aber überraschte sie dabei, wie sie sang und bei den Antworten mitsprach, und freute sich darüber. Bei ihrer Ankunft waren ihnen einige neugierige Blicke aufgefallen, doch hatten sie sich rasch wieder abgewendet. Die Gläubigen interessierten sich nicht mehr für sie, denn die Gebete und Lieder erforderten ihre ganze Aufmerksamkeit.

Die Messe dauerte länger als eine Stunde, und nichts störte den Frieden dieser Nacht, in der alle anwesenden Männer und Frauen, so schien es, den Krieg vergessen hatten. Am Ende begegneten Victoria und Virgile, die mit den Kindern an der Hand hinausgingen, dennoch dem Blick eines Mannes im Stadtanzug und mit Hut, der sich neben der Tür aufgebaut hatte. Sie hielten sich nicht auf und verschwanden in der Dunkelheit. Bald darauf begann es zu schneien, was diese Nacht noch zauberhafter machte, wenigstens für die Kinder. Sie schauten wie geblendet zum Himmel und versuchten, die Flocken zu fangen, die im Dunkeln herumwirbelten und die Nacht geheimnisvoll erhellten.

Victoria konnte nicht umhin, Virgile zu fragen, ob er den Mann im Anzug bemerkt hatte.

»Natürlich«, antwortete er.

Sie wandte sich mehrere Male um und blieb sogar einen Moment lang stehen, um in die Nacht hineinzulauschen, ob ihnen jemand folgte. Aber nein, alles war ruhig und kein einziger Schritt folgte ihnen, keine Gestalt zeigte sich hinter ihnen. Als sie zu Hause ankamen, hatte sie sich wieder beruhigt, doch als sie im Bett lag, sprach sie Virgile noch einmal auf den Mann an, und sie begriff, dass er ebenso besorgt war wie sie.

»Wir sollten morgen darauf achten, dass die Kinder das Haus nicht verlassen«, sagte sie.

»Das finde ich auch. Zumindest für ein paar Tage, bis wir herausgefunden haben, ob dieser Kerl Erkundigungen über uns eingeholt hat.«

Das Einschlafen fiel ihnen in dieser Nacht schwer, und wie sie es sich versprochen hatten, überwachten sie vom nächsten Morgen an abwechselnd die Straße.

Neun

Als die Feiertage verstrichen waren, schneite es bis zu Silvester ohne Unterlass. Dann kam am Neujahrstag die Sonne wieder zum Vorschein, brachte eine trockene Kälte mit und ließ die letzten Schneeflecken an den Rändern der Hecken erstarren, die den ganzen Tag über im Schatten lagen. Virgiles und Victorias Sorge hatte nicht nachgelassen, sodass sie sich schließlich Dr. Dujaric anvertrauten.

»Sie haben in allen Dörfern Informanten«, erklärte er. »Daher hatte ich Ihnen ja geraten, nicht nach Reillac zu gehen.«

»Es war wegen der Kinder«, verteidigte sich Victoria. »Ich wollte, dass sie wenigstens einmal an einer Mitternachtsmesse teilnehmen.«

»Ich weiß«, sagte Dr. Dujaric, »aber es war trotzdem unvorsichtig, zumal die hohe Zahl der Widerständler in unserer Gegend die Deutschen rasend macht.«

Virgile und Victoria waren erstaunt, verstanden aber, dass der Kampf nun noch gefährlicher werden würde, als er bisher gewesen war. Nach einem viertelstündigen Gespräch, im Verlauf dessen ihnen der Arzt ein sehr düsteres Bild von der Situation entwarf, machte er sich auf den Weg und empfahl ihnen, die Vorsichtsmaßnahmen noch einmal zu verstärken und die Kinder unbedingt im Haus zu behalten.

Letzteres stellte kein Problem dar, denn mit dem Februar hielt eine beißende Kälte Einzug, und ein böiger Nordwind lud einen nicht gerade dazu ein, das Haus zu verlassen. Morgens hielt der Frost Wiesen und Felder in seinem Griff, und die Sonne schaffte es nicht, ihn zum Schmelzen zu bringen, nicht einmal mitten am Tag. Die sonst so robuste Victoria bekam die Grippe, dann wurden auch die Kinder krank. Sie hatte die beiden Tage, an denen die Kinder das Bett hüten mussten, unbedingt in ihrer Nähe bleiben wollen. Nur Virgile blieb von der Grippe verschont. Er kümmerte sich um das Essen und das Besorgen der Medikamente, die Dr. Dujaric den Patienten verschrieb.

Bei seinen Besuchen zeigte sich der Arzt noch besorgter als eine Woche vorher. Nachdem er zunächst nur zögerlich Auskunft gegeben hatte, gab er schließlich zu, dass er eine Operation gegen die Widerstandskämpfer im Wald von Double befürchtete. Aus diesem Grund wollte er Virgile vorübergehend keine neuen Aufträge erteilen.

»Diese jungen Widerstandskämpfer sind so unerfahren und unvorsichtig«, sagte er, »dass viel zu viele Menschen von ihrer Anwesenheit wissen. Es würde mich nicht wundern, wenn irgendein Denunziant sie verraten hätte, denn vor denen sind auch wir nicht sicher.«

Dass er mit dieser Vermutung richtig lag, sollte sich nur allzu bald bewahrheiten. Angesichts der Ausweitung der Aktionen des Widerstands im Périgord entschloss sich der deutsche Führungsstab im März, von Paris aus eine Division unter Befehl des Generals Walter Brehmer nach Périgueux zu schicken, die sich sogleich an die Arbeit machte. Am 26. morgens unternahm sie eine große Operation in einem Dreieck zu dem Montpon, Mussidan und Ribérac gehörten. Virgile und Victoria konnten nicht rechtzeitig informiert werden, ehe am frühen Nachmittag, als sie gerade gegessen hatten, zwei Lastwagen auf der Straße auftauchten. Virgile sah sie als Erster, da er gerade auf dem Hof war.

Die Kinder liefen sofort die Treppe hinauf, um sich in der Kammer auf dem Dachboden zu verstecken, während Victoria und Virgile die Gedecke auf dem Tisch und alles andere, was ihre Anwesenheit verraten konnte, verschwinden ließen. Sie waren gerade fertig, als die Tür aufgerissen wurde und Soldaten eintraten, die unverständliche Befehle schrien und ihre Waffen schwenkten. Zwei von ihnen stiegen die Treppe hinauf, kontrollierten die Zimmer und kamen zur großen Erleichterung des Ehepaars wieder herunter.

»*Papiere! Papiere!*«, brüllte der Befehlshaber, ein Offizier mit Schirmmütze und mit roten Tressen besetzten Schulterstücken.

Er schaute sie nicht einmal richtig an, als Victoria sie ihm mit leicht zitternder Hand reichte. Wie um sie zu beschützen, stand Virgile nah bei ihr und ging einen Schritt auf den Offizier zu, um sich in einer rührenden, fast lächerlich wirkenden Art zwischen sie und ihn zu stellen. Doch es blieb ihnen keine Zeit, zu verhandeln oder auch nur zu verstehen, was vor sich ging. Denn im nächsten Moment wurden sie rücksichtslos zur Tür hinausgeschoben und gezwungen, in einen der Laster zu steigen, in dem sich Männer, Frauen und Kinder befanden, die wie sie auf den benachbarten Bauernhöfen aufgegriffen worden waren.

Victoria zitterte nicht mehr. Der Gedanke, dass Élie und Sarah den Deutschen entkommen waren, erfüllte sie mit einem tiefen Glücksgefühl, auch wenn die Gefangenen um sie herum verängstigt wirkten. Virgile war bereits vorher mit dem Besatzer konfrontiert worden, und dass er den bewaffneten Männern diesmal nicht allein ausgesetzt war, beruhigte ihn vielmehr bezüglich dessen, was ihn erwarten mochte. Er versuchte, unter den Gefangenen Gesichter von Männern und Frauen wiederzuerkennen, die ihm bekannt waren, und tatsächlich fand er einige, auch wenn die Blicke den seinen auswichen. Jeder schien sich zu fragen, wem er diese gewaltsame und unerklärliche Festnahme zu verdanken hatte.

Zu diesem Zeitpunkt wusste noch niemand, dass die aus Paris beorderte deutsche Division in der ganzen Gegend mit einer Operation verheerenden Ausmaßes begonnen hatte. Erst auf dem Platz von Monestier wurden ihnen die Dimensionen der Massenverhaftung bewusst, als alle Gefangenen, die aus verschiedenen Richtungen gekommen waren, sich dort versammelt einfanden, die Männer auf der einen, die Frauen und Kinder auf der anderen Seite. Zu ihrem Erstaunen entdeckte Victoria Rose in ihrer Nähe, die zu ihr kam und ihren Arm nahm.

»Was wollen die von uns?«

Victoria beruhigte sie, so gut sie konnte, und machte sich Vorwürfe, an ihr wie auch an Henri, den sie jetzt auf der anderen Seite des Platzes bei Virgile entdeckte, gezweifelt zu haben. Es musste zwei Uhr nachmittags sein, und die fahle Märzsonne vermochte nicht, all die zu wärmen, die überstürzt von zu Hause aufgebrochen waren, ohne die Zeit zu haben, auch nur das kleinste warme Kleidungsstück mitzunehmen. Die Soldaten richteten ihre Waffen bedrohlich auf sie, sodass die Abgeführten kaum wagten, miteinander zu sprechen. Victoria hatte das Gefühl, sie wären bei der geringsten verdächtigen Bewegung fähig, zu schießen. Sie dachte an Élie und Sarah in ihrem Versteck. Und sie war froh darüber, in dem Verschlag genug Nahrungsmittel für einige Tage gelagert zu haben, da es für die Kinder unmöglich war, sich selbst zu befreien.

Trotz der Angst in den Gesichtern ihrer Nachbarinnen, trotz der zitternden Rose, war sie nicht wirklich besorgt. Ihr eigenes Schicksal bedeutete ihr wenig. Ganz anders wäre es gewesen, wenn die Kinder hier bei ihr gewesen wären, und sie wiederholte sich ein ums andere Mal, dass sie auf Sauvénie außer Gefahr seien. Abgesehen davon war sie überzeugt, dass die Deutschen nicht vorhaben konnten, so viele auf einem Dorfplatz versammelte Männer und Frauen einfach verschwinden zu lassen. So etwas war noch nie geschehen. Es war unmöglich.

Sie wurde in ihrem Gedanken bestätigt, als die Soldaten begannen, nacheinander die Frauen und Kinder in den großen Saal des Rathauses einzulassen. Als bald darauf einige frei wieder herauskamen, andere dagegen abgeführt und erneut gezwungen wurden, auf die Ladefläche eines Lastwagens zu steigen, begriff sie, dass es um eine Kontrolle der Papiere ging. Alles passierte sehr schnell, als hätten die Deutschen es eilig, die Frauen zu kontrollieren, ehe sie sich den Männern zuwandten, unter denen sie Mitglieder der Résistance vermuteten. Kurz bevor sie an der Reihe war, ins Rathaus geführt zu werden, entdeckte sie weit entfernt eine schwarze Rauchsäule, wahrscheinlich oberhalb des Waldes der Double. Sie erinnerte sich an das, was Dr. Dujaric über die Widerstandskämpfer gesagt hatte. Jetzt hatte sie die Bestätigung dafür, dass die Deutschen die *Maquisards* suchten, die Widerstandskämpfer, und sie war überzeugt, dass sie nicht in Gefahr war. Dann dachte sie an Virgile. Zweifel packten sie: Was, wenn er auf seinen Wegen im Wald gesehen worden war?

Es blieb ihr keine Zeit, sich lange mit dieser Frage zu beschäftigen, denn auf Befehl eines Soldaten musste sie weitergehen und wurde, gefolgt von Rose, in einen Versammlungsraum geführt. Hier erwarteten sie zwei deutsche Soldaten, der Bürgermeister von Monestier und ein Milizsoldat, in dem sie trotz seiner Uniform den Mann wiedererkannte, der ihr in der Weihnachtsnacht an der Kirchentür von Reillac aufgefallen war. Ihr Herz schlug schneller, doch sie kämpfte gegen die Furcht an, die sich ihrer bemächtigte, als sie sich dem Tisch näherte, an dem der deutsche Offizier eine Hand ausstreckte.

»*Papiere!*«

Sie gab ihm den Passierschein, der sie als Grenzgängerin auswies, und spürte den Blick des Milizsoldaten auf sich, doch es gelang ihr, ihm auszuweichen. Der Offizier prüfte die Dokumente und wandte sich an den Bürgermeister.

»Laborie, Victoria. Kennen Sie sie?«

»Ja«, sagte der Bürgermeister, ein Mann, der sie regelmäßig vor jeder Wahl besuchte, mit dem sie aber sonst keinen Umgang pflegten. »Sie und ihr Mann sind Bauern. Sie wohnen auf Sauvénie, einem Bauernhof in der Nähe.«

»Kommunisten?«

»Nein, ich denke nicht.«

»Freimaurer?«

»Das würde mich wundern.«

Der Offizier rief dem Milizsoldaten eine Frage zu, die er mit einem verneinenden Kopfschütteln beantwortete. In diesem Moment traf Victorias Blick auf seinen. Sie spürte, dass er in seinem Gedächtnis danach suchte, wo und unter welchen Umständen er sie schon einmal gesehen hatte, was ihm aber nicht zu gelingen schien. Sie wandte sich dem Offizier zu, der ihr ihre Papiere zurückgab.

»Sie können gehen.«

Sie nickte zum Dank, drehte sich um und stand Rose gegenüber, die panisch ihren Arm griff, um sie zum Bleiben zu bewegen. Doch Victoria ging weiter und flüsterte: »Hab keine Angst. Ich warte draußen auf dich.«

Als sie Virgile in der Menge ausgemacht hatte, sah er sie fragend an, und sie gab ihm ein Zeichen, dass alles gut sei. Dann wurde sie von zwei Soldaten vom Platz getrieben und gelangte in eine kleine Straße, die zur Nationalstraße führte. Sie wartete einige Minuten, doch Rose tauchte nicht auf, sie musste den Platz auf der anderen Seite verlassen haben. Victoria zögerte: Sollte sie bleiben, um zu sehen, was die Deutschen mit den Männern machten, oder nach Hause gehen, um Élie und Sarah zu befreien? Schließlich entschied sie sich für die zweite Lösung, nahm sich aber fest vor, ins Dorf zurückzukehren, sobald sie die Kinder beruhigt hatte.

Auf dem Weg wuchs ihre Furcht, je näher sie dem Haus kam. Hatten Élie und Sarah vielleicht Panik bekommen, die Tür von innen mit Gewalt aufgestoßen und waren geflohen? Sie begann zu laufen, mit einer verkrampften Hand hielt sie sich die schmerzende Brust. Die Beine wollten sie kaum noch tragen. Außer Atem erreichte sie das Haus, nahm sich nicht einmal die Zeit, sich einige Augenblicke auszuruhen, stieg die Treppe hinauf, machte sich ungeschickt an dem Brett zu schaffen und stieß zuletzt einen Seufzer der Erleichterung aus: Sarah und Élie befanden sich in ihrem sicheren Versteck und fielen ihr in die Arme, sobald sie sie befreit hatte. Mehr als um ihr eigenes Schicksal sorgten sie sich um Virgile, und Victoria musste ihnen ausführlich berichten, was geschehen war. Sie beteuerte, den Deutschen gehe es nur um die Widerstandskämpfer, nicht um die Juden. Das war nicht ganz wahr, aber sie wollte die Kinder beruhigen und ihnen nach den Ereignissen des Tages nicht noch weitere Sorgen bereiten.

»Und wann kommt Virgile nach Hause?«, fragte Élie.

»Noch vor dem Abend«, antwortete sie.

»Bist du sicher?«, beharrte Sarah.

»Aber ja. Macht euch keine Sorgen.«

Die Zuneigung, die Victoria ganz stark empfand, tat ihr in diesem Moment gut, denn sie war längst nicht so zuversichtlich, wie sie es den Kindern gegenüber vorgab. Sie bereitete ein Essen, setzte sich zu ihnen und versuchte, sie abzulenken. Auch als die Kinder nicht aufhörten, sie mit ihren Blicken zu löchern, gab sie sich Mühe, ihr Lächeln nicht zu verlieren. Ein wenig später, als sie gerade den Tisch abwischte, waren aus Richtung des Dorfes Schüsse zu hören.

»Was ist das?«, fragte Élie verängstigt.

»Ich weiß es nicht«, antwortete Victoria. »Ich sehe einmal nach.«

»Wir kommen mit dir!«, sagte Sarah und stand mit einem Ruck vom Tisch auf.

»Ganz sicher nicht!« Als Sarah darauf bestehen wollte, fügte sie hinzu: »Dort sind überall Deutsche. Sie sind verrückt geworden.«

Sie hatte große Schwierigkeiten, die beiden davon zu überzeugen, wieder auf den Dachboden zurückzukehren. Sie musste ausführlich mit Sarah verhandeln und ihr versichern, dass sie innerhalb einer Stunde wieder zurück sei. Dann beeilte sie sich, wieder nach Monestier zu gehen, überzeugt davon, dass etwas Schlimmes passiert sein musste. Zunächst lief sie, doch schon bald wurde sie atemlos und musste langsamer gehen. Eine schlimme Vorahnung trieb sie um, als sie sich Monestier näherte, und als sie die ersten Häuser erreichte, spürte sie eine düstere Stille, die sich inzwischen über das Dorf gelegt hatte.

Sie zögerte einige Minuten, ehe sie sich durchrang, zum Dorfplatz zu gehen. Eine böse Vorahnung verengte ihr die Brust. Sie gelangte in eine enge Passage zwischen zwei Mauern, musste jedoch umkehren, da sie nicht zum Platz führte. Nachdem sie ein paar Straßen weitergegangen war, wurde neben ihr eine Tür geöffnet, und jemand sprach sie an.

»Gehen Sie nach Hause! Bleiben Sie nicht hier, Unglückliche!«

Sie kannte die Person flüchtig, wäre aber nicht in der Lage gewesen, ihr einen Namen zu geben. Es war eine große, kräftige Frau mit schwarzen hochgesteckten Haaren, die sorgfältig von Schildpattkämmen gehalten wurden. Sie trug ein Kleid mit Schulterpolstern, wie man es in der Stadt trug, und hatte große grüne Augen, die nicht die leiseste Furcht verrieten, vielmehr sprachen Mut und eine Art stiller Zorn aus ihnen. Sie bat Victoria ins Haus. Ihre Wohnung lag zum Platz hin, und hinter den halbgeschlossenen Vorhängen am Fenster hatte man einen guten Einblick. Sie bedankte sich bei der Frau.

»Was waren das für Schüsse?«, fragte sie.

»Sie haben zwei Männer erschossen«, antwortete die Frau ohne sichtbare Erregung.

»Was waren das für Männer?«, fragte Victoria, und es war ihr, als würde ihr Herz zu schlagen aufhören.

»Sicher Juden oder Widerstandskämpfer.«

Als Victoria sich verängstigt nach links beugte, erblickte sie am Rand des Platzes, wo die Gefangenen nun nicht mehr so zahlreich waren, zwei Körper inmitten einer Blutlache. Sie suchte Virgile, fand ihn aber nicht. Stattdessen entdeckte sie Henri unter den Männern, die noch immer darauf warteten, zum Verhör geführt zu werden.

»Ist dort jemand, den Sie kennen?«, fragte die Frau.

»Mein Mann.«

»Sehen Sie ihn?«

»Nein.«

Victoria änderte ihren Blickwinkel und stieß einen Seufzer der Erleichterung aus: Da stand Virgile, zusammen mit etwa zehn anderen Männern, die von Soldaten zu einem Lastwagen gebracht wurden. Jetzt sah sie, wie Henri das Rathaus betrat. Victoria wandte sich wie versteinert zu der Frau um.

»Was werden sie mit denen tun, die auf den Lastwagen sind?«

»Machen Sie sich keine Sorgen. Ich nehme an, sie bringen sie nach Périgueux, um sie zu verhören. Und morgen lassen sie sie wieder frei.«

»Haben Sie auch jemanden auf dem Platz?«

»Nein. Ich bin Witwe. Mein Mann ist im Mai 1940 in den Ardennen gefallen.« Sie griff nach einem Glas und einer Flasche Likör auf ihrem Küchenschrank und fügte mit einem Seufzer hinzu: »Jetzt bin ich allein und habe vor nichts mehr Angst.«

Sie schenkte Victoria einen Schluck ein und reichte ihr das Glas.

»Bitte, trinken Sie! Das wird Ihnen guttun.«

Victoria dankte und trank ihn in einem Zug aus, dann kehrte sie zum Fenster zurück und sah Henri herauskommen. Zwei Soldaten stießen ihn zu dem Lastwagen, auf dem Virgile wartete, und er kletterte ohne den geringsten Widerstand hinauf, was Victoria ein wenig beruhigte. Soweit sie wusste, hatte Henri nichts mit dem Widerstand zu tun, und wenn er sich im gleichen Wagen wie Virgile befand, musste dies bedeuten, dass Virgile nicht verdächtigt wurde.

Als sie ihre Augen vom Lastwagen wandte, sah sie mit Bestürzung eine rennende Frau und erkannte Rose. Die Soldaten stürzten sich auf sie, und Victoria stieß einen Schrei aus, zumal sie sie anbrüllten und mit ihren Waffen bedrohten. Victoria war sicher, im nächsten Moment einen Schuss zu hören, und schloss die Augen. Doch alles blieb still. Als sie wieder hinsah, beobachtete sie, wie die Soldaten Rose schonungslos zu einer Gruppe von Frauen trieben, die einige Meter entfernt in einem anderen Lastwagen warteten. Sie war gerade dabei, auf die Ladefläche zu steigen, als der Bürgermeister in Begleitung eines Offiziers erschien und auf den Wagen zuging. Rose rief ihm etwas zu, und der Bürgermeister verhandelte einen Augenblick mit dem Offizier, der schließlich befahl, sie wieder heruntersteigen zu lassen. Sie verschwand in der angrenzenden Straße, warf aber noch einen letzten Blick auf den Wagen, auf dem sich Henri und Virgile befanden. Eilig bedankte Victoria sich bei der Frau, die ihr ihre Tür geöffnet hatte, und lief in die Richtung, in der Rose verschwunden war.

Sie fand sie nicht sofort, denn Rose hatte sich unter ein Dach in einem Vorgarten geflüchtet, wo sie vor Schreck gelähmt auf dem Boden kauerte und lautlos vor sich hin weinte. Victoria ging neben ihr in die Hocke und nahm ihre Hand.

»Rose«, sprach sie sie vorsichtig an. »Komm mit mir, wir dürfen nicht hierbleiben.«

Rose hatte keine Kraft mehr, zu sprechen. Willenlos ließ sie sich zum Ausgang des Dorfes ziehen, wo sie ein weiteres Mal das Knattern von Schusssalven vernahmen. Victoria überlegte, noch einmal zum Dorfplatz zurückzugehen, doch im nächsten Moment bog bereits in geringer Entfernung der erste Lastwagen um eine Straßenecke. In einer reflexartigen Bewegung drängte sie sich in eine Türnische, von wo aus sie Henri und Virgile unversehrt auf der Ladefläche stehen sah. Beruhigt wartete sie ab, bis sich auch die weiteren Lastwagen entfernt hatten, und machte sich mit ihrer Cousine am Arm auf den Weg nach Sauvénie. Dort angekommen, schenkte sie Rose ein Glas Wasser ein und ließ sie sich an den Tisch setzen, ehe sie die Treppe hinaufstieg, um Sarah und Élie zu befreien. Sie bat sie, noch eine Weile in ihren Zimmern zu bleiben. Zwar misstraute sie Rose inzwischen nicht mehr, doch angesichts ihres Zustands hielt sie es für besser, sie nicht mit den Kindern zu konfrontieren.

»Was werden sie ihnen antun?«, stöhnte Rose, sobald Victoria wieder heruntergekommen war.

»Sie verhören. Aber mach dir keine Sorgen, morgen werden sie wieder da sein.«

Was Virgile betraf, war Victoria sich indes nicht wirklich sicher. Erneut quälte sie sich mit der Frage, ob er auf einem seiner nächtlichen Märsche durch den Wald von Double nicht doch gesehen, wiedererkannt und verraten worden war. Henri dagegen war bisher noch nicht gefangen oder bedroht worden. Folglich hatte er nichts zu befürchten. Sie bemühte sich, Rose dies vor Augen zu führen, die schließlich mit erschütterter Stimme zugab: »Henri arbeitet für das Netz von Dr. Dujaric.«

Nach dieser überraschenden Eröffnung wurde Victoria bewusst, dass dies nicht wirklich verwunderlich war, schließlich kannte der Arzt jeden im Tal. Zudem hatte er sich hinsichtlich seiner Aktivitäten immer höchst geheimnisvoll und vorsichtig gezeigt.

»Mach dir keine Sorgen, morgen werden sie wieder hier sein.«

Die Solidarität unter den Dorfbewohnern schien ihr in diesem Moment kostbar. Hatten sich nach dem Waffenstillstand zunächst viele entschieden, Maréchal Pétain zu folgen, so war es inzwischen offensichtlich, dass sich nach der Invasion der südlichen Zone und der bedrückenden Präsenz der Deutschen fast die gesamte Bevölkerung für die Résistance entschieden hatte.

Eine Weile sprachen sie noch weiter, geprägt von dem Willen, sich gegenseitig zu beruhigen, dann entschloss sich Rose, nach Hause zu gehen.

»Wenn du einverstanden bist«, sagte sie, »komme ich morgen Vormittag wieder, um Neuigkeiten zu erfahren.«

Victoria hielt sie nicht auf. Sie begleitete sie über den Hof, wo der Nordwind in kurzen, aber heftigen Böen wehte, dann kehrte sie schnell zum Haus zurück. Die Kinder befanden sich noch immer in Sorge um Virgile. Während sie ihnen erzählte, was geschehen war, merkte sie, dass es bereits sieben Uhr geworden war. Der Nachmittag war schnell vergangen, wie ein böser Traum, und jetzt blieb ihr nur, abzuwarten und sich zu zwingen, ihre Furcht den Kindern nicht zu zeigen. Und zu hoffen, dass niemand Henri oder Virgile verraten hatte.

Sie bereitete das Essen zu und aß zusammen mit Élie und Sarah, deren Fragen kein Ende nahmen.

»Hast du Menschen mit einem gelben Stern gesehen?«

»Einige.«

»Kanntest du sie?«

»Nein.«

»Und diese Leute, die sie getötet haben? Wer waren sie?«

»Widerstandskämpfer, das habe ich euch doch schon gesagt.«

»Waren sie jung oder alt?«

»Eher jung.«

»Wie viele Männer haben sie mitgenommen?«

»Ich hatte keine Zeit, sie zu zählen.«

»Und wann wird Virgile zurückkommen?«

»Morgen.«

Wie gern wäre sie sich dessen so sicher gewesen, wie sie sich den Kindern gegenüber gab, doch ein dunkler Schatten blieb in ihrem Kopf präsent, sosehr sie sich auch bemühte, ihn zu verdrängen. Ihre Gedanken wanderten auch zu Dr. Dujaric, und sie fragte sich, ob er der Aushebung hatte entkommen können. Alles kam ihr plötzlich feindselig und voller Bedrohungen vor. Nicht einmal ihr Haus bot ihr von nun an die Sicherheit, von der sie sich zumindest immer eingebildet hatte, sie würde existieren. Noch einmal durchlebte sie den Moment, in dem die Soldaten in der Küche aufgetaucht waren, diese plötzliche Gewalt, diese Schreie, das Gefühl, als würde alles um sie herum zusammenbrechen. Nicht der kleinste Unterschlupf schien noch irgendwo zu existieren, nicht einmal mehr für die Kinder, mit deren Schutz sie betraut war. Sie fühlte sich, als wäre sie in ihrer Aufgabe gescheitert, als hätte sie sich ihnen gegenüber schuldig gemacht.

Sobald die Dunkelheit hereinbrach und um dem Feuer ihrer lästigen Fragen nicht länger ausgesetzt zu sein, schickte sie sie schlafen und blieb allein. Sie lauschte den Geräuschen der Nacht, in der der Wind nun den Regen gegen die geschlossenen Fensterläden fegte. Sie arbeitete nicht, las nicht, sie horchte nur, in der absurden Hoffnung auf Virgiles Rückkehr, von der sie doch wusste, dass sie so früh unmöglich zu erwarten war. Bevor sie schlafen ging, versuchte sie noch einmal, sich alle Umstände, alle Begegnungen, die ihren Mann vielleicht in Gefahr gebracht hatten, vor Augen zu führen, doch sie fand nichts. Nur der Mann an der Kirchentür von Reillac ging ihr nicht aus dem Kopf, doch sie versicherte sich, dass er sie nicht wiedererkannt hatte. Außerdem stellte es ja kein Verbrechen dar, der Mitternachtsmesse mit Kindern beizuwohnen.

Schließlich ging sie zu Bett, lag aber noch lange mit geöffneten Augen wach in der Dunkelheit. Erst am frühen Morgen gelang es ihr, einzuschlafen, nachdem sie mehrere Male aufgestanden war, um oben dem Atem der beiden Kinder zu lauschen, die inzwischen die Ihren geworden waren.

Zehn

Virgile kehrte nicht am nächsten Morgen zurück nach Hause, sondern erst am Abend gegen sieben Uhr. Victoria, die einen furchtbaren Tag verlebt hatte, war erleichtert. Vor Sarah und Élie zeigte er sich mit einem Lächeln, aber sobald er mit Victoria allein war, teilte er ihr seine Sorge bezüglich Dr. Dujarics mit.

»Er kann unmöglich durch die Maschen ihres Netzes geschlüpft sein«, sagte er mit besorgter Miene. Victoria setzte sich ihm gegenüber an den Tisch, und er sprach weiter. »Zum Glück hat er mir seit einigen Wochen keine Missionen mehr anvertraut, ansonsten wäre ich kaum davongekommen.«

Er erzählte, wie Henri und er über zwei Stunden lang getrennt voneinander verhört worden waren, zahllose Fangfragen hatte man ihnen gestellt. Danach waren sie mit drei ihnen vom Sehen bekannten Männern in eine Zelle geführt worden. Sie vermieden, miteinander zu sprechen, um sich vor Spitzeln zu hüten, die die Deutschen regelmäßig einschleusten. Glücklicherweise war Virgile von Dr. Dujaric im Laufe seiner letzten Besuche vor solchen Situationen gewarnt worden. Am frühen Nachmittag hatte man sie gleichzeitig freigelassen, und erst auf dem Rückweg hatte Henri ihn über seine Zugehörigkeit zur Résistance eingeweiht.

»Wenn ich daran denke, dass wir ihnen misstraut haben«, seufzte Virgile.

»Wir können nicht wissen, was in den Köpfen derer vor sich geht, mit denen wir nicht zusammenleben«, entgegnete Victoria. »Und erinnere dich doch, wie reserviert Rose sich gegenüber Sarah verhalten hat. Wir *mussten* doch vorsichtig sein.«

»Auf jeden Fall dürfen die Kinder nicht mehr nach draußen, nicht einmal auf den Hof. Es ist zu gefährlich geworden.«

»Ich werde so viel Zeit wie möglich mit ihnen verbringen. Sie gewöhnen sich schon daran.«

Es war jedoch nicht so einfach, Sarah und Élie in den folgenden Tagen in ihre Zimmer zu verbannen. Der Wind hatte nach Südwesten gedreht, das Wetter war schön geworden, mit vielen Stunden strahlendem Sonnenschein, den nicht der kleinste Nebelschleier verdunkelte. Es schien, als hätte der Frühling Anfang April unwiderruflich beschlossen, frühzeitig die Wiesen, Felder und Bäume mit ersten zarten Knospen zum Leben zu erwecken.

Am Abend des 2. April, die Kinder waren schon in ihren Zimmern, klopfte es kurz vor Einbruch der Dunkelheit an der Tür. Victoria ging hinauf.

»Wer ist da?«, fragte Virgile und ging zur Tür.

»Ich komme von Dr. Dujaric«, sagte eine Stimme, die er noch nie gehört hatte.

»Ich kenne keinen Dr. Dujaric.«

»Victor, wenn Sie es vorziehen.«

»Wer sind Sie?«

»Ein Widerstandskämpfer wie Sie. Er wird nicht mehr kommen. Er hat sich einer Widerstandsgruppe angeschlossen und mich beauftragt, Ihnen eine Nachricht zu überbringen.« Der Mann schwieg einen Moment lang. Als Virgile noch immer nicht reagierte, sprach er weiter: »Er hat mir von Sarah und Élie erzählt.«

Virgile öffnete die Tür und ließ den etwa dreißigjährigen Mann eintreten. Er trug einen Samtanzug und einen Filzhut, unter dem, als er ihn abnahm, rabenschwarzes Haar zum Vorschein kam. Er hatte sehr helle Augen, die denen des Arztes ähnelten, und einen üppigen Schnauzbart, der links und rechts weit über seinen dicklippigen Mund hinausragte.

»Machen Sie sich keine Sorgen, ich bin sein Neffe«, sagte er und setzte sich auf den Stuhl, den Virgile ihm angeboten hatte.

In diesem Moment erschien Victoria, die von der Treppe aus zugehört hatte, und begrüßte den Mann. Er erhob sich und erwiderte ihren Gruß mit einem ungewohnt galanten Nicken, das Victoria sehr beeindruckte.

»Mein Onkel hat sich einer Widerstandsgruppe angeschlossen, Sie werden ihn eine Weile lang nicht sehen. Ich kann Ihnen natürlich nicht sagen, wo er sich befindet, nur, dass er nicht weit weg ist. Angesichts der Vorfälle von Monestier können Sie sich wahrscheinlich denken, dass ich keine besonders guten Nachrichten für Sie habe. Am 24. März wurden von der Division Brehmer mehr als zwanzig Menschen getötet und achtzehn Häuser in Brand gesteckt. Sie gaben der Zivilbevölkerung, egal, ob jüdisch oder nicht, die Schuld daran, dass sie keine Widerstandskämpfer gefunden haben, und es gab vierzehn Opfer in La Bachellerie.«

Er seufzte und ließ Virgile und Victoria ein wenig Zeit, um das Gewicht seiner Worte zu ermessen.

»In Saint-Orse wurden acht Männer erschossen und mehr als zwanzig Frauen und Kinder verhaftet. In Tourtoirac wurden vier Männer ermordet, und sechs Frauen und Kinder haben sie nach Limoges verschleppt. Seit dem 26. März sind mehr als fünfhundert Menschen verhaftet worden, auch der Bürgermeister von Ribérac, als er sich weigerte, zu kollaborieren.«

»Und Dr. Dujaric?«, fragte Victoria.

»Er hat vom ersten Tag an geahnt, was passieren würde. Aber seien Sie unbesorgt, er ist in Sicherheit.«

Der Mann zögerte einen Moment lang, dann sprach er leiser weiter: »Ich war am 26. März in Brantôme, als sie dort eintrafen. Mit ihrer von Milizsoldaten unterstützten Brigade sind sie durch die Stadt gezogen und haben mit ihren Maschinengewehren in alle Richtungen Salven abgeschossen. Gegen achtzehn Uhr begannen die Plünderungen der Häuser, dann folgten die Massenfestnahmen, es ging Schlag auf Schlag. Sie haben einen Juden auf der Straße erschossen, der gerade von einem Fußballspiel kam, und anschließend sein Haus in Brand gesteckt. Dann haben sie ungefähr zwanzig Geiseln in der Nähe des kleinen Orts Besse-de-Courrières hingerichtet. Ich hatte mich im Pfarrhaus versteckt und konnte im Laufe der Nacht fliehen.«

»Warum erzählen Sie uns das alles?«, fragte Virgile auf einmal, der bisher fassungslos zugehört hatte.

»Mein Onkel hat mich darum gebeten. Er glaubt, dass weitere Operationen wie diese folgen werden und Ihre Kinder großer Gefahr ausgesetzt sind. Sie dürfen das Haus nicht verlassen.«

»Wir haben schon während der Ereignisse in Monestier unseren Teil abbekommen, müssen Sie wissen. Und die Kinder sind immer noch da.«

»Ja, ich verstehe. Sie haben großes Glück gehabt.« Der Mann zögerte kurz. »Aber das Schlimmste steht vielleicht noch bevor, vor allem, wenn es auch in Périgueux zu Festnahmen kommt.« Da Virgile und Victoria nicht zu verstehen schienen, fuhr er fort:

»Es gibt all die Listen und Adressen, verstehen Sie? Hoffen wir, dass die Verantwortlichen der Organisation die Möglichkeit hatten, für den Ernstfall alle Dokumente verschwinden zu lassen. Das ist es, wovor mein Onkel Sie vor allem warnen wollte. Das Risiko ist groß, dass sie alles, wirklich alles durchsuchen und die versteckten Kinder finden, selbst wenn Sie sie im hintersten Winkel des Dachbodens verstecken.«

»Was sollen wir denn Ihrer Meinung nach tun?«, fragte Victoria, verwirrt von alldem, was sie erfahren hatte.

»Kennen Sie keine andere Familie, die die beiden Kinder für einige Zeit aufnehmen könnte?«

»Nein«, sagte Victoria. »Außerdem haben wir sie ganz sicher nicht bis heute bei uns behalten, um sie einfach irgendjemand anderem zu geben, wenn es schlecht steht.«

»Das verstehe ich gut«, sagte der Mann. »Sie sollen nur wissen, dass Dr. Dujaric Sie warnen wollte.«

»Sagen Sie ihm danke«, erwiderte Victoria, »und auch, dass er vorsichtig sein soll. Ich bin sicher, dass er sich größeren Gefahren aussetzt als wir.«

Sie schenkte dem Besucher ein Glas Schnaps ein, das er in einem Zug leerte. Dann stand er auf.

»Ich muss weiter. Es ist nicht gut, zu lange am selben Ort zu bleiben.« Als er sich noch einmal umdrehte, ehe er die Tür öffnete, sagte er: »Ich werde wiederkommen, um Ihnen weitere Neuigkeiten zu bringen, aber immer nur nachts.«

»Danke«, sagte Virgile. »Passen Sie auf sich auf.«

Die Tür schloss sich wieder, und Virgile und Victoria waren eine ganze Weile still. Sie dachten über all das nach, was sie gerade gehört hatten, bis auf der Treppe Schritte zu hören waren.

»Was machst du denn da?«, fragte Victoria, als sie Sarah im Nachthemd erblickte.

Das Mädchen kam näher und rieb sich die Augen.

»Ich habe alles gehört«, sagte sie mit ernster Stimme. »Ich will nicht länger hierbleiben.«

»Und wo willst du hingehen?«

»Zu meinen Eltern. Ich bin sicher, dass es an der Côte d'Azur nicht so gefährlich ist wie hier.«

Virgile und Victoria wussten darauf nichts zu erwidern.

»Ihr habt selbst gesagt, dass dort keine Deutschen sind.«

Was Dr. Dujarics Neffe ihnen in dieser Nacht berichtet hatte, erschütterte sie in ihren Überzeugungen. Waren sie in der Lage, sich alle Gefahren auszumalen? Setzten sie selber nicht die Kinder einer Gefahr aus?

»Weißt du, was wir tun werden?«, sprach Victoria wieder weiter. »Wir bitten Fanny, uns zu besuchen, und dann treffen wir gemeinsam mit ihr eine Entscheidung. Wenn sie meint, es sei an der Zeit, von hier fortzugehen ... nun, dann geht ihr fort.«

Sarah sah sie zögerlich an.

»Und weißt du was? Wenn wir entschieden haben, wohin ihr gehen sollt, werde ich selbst euch hinbringen. Aber bis dahin geh schnell wieder hinauf schlafen und mach dir keine Sorgen. Wir beide werden abwechselnd wach bleiben.«

Sarah zögerte immer noch. Sie trat von einem Fuß auf den anderen, dann nickte sie schließlich, drehte sich um und ging wieder hinauf in ihr Zimmer.

Als sie verschwunden war, schwiegen sie eine Zeit lang und dachten über die Situation nach.

»Wir werden abwarten«, sagte Victoria. »Ich bin sicher, dass Fanny bald kommt, nach allem, was geschehen ist.« Und seufzend fügte sie hinzu: »Ich bleibe bis drei Uhr wach, dann löst du mich ab.«

»Aber wenn sie kommen? Was machen wir dann?«

»Wenn sie kommen, hören wir sie rechtzeitig. Nachts hört man alles.«

»Und wohin sollen wir die Kinder bringen?«

»Du versteckst sie in der Werkstatt, wenigstens die Nacht über. Danach sehen wir weiter. Und morgen gehe ich zu Rose und Henri. Ich glaube, man kann sich jetzt auf sie verlassen.«

»Hoffen wir es«, sagte Virgile.

»Leg dich hin und sieh zu, dass du ein wenig schläfst. Um drei Uhr wecke ich dich.«

Virgile nickte und betrachtete Victoria einen Augenblick lang. Dann ging er zu Bett, während sie sich auf einen Stuhl am Fenster setzte und eine Decke über ihre Beine legte.

Am nächsten Tag ging Victoria nicht zu Rose und Henri, wie sie es am Vorabend in Erwägung gezogen hatte. Sosehr sie sich auch bemühte, sie brachte es nicht fertig, sich von den Kindern zu trennen. Sarah musste Élie erzählt haben, was sie gehört hatte, denn Élie hatte wieder denselben Gesichtsausdruck wie in den ersten Tagen, als die Erinnerung an das, was er mit seinen Eltern erlebt hatte, noch in ihm gegenwärtig war.

»Wann kommt Fanny wieder?«, fragte er mehrere Male und folgte damit Sarahs Beispiel, die unablässig Fragen über ihre Eltern stellte: »Warum holen sie mich nicht ab? Ich bin sicher, dass man sie verhaftet hat.«

»Gütiger Himmel!«, rief Victoria. »Du hast dir wirklich geschworen, mich verrückt zu machen!«

»Lasst uns geduldig sein«, sagte Virgile. »Mach dir keine Sorgen, Fanny wird uns sicher bald Nachrichten bringen.«

»Wenn sie nicht kommt, werde ich sie suchen gehen«, stieß Sarah in ihrem provozierenden Ton hervor.

»Genau! Wie das letzte Mal!«, entgegnete Victoria schnippisch. »Um dich wieder im Wald zu verirren oder auf der Straße verhaftet zu werden.« Und um des lieben Friedens willens fügte sie hinzu: »Ich verspreche dir, wenn sie nicht innerhalb der nächsten drei Tage kommt, gehe ich selbst nach Périgueux, um mich zu erkundigen, was es Neues gibt.«

»Nimmst du mich mit?«

»Ganz bestimmt nicht. Das ist viel zu gefährlich.«

Nach vielen zärtlichen und beschwichtigenden Worten und wiederholten Beteuerungen beruhigte sich Sarah schließlich und willigte ein, in ihr Zimmer zu gehen. Als Fanny auch an den folgenden Tagen nicht erschien, beschloss Victoria, nach Périgueux zu gehen, in der Hoffnung, sie in dem unergründlichen Labyrinth der großen Stadt zu finden. Sie fuhr mit dem Sieben-Uhr-Zug los und würde am Spätnachmittag wieder zurückkehren.

Doch in der Nacht vom 4. auf den 5. April, als sie wie immer wachte, klopfte es an der Tür.

»Ich bin es! Der Neffe von Dr. Dujaric!«, murmelte eine Stimme, die sie sofort wiedererkannte.

Lautlos öffnete sie die Tür, um die Kinder nicht zu wecken, und bot dem Mann ein Glas an. Doch er lehnte ab, überhaupt wirkte er nervös. Er setzte sich nicht einmal auf den Stuhl, den sie ihm hinschob.

»Was ist geschehen?«, fragte sie.

Er wollte gerade antworten, als Virgile erschien. Er begrüßte den Besucher mit vom Schlaf schweren Augenlidern, dann setzte er sich hin, um ebenfalls zuzuhören.

»Fanny ist heute Morgen von der Gestapo in Périgueux im Büro der israelitischen Hilfsorganisation verhaftet worden«, begann er ohne die kleinste Einleitung. »Die Deutschen haben die Räume durchsucht und jeden mitgenommen, der sich dort aufhielt.«

Er hielt einen Moment lang inne, holte aus seiner Tasche eine bereits zur Hälfte gerauchte Zigarette hervor und zündete sie mit Mühe an.

»Wir wissen nicht, ob die Organisation die Zeit gehabt hat, die Akten rechtzeitig verschwinden zu lassen. Natürlich hoffen wir es, aber es ist schwierig, sich allem zu entledigen. Ein Minimum muss aufbewahrt werden, verstehen Sie?«

»Und was bedeutet das?«, fragte Victoria.

»Dass Sie und die Kinder in großer Gefahr sind.«

»Was uns betrifft, ist es nicht schlimm«, entgegnete Victoria, »was sollen Sie uns schon tun? Aber wir müssen uns Gedanken um die Kinder machen.«

»Kennen Sie denn wirklich niemanden, der die beiden aufnehmen könnte?«

»Wir haben schon eine Idee, aber wir dachten nicht, dass es so schnell nötig werden würde.«

»Sie sollten sie unbedingt noch vor morgen früh von hier wegbringen.«

»Und wie soll das gehen?«, empörte sich Victoria. »Es ist halb drei.«

Für Virgile und Victoria ging alles viel zu schnell. Sie dachten an die verhaftete Fanny, an Rose und Henri, mit denen sie nicht rechtzeitig hatten sprechen können, und sie dachten an Élie und Sarah, die dort oben über ihren Köpfen schliefen und nichts von den dunklen Wolken ahnten, die sich über ihnen zusammenbrauten.

»Ich kann nicht länger bleiben«, sagte der Neffe. »Es ist zu gefährlich geworden, nachts unterwegs zu sein.«

Wie eine Geste der Machtlosigkeit breitete er die Arme weit aus.

»Tut, was ihr könnt, aber vor allem: Macht schnell!«

Er gab ihnen die Hand und ging in die Nacht hinaus, die ihnen von tausend drohenden Schatten bevölkert schien.

Als sie allein waren, schwiegen sie lang. Dann schenkte sich Virgile eine Tasse Kaffee ein und murmelte: »Wir müssen hingehen. Es gibt keine andere Lösung.«

»Wir können sie nicht zu den beiden bringen, ohne zu wissen, ob sie sie aufnehmen wollen.«

Victoria überlegte so schnell sie konnte und sagte: »Wir können die Kinder doch nicht für nichts und wieder nichts wecken. Sie werden es nicht verstehen.«

»Also?«

»Also gehe ich erst einmal allein hin.«

»Jetzt?«

»Natürlich jetzt.«

»Ich kann gehen, wenn du willst«, schlug Virgile vor.

»Nein. Bleib du hier. Falls ihr durch unglückliche Umstände zur Werkstatt laufen müsst, bist du schneller als ich.«

Wenige Minuten später war sie fertig zum Aufbruch und bat Virgile, nicht einzuschlafen. Dann ging sie in die von einem glanzlosen Mond erhellte Nacht hinaus. Es war nicht kalt, doch Victoria zitterte und zog den Kragen ihres Umhangs enger. Angst hatte sie nicht, nur ein Gedanke bewegte sie: Wie würden Rose und Henri sie empfangen? So wie beim ersten Mal, als sie sich an sie gewandt hatte? Während des gesamten Weges bereitete sie sich darauf vor, was sie den beiden sagen würde.

Sie brauchte fünfundvierzig Minuten, um die Entfernung von Sauvénie zu Roses und Henris Hof zurückzulegen. Zaghaft klopfte sie an die schwere Eichentür und brachte so den Hund zum Bellen. Über ihr öffneten sich die Läden, und eine Männerstimme ertönte.

»Was ist los?«

»Ich bin es, Victoria.«

»Was gibt es denn?«

»Ich muss mit euch reden.«

Die Läden wurden wieder geschlossen, und Victoria hörte, wie Henri den Hund zum Schweigen brachte. Wenig später wurde die Tür geöffnet und Rose stand im Nachthemd vor ihr.

»Mein Gott! Was ist denn los?«

Als sie in der Küche standen, schob Henri Victoria einen Stuhl hin, doch sie zog es vor, stehen zu bleiben, als wollte sie auf die Dringlichkeit der Situation hinweisen. Der Hund hatte sie wiedererkannt und rieb sich an ihren Beinen.

»Die Deutschen werden morgen nach Sauvénie kommen«, stieß sie abrupt hervor.

»Woher weißt du das?«

Eilig erklärte sie, was in Périgueux geschehen war, sprach von Listen, Namen, Adressen und der unmittelbaren Bedrohung, die über den Kindern und ihnen selber schwebte.

»Und? Was können wir bei alldem tun?«, fragte Rose. Ihre Stimme hatte einen Ton angenommen, den Victoria als gutes Zeichen deutete.

»Ihr müsst die Kinder bei euch aufnehmen, wenigstens für ein paar Tage, so lange, wie wir brauchen, um eine andere Lösung zu finden«, entfuhr es ihr, als wollte sie sich von einer Last befreien. Die Stille, die nun eintrat, rief schlechte Erinnerungen in ihr wach. Henri und Rose schauten sich an, dann musterten sie Victoria, als wenn ihr Haus vom Blitz getroffen worden wäre.

»Wir können doch nicht zulassen, dass unschuldige Kinder festgenommen werden!«, versuchte Victoria zu argumentieren. Und da weder Rose noch Henri antworteten, fuhr sie fort. »Sie haben niemandem etwas Böses getan.«

Dann erinnerte sie sich an die Ereignisse in Monestier, denen sie als privilegierte Zeugen beigewohnt hatten: »Sie kämpfen auch gegen die Deutschen.«

Sie brachte nicht den Mut auf, das Wort *Jude* auszusprechen, denn sie fürchtete, es könnte eine negative Wirkung auf die beiden haben. Da aber weder Rose noch Henri das Wort ergriff, fuhr sie noch eine ganze Weile fort, zu argumentieren. Irgendwann ließ sie sich – erschöpft von der langen Nacht und ihren verzweifelten Bemühungen, die beiden zu überzeugen – niedergeschmettert auf einen Stuhl fallen.

»Gut«, sagte Henri, »ich habe mitangesehen, wie man sie in Monestier behandelt hat. Und ich müsste mir Vorwürfe machen, wenn ich so etwas zuließe. Wir werden sie für einige Tage aufnehmen, bis sich die Dinge geregelt haben.«

Victoria hob den Kopf und sah ihn an.

»Danke! Ich wusste, dass ich auf euch zählen kann.«

Victoria küsste ihn, dann umarmte sie Rose, die nicht ein Wort gesprochen hatte, sie aber jetzt ebenfalls an sich drückte. Im Gegensatz zu Victorias Befürchtung erschien sie nicht im Geringsten feindselig.

»Dann werde ich sie holen«, sagte sie.

»Jetzt? Noch heute Nacht?«, fragte Rose. »Ich habe ja gar nichts vorbereitet.«

»Ich werde dir helfen, wenn du willst. Zwei Betten sind schnell hergerichtet.«

»Nein, lass nur. In der Zeit, die du brauchst, bis du wieder hier bist, werde ich es wohl auch allein schaffen.«

»Ich fahre dich, wir nehmen den Karren«, sagte Henri. »Du siehst ja aus, als könntest du dich kaum noch auf den Beinen halten.«

Die Fürsorglichkeit ihrer Gastgeber tat Victoria gut, und so nahm sie das Angebot gern an.

Henri ging hinaus und Rose kochte Kaffee. Dann kam sie zu Victoria zurück.

»Danke«, sagte diese und nahm die Tasse. »Ich bin erleichtert, zu wissen, dass die Kinder in dieses Haus kommen werden.«

»Ich frage mich vor allem, ob wir uns richtig um sie kümmern können.«

»Ich werde dir alles erklären, mach dir keine Sorgen.«

Und schon begann sie zu erzählen, von den Eigenarten der Ernährung der beiden, von ihrem Verhalten, ihrem Zusammengehörigkeitsgefühl und von Sarahs manchmal problematischen Vorstellungen, was ihre Eltern betraf. Rose schien ganz verwirrt von so vielen Dingen, auf die es zu achten galt.

»Wirst du sie denn manchmal besuchen kommen?«

»Jeden Tag am frühen Nachmittag.«

Als Henri den Wagen angespannt hatte, holte er Victoria, die Rose inzwischen wieder einigermaßen beruhigt hatte. Sie brachen in die Nacht auf, die durch den dichter gewordenen Nebel des nahenden Morgens nun noch dunkler war. Kein Mond schien, doch das Pferd kannte den Weg nach Sauvénie. Eine halbe Stunde später waren sie dort.

Das Schwierigste war, Élie und Sarah zu wecken, ohne ihnen Angst zu machen. Und vor allem mussten sie davon überzeugt werden, ihre gewohnte Umgebung zu verlassen, in der sie sich so sicher fühlten. Victoria berichtete ihnen von den Vorfällen in Périgueux und von der Festnahme Fannys. Sarah brach in Tränen aus, und natürlich traten ihre Sorgen hinsichtlich ihrer Eltern wieder auf den Plan.

»Ich bin sicher, dass sie ebenfalls in Gefahr sind. Wer kann uns jetzt noch Nachrichten bringen?«

Victoria erinnerte sie daran, dass an der Côte d'Azur keine Deutschen waren, sondern Italiener.

»Ich will trotzdem zu ihnen«, stöhnte Sarah. »Ich will nicht mehr hierbleiben.«

»Darüber reden wir morgen, ich verspreche es dir. Aber nun müsst ihr los, wenigstens für ein paar Tage.«

»Morgen. Versprochen?«

»Versprochen.«

Das Mädchen willigte schließlich ein, zu Élie auf den Karren zu steigen. Victoria saß zwischen ihnen und hielt beide fest an sich gedrückt. Virgile hatte auf der Vorderbank neben Henri Platz genommen. Später würde er den Karren lenken, um schneller nach Hause zu kommen. Am frühen Nachmittag des nächsten Tages würde er ihn zurückbringen.

Victoria spürte Sarah neben sich zittern und sprach leise mit ihr.

»Mach dir keine Sorgen um deine Eltern, sie sind in Sicherheit. Wir müssen uns um dich kümmern. Sobald die Gefahr vorüber ist, werden wir sie suchen.«

»Und was können wir tun, um sie zu finden?«

»Wir werden sie wiederfinden, ich verspreche es dir.«

Als sie in dem großen Haus von Rose und Henri angekommen waren, musste Victoria eine ganze Weile mit Sarah in ihrem neuen Zimmer bleiben, während Élie schon bald im Nachbarzimmer eingeschlafen war. Es war etwa fünf Uhr am Morgen, als Virgile und Victoria unglücklich und zugleich beruhigt zurückkehrten. Sie waren überzeugt, nicht lange von den Kindern getrennt zu sein, deren Anwesenheit ihnen im Laufe der Zeit unentbehrlich geworden war.

Elf

Sie hatten in Sauvénie alle Spuren ihrer Gäste verschwinden lassen, doch nicht ein deutscher oder französischer Uniformierter war aufgetaucht. Alles blieb ruhig, nicht die geringste Bedrohung war auszumachen, auch wenn Dr. Dujarics Neffe ihnen berichtet hatte, dass die Razzien weitergingen.

»Wenn sie unsere Adresse in den Dokumenten gefunden hätten, wären sie schon längst hergekommen«, war Victoria überzeugt.

»Glauben Sie das nicht«, hatte er geantwortet. »Sie haben sehr viel Arbeit mit der Résistance, und seit die Abteilung Brehmer wieder abgezogen wurde, fehlt es ihnen an Personal.«

Victoria konnte sich nicht daran gewöhnen, von »ihren« Kinder getrennt zu leben. Sie litt unter ihrer Abwesenheit und ertrug es kaum, sie nicht um sich zu haben. Jeden Nachmittag besuchte sie Rose und Henri, verbrachte dort mehr Zeit als nötig und konnte sich nicht damit abfinden, sich wieder auf den Heimweg zu machen. Erst zur Abendessenszeit kehrte sie wieder nach Hause zurück, da sie wusste, dass Virgile auf sie wartete.

Sie hatte den Neffen des Arztes angefleht, ihnen Nachrichten von Sarahs Eltern zu geben, doch er hatte noch nichts in Erfahrung bringen können.

»Tun Sie doch etwas!«, bat sie ihn flehentlich, »sonst begeht die Kleine noch eine Dummheit, da bin ich mir sicher.«

»Glauben Sie, das ist so einfach?«

»Nein, natürlich nicht. Es ist für niemanden einfach.«

Rose und Henri gegenüber war sie sehr dankbar. Die beiden zeigten ihren guten Willen, und doch begannen sie, die Zeit lang zu finden. Nicht, dass sie in Sorge um ihre eigene Sicherheit gewesen wären, doch es fiel ihnen schwer, die beiden Kinder, die so anders waren als alle ihnen bekannten Kinder, zu verstehen und sich Gehorsam zu verschaffen. So warteten sie jeden Tag auf Victoria, die sie fast bei jedem Besuch beruhigen und für ein neu aufgetretenes Problem eine Lösung finden musste.

Nach vierzehn Tagen, als der April überall im Tal Inseln aus sattem Grün hatte hervorsprießen lassen, beschloss Victoria, dass jegliche Gefahr vorüber wäre und die Kinder wieder nach Sauvénie zurückkehren könnten. Sie entschied sich für eine Rückkehr in der Nacht, wie sie es auch beim Hinweg getan hatten.

Die Kinder fanden schnell zu ihren Gewohnheiten zurück, auch wenn beschlossen wurde, dass sie tagsüber in ihren Zimmern bleiben sollten.

Es dauerte indessen nicht lang, bis Victoria sich erneut Sarahs Auflehnung ausgesetzt sah. Vom Tag nach ihrer Rückkehr an bat sie Victoria, sie zur Côte d'Azur zu bringen, um ihre Eltern zu suchen.

»Das ist doch wohl nicht dein Ernst!«, rief Victoria aus. »Das ist viel zu gefährlich. Auf den Bahnhöfen, in den Zügen, auf den Straßen, überall gibt es Kontrollen. Wir würden keine zwanzig Kilometer weit kommen, ohne verhaftet zu werden.«

»Du hast gesagt, ich hätte Papiere ...«

»Falsche Papiere, ja, in denen du den Namen meiner Schwester trägst, aber die würden einer Kontrolle nicht standhalten und auch sie in Gefahr bringen.«

»Die Wahrheit ist, dass sie tot sind und du es mir verschweigst!«

»Kind, was denkst du dir da wieder aus?«, empörte sich Victoria und rief Virgile mit ihrem Blick um Hilfe.

»Nun, Mädchen!«, mischte er sich ein, »sei geduldig! Bald bekommen wir Neuigkeiten.«

»Seit Wochen versprecht ihr mir das, aber ich bekomme nie welche.«

»Bald«, wiederholte Virgile, »bald werden wir mehr wissen.«

Tatsächlich erhielten sie kurz darauf Nachrichten. Dr. Dujarics Neffe, der auf ihre Bitte hin alles in Bewegung gesetzt hatte, etwas in Erfahrung zu bringen, besuchte sie. Was sie allerdings in dieser Nacht von ihm erfuhren, versetzte sie in einen Zustand des Schocks.

»Sie sind im März in ihrem Haus in Nizza verhaftet worden. Sie wurden in einen Vorort von Paris verlegt – und von dort aus mit größter Wahrscheinlichkeit nach Deutschland.«

»Was sollen wir der Kleinen sagen?«

»Sagen Sie ihr nichts. Gewinnen Sie Zeit.«

»Sie sind nicht erschossen worden, wir können also immer noch hoffen.«

Victoria blieb nachdenklich.

»Wie war genau ihre Adresse?«, fragte sie.

«Rue Rivoli Nr. 6 in Nizza. Aber ich rate Ihnen, sie ihr nicht zu geben. Sie selbst haben mir gesagt, sie könnte so unvorsichtig sein, zu fliehen.«

Eine lange Stille trat ein, dann murmelte Victoria: »Danke. Vielen Dank.«

»Sie müssen sich nicht bei mir bedanken, sondern bei Dr. Dujaric. Er ist ein großes Risiko eingegangen, um Erkundigungen einzuholen.«

»Wir werden es tun, sobald wir ihn wiedersehen«, sagte Virgile, »bis dahin, tun Sie es bitte für uns.«

»Sie können sich auf mich verlassen.«

Von diesem Tag an standen Virgile und Victoria vor einem Dilemma: Sollten sie reden oder schweigen? Sie entschieden sich, Zeit zu gewinnen, wie ihnen der Neffe des Arztes empfohlen hatte, doch sie hatten ein schlechtes Gewissen, und ihre Beziehung zu Sarah wurde immer schwieriger.

Die Tage vergingen indessen, ohne dass sich die Situation verschärfte, denn die Deutschen konzentrierten ihre Fahndungen auf die Widerstandskämpfer. Sie hörten von einer Razzia am 10. Mai, die im Departement von der Miliz und Ordnungspolizei vorgenommen worden war und zu Festnahmen im radikalen und freimaurerischen Milieu von Périgueux geführt hatte. Auch einige Juden hatte es getroffen, die man aber nicht in Pariser Vororte, sondern in Nexon, Limoges oder Bordeaux internierte.

Die Neuigkeit von der Landung der Alliierten am 6. Juni 1944 in der Normandie, die ihnen Henri verkündete, erfüllte alle auf Sauvénie mit Freude. Zum ersten Mal seit langer Zeit gab es endlich eine gute Nachricht, die eine Besserung erahnen ließ. Doch währte die Erleichterung nicht lange, denn nur wenige Tage später provozierten neue Aktionen der Résistance Vergeltungsmaßnahmen. Am 12. Juni fuhr eine aus gepanzerten Autos zusammengesetzte deutsche Einheit, die von den Widerstandskämpfern auf der Höhe des Château de Lanmary in Antonne-et-Trigonant angegriffen worden war, in die kleine Gemeinde Cornille, stürmte die Häuser, erschoss einen Juden und steckte sieben Gebäude in Brand.

Zu Virgile und Victoria drangen Informationen wie diese immer erst mit einigen Tagen Verspätung, wenn es dem Neffen des Arztes gelang, nach Sauvénie zu kommen. Oder sie hörten sie von

Henri, der mehr unterwegs war als Virgile. Sie waren also nicht besonders beunruhigt. Das schöne Wetter ermunterte die Kinder dazu, ihre Zimmer zu verlassen. Sie spielten nicht draußen, kamen aber jetzt in die Küche hinunter und nahmen immer weniger Kenntnis von dem, was um sie herum geschah.

Die einzige echte Sorge von Virgile und Victoria war Sarah. Sie wollte um jeden Preis ihren Eltern schreiben, obwohl Victoria ihr gesagt hatte, dass die Post überwacht wurde und es gefährlich war. Da das Mädchen sich aber nicht davon abbringen ließ, hatte sie ihr schließlich die Adresse gegeben und gemeint, Virgile könne den Brief in Monestier aufgeben. Doch sie behielt Sarahs Brief für sich und bekam ein schlechtes Gewissen, das sie mehrere Tage lang bedrückte. Schon bald begann Sarah zu fragen, ob sie schon eine Antwort erhalten hätten, als wäre sie misstrauisch, dass die beiden ihr einen Brief vorenthalten würden. Schließlich überraschte sie die beiden eines Abends bei einem Gespräch, in dem sie sich Vorwürfe wegen ihrer Lügen machten und sich selbst deswegen bitter anklagten.

An einem Morgen im Juni, als der Tag wie die vorangegangenen sehr warm zu werden versprach, weigerte Sarah sich aufzustehen und behauptete, sie sei krank. Zunächst machten Virgile und Victoria sich keine Sorgen und dachten nicht einmal daran, einen Arzt kommen zu lassen. Das Mädchen hatte kein Fieber, behauptete aber, sich nicht auf den Beinen halten zu können, sie würden sie nicht tragen. Victoria fragte Élie aus, und als es ihr eines Abends gelang, ihn in die Enge zu treiben, begriff sie, was das Mädchen im Schilde führte.

»Sarah ist sehr krank. Man muss ihre Eltern benachrichtigen. Sie möchte sie sehen, ehe sie stirbt.«

»Was ist denn das für eine Geschichte?«, rief Victoria. Schnell wurde ihr bewusst, dass Sarah sie herausforderte.

Im Laufe der Nacht gab Sarah vor, sich übergeben zu müssen, obwohl sie nichts zu Abend gegessen hatte. Auch bestand sie darauf, Fieber zu haben, weigerte sich aber strikt, ihre Temperatur messen zu lassen. Am nächsten Morgen berieten Victoria und Virgile sich und fassten einen Entschluss.

»Virgile wird den Arzt von Mussidan holen«, sagte Victoria zu Sarah, die sich mit dieser Lösung einverstanden erklärte.

Er machte sich früh auf den Weg, kehrte gegen zwölf Uhr zurück und verkündete, dass Dr. Bessaguet im Laufe des Nachmittags kommen würde. Er war ein sehr alter Mann, durch ein beträchtliches Übergewicht behindert und von Schmerzen gelähmt. Da viele junge Ärzte dienstverpflichtet worden waren oder sich der Résistance angeschlossen hatten, musste er den Dienst wieder aufnehmen. Er untersuchte Sarah ausführlich, dachte nach, hustete und diagnostizierte schließlich aus Ratlosigkeit eine Magenverstimmung. Zwei Tage Fasten, und das Kind wäre wieder auf den Beinen.

Victoria verbrachte zwei Stunden in Sarahs Zimmer und fragte sie aus, doch sie erhielt keinerlei Geständnis. Die beiden Kinder blieben nun zu Virgiles und Victorias großer Enttäuschung tagelang in Sarahs Zimmer und schlossen sich ein. Dieses Zusammensein hörte am dritten Tag plötzlich auf, ohne dass Virgile oder Victoria eine Erklärung dafür fanden. Niemals hätten sie geahnt, dass Sarah in dieser Zeit einen neuen Brief schreiben und Élie ihn – nach einer unbemerkten Flucht durch die Hintertür – in den Briefkasten an der nächsten Kreuzung werfen und unbemerkt wieder hinauf ins Zimmer zurückkehren würde …

Ende Juni duftete es stark nach geschnittenem Heu, die Achsen der Karren auf den Wegen knirschten, und die Nächte waren so heiß wie frisch aus dem Ofen gezogene Brote. Victoria blieb misstrauisch und auf der Hut, auch wenn Sarah sich jetzt normal verhielt, oder jedenfalls fast. Sie hatte sich im Haus nützlich gemacht, als Victoria Virgile beim Einholen des Heus helfen musste. Der Postbote kam selten auf Sauvénie vorbei, denn Virgile und Victoria schrieben wenig. Doch Sarah kannte seine Zeit, da sie ihn einmal gesehen hatte: kurz vor zwölf Uhr hatte er einen Almanach gebracht. Nun hielt sie sich um diese Uhrzeit immer in der Küche auf, damit Victoria eine etwaige Antwort ihrer Eltern nicht verschwinden lassen konnte.

Im Laufe des Tages fing Sarah an, nachdem sie vormittags noch voller Hoffnung gewesen war, sich zu verschließen, sprach nicht mehr und blieb in ihrem Zimmer. Sogar Élies Gesellschaft lehnte sie ab, was den Jungen vollkommen aus der Fassung brachte. Als alle Hoffnung dahingeschwunden war, wurde sie zu Victorias großer Verzweiflung tatsächlich krank. Sie merkte, dass es dieses Mal ernst war, und doch konnte sie es nicht über sich bringen, ihr die Wahrheit zu sagen. Sie befürchtete das Schlimmste, wenn Sarah von der Festnahme ihrer Eltern erführe.

Wieder beriet sie sich mit Virgile, und gemeinsam fanden sie eine Lösung, um wenigstens noch ein bisschen Zeit zu gewinnen.

»Virgile wird nach Nizza fahren«, verkündete Victoria Sarah eines Abends.

Sofort warf Sarah ihr einen ungläubigen Blick zu.

»Er wird dort nach deinen Eltern suchen. Das versprechen wir dir.«

»Wann?«

»Sobald es möglich ist. Zuerst muss er zum Bahnhof und eine Fahrkarte kaufen.«

Als alle Formalitäten für die Reise erledigt waren, stand Sarah morgens in aller Frühe auf, um zuzuhören, wie Victoria Virgile erklärte, was er tun musste, um an die Côte d'Azur und wieder zurückzukommen. Er wirkte angesichts dieser immensen Aufgabe erdrückt, wendete die Zugfahrkarte und den Zettel mit allen Informationen in seinen Händen hin und her und wich Sarahs Blick aus, die sich unablässig bei ihm bedankte.

Am 30. Juni fuhr er ab und täuschte Entschlossenheit und Freude vor, hütete sich jedoch, den Erfolg seines Unternehmens zu versprechen. Er war in der Tat sehr unglücklich, sich dieser Komödie aussetzen zu müssen, genauso wie Victoria. Doch Sarah ging es besser, sie wurde wieder lebendiger und spielte sogar mit Élie, der ebenfalls sein Lächeln wiedergefunden hatte. Was Sarah an die Echtheit der Mission glauben ließ, war der Umstand, dass Victoria und Virgile nicht gezögert hatten, die teure Zugfahrkarte zu kaufen.

Am Morgen des 30. Juni begab sich Virgile zum Bahnhof und nahm tatsächlich den Zug nach Périgueux. Dort stieg er aus, machte sich so klein wie möglich, um nicht von den Soldaten bemerkt zu werden, und kehrte zu Fuß zurück nach Mussidan. Am selben Abend suchte er, wie er es mit Victoria besprochen hatte, für drei Tage und Nächte Zuflucht bei Henri und Rose.

Am vierten Tag kehrte er nach Sauvénie zurück, gab eine verkürzte Zusammenfassung seiner Reise und fühlte sich dabei ebenso unwohl wie bei seiner Abreise. Dann gab er dem Mädchen endlich die Informationen, die er sich mit Victoria und dem Neffen Dr. Dujarics zurechtgelegt hatte: Sarahs Eltern hatten die Côte d'Azur verlassen und waren in die Schweiz gegangen, wo sie sich in vollkommener Sicherheit befanden.

»Warum haben sie mich nicht geholt?«, fragte sie.

»Weil sie überstürzt aufbrechen und auf einer gefährlichen Route über die Berge fliehen mussten.«

Das Mädchen wirkte beruhigt und sogar besänftigt durch diese wenn auch fragwürdigen Erklärungen.

»Sie werden kommen und dich holen, sobald es ihnen möglich ist«, erklärte Victoria, konnte ihr dabei jedoch nicht in die Augen sehen.

Von jenem Tag an fühlte Sarah sich besser, auch wenn manchmal Zweifel in ihr aufkamen, die Victoria immer wieder zu zerstreuen suchte und dann erleichtert war, zu sehen, dass Sarah wieder Freude am Leben gefunden hatte.

Der Juli begann mit einigen Gewittern, die die Atmosphäre nur geringfügig auffrischten. Die Ernte hatte schwere Düfte von Korn und Stroh über das Tal gelegt. Es war so heiß, dass auf Sauvénie nachts alle Fenster offen standen, sodass Victoria den Neffen des Arztes schon von Weitem hörte, als er in der Nacht vom 16. auf den 17. kam und ihnen als ein treuer Bote seines Onkels, der sie offensichtlich nicht vergaß, Nachrichten brachte.

Die Landung war gelungen, die Deutschen zogen sich überall zurück, der endgültige Sieg stand bevor. Doch da sie sich in Gefahr fühlten, wüteten sie in den noch von ihnen besetzten Regionen umso wilder. So hatten die Soldaten der Wehrmacht und die Gestapoleute am 15. Juli das Dorf La Cave, eine Gemeinde von Marsac, besetzt, alle Männer für eine Identitätskontrolle festgenommen und unter den dorthin geflüchteten Juden und den Bewohnern der Gemeinde eine Auswahl getroffen. Sie hatten nur fünf Juden gefunden, bestanden aber auf sechs Geiseln als Vergeltung für den Angriff der Widerstandskämpfer auf einen

Zug im Bahnhof des Dorfes. Schließlich hatten sie einen anderen festgenommen, der auf dem Fahrrad vorbeikam und von dem sich dort abspielenden Drama nichts wusste, und hatten sie alle in einem Weinberg zweihundert Meter von der Nationalstraße entfernt erschossen.

Als der Neffe des Arztes fortging, riet er ihnen erneut, vorsichtig zu sein, zeigte sich jedoch eher optimistisch.

Zwei Tage vergingen, während derer nichts geschah, was auf irgendwelche Gefahren hingewiesen hätte. Im Gegenteil, es schien, als würde der nun endlich einsetzende Sommer sie auch vor der geringsten Bedrohung von außen beschützen; zumal die Hitze einen dazu animierte, sich schon vom späten Vormittag an eher im Haus aufzuhalten. Und dennoch tauchten am 19. Juli, als sie gerade dabei waren, ihr Mittagessen zu sich zu nehmen, zwei Lastwagen und ein Auto auf der Straße auf und bogen in halsbrecherischem Tempo in den Weg zum Haus ein. Fanden die Kinder auch gerade noch die Zeit, sich auf dem Dachboden zu verstecken, so war es Victoria doch nicht möglich, alle auf dem Tisch liegenden Bestecke verschwinden lassen. In den Lastwagen befanden sich keine Milizsoldaten; es waren ausschließlich Deutsche, darunter ein Offizier, der die Abteilung leitete. Sie stiegen die Treppe hinauf, durchkämmten jedes Zimmer und brauchten nicht lange, um zu begreifen, dass auf dem Dachboden hinter der Spanplatte ein Versteck war, in dem sie bald darauf Élie und Sarah fanden.

Als die Soldaten mit den Kindern in der Küche erschienen, bemühte Victoria sich mit aller Kraft, dazwischenzutreten, doch sie konnte ihnen nichts entgegensetzen. Rücksichtslos wurde sie zum Spülbecken gedrängt, wo Virgile sie am Arm hielt, um zu verhindern, dass sie stürzte. Ehe sie hinausgingen, zeigte sie dem Offizier in einer letzten Hoffnung die Holzschuhe, die die Kinder nicht hatten anziehen können. Doch er schob sie grob zur Seite.

»Sie kommen auch mit. Sie und ihr Mann, Sie sind uns wohlbekannt.«

Draußen zogen die Soldaten Élie und Sarah auf den ersten Lastwagen, in dem sich schon ungefähr zehn Frauen und Kinder befanden.

»Sie steigen auf den anderen Wagen!«, blaffte der Offizier Virgile und Victoria an. »Um Sie kümmere ich mich später.«

Von einigen Soldaten in Richtung des Wagens gestoßen, blieben Victorias und Virgiles Blicke ununterbrochen Élie und Sarah zugewandt. Wie gelähmt schauten die beiden sie an, ohne einen Hilferuf noch die geringste Klage. Der Offizier wollte gerade in eines der Autos steigen, als Victoria sich umdrehte und auf den Lastwagen zuging, auf dem sich die Kinder befanden.

»Entfernen Sie sich!«, schrie der Offizier.

Doch Victoria ging unbeirrt weiter.

»Es sind meine Kinder«, sagte sie mit leiser Stimme, die Virgile kaum hörte. »Ich fahre mit ihnen.«

»Wie Sie wollen, Madame!«, sagte der Offizier. Ohne auch nur eine Sekunde zu zögern, befahl er einem der Soldaten, die Seitenwand herunterzulassen, während ein anderer, der auf der Ladefläche stand, sie ergriff und ihr beim Aufsteigen half.

Virgile ging einen Schritt auf sie zu, doch Victoria gab ihm mit der Hand ein Zeichen, sich zu entfernen. Er ließ sich auf das andere Fahrzeug hochziehen, denn er hatte verstanden, dass sie ihn bei dieser Prüfung nicht dabeihaben wollte, für die sie sich entschieden hatte. Der Konvoi setzte sich sehr schnell in Bewegung, und als sie die Nationalstraße erreicht hatten, fuhren die Lastwagen in Richtung Périgueux, wo sich ihre Wege trennten.

Epilog

Im Juni des Jahres 1945 erfüllte der Duft des gemähten Heus die wie betäubt in der Hitze liegende Landschaft. Es war sehr heiß, und dennoch befand sich Virgile nicht geschützt hinter den geschlossenen Fensterläden der Zimmer. Stattdessen saß er auf der Steinbank draußen vor dem Haus.

Er wartete. Denn er hatte einen Brief erhalten, der ihm Victorias Rückkehr für diesen Tag ankündigte, ohne allerdings eine Uhrzeit anzugeben. Es war fast ein Jahr her, dass sie getrennt worden waren, fast ein Jahr, seit sie verschwunden war. Ein Jahr, seit er allein im Gefängnis von Limoges gewesen war, wo er sehr schnell von den Truppen des Colonel Georges Guingouin befreit worden war.

Er war nach Sauvénie zurückgekehrt, er hatte weitergelebt, so gut er konnte, von Tag zu Tag mit der Hoffnung im Herzen, vor allem, seit der Krieg zu Ende war. Seine Einsamkeit war tief und schmerzerfüllt, denn Dr. Dujaric war mit der französischen Armee gezogen, um in Deutschland einzumarschieren, und im Elsass getötet worden. Virgile hatte keinerlei Nachrichten, er wusste nicht, wo Victoria sich befand, noch die Kinder, die gemeinsam mit ihr fortgebracht worden waren. Die ganze Zeit über hatte er in Ungewissheit gelebt, und die Angst hatte ihn gebrechlich werden lassen. Er arbeitete nicht mehr, er wartete nur. Und wurde von dem winzigen Licht einer schwachen Hoffnung belebt, die schließlich in diesem Brief, den er in seinen zitternden Händen hielt, in Erfüllung ging.

Seither wartete er folgsam und las von Zeit zu Zeit die Worte wieder, die ihm die Rückkehr seiner Frau ankündigten. Es fiel ihm schwer, sie zu glauben. Virgile hatte nicht aufgegeben, nein, das hatte er nicht, aber das Leben ohne Victoria war nicht sein Leben.

Er atmete nicht mehr, oder kaum noch, es fiel ihm schwer, morgens aufzustehen, er litt unter der Stille, wusste nicht mehr, wer er war, noch, warum er allein war. Wie hatte er überlebt? Er fragte es sich immer wieder. Sicher war er in seinem tiefsten Innern davon überzeugt, dass Victoria stark genug gewesen war, allem standzuhalten, ohne sich die Hölle vorzustellen, die sie tagtäglich durchstand. Dort, wo sie war. Wie hätte er sie sich auch vorstellen sollen? Er, der so lange Zeit ohne die geringste Ahnung davon gelebt hatte, wie unergründlich die menschliche Grausamkeit sein konnte.

Er hatte also gehofft, hatte sich trotz der Einsamkeit am Leben erhalten. Und an diesem Morgen saß er auf der Steinbank und schaute auf die Straße. Er erhob sich erst, als er ein Auto erblickte, das am Eingang zum Weg anhielt. Eine schwarze Gestalt stieg aus und ließ sein Herz schneller schlagen.

»Victoria!«, stöhnte er.

Doch das konnte sie nicht sein, diese Frau mit ihrem gebeugten Gang, die so mager war mit kurzen Haaren. Und dennoch glichen ihr Gang und die Bewegung ihrer Schultern denen Victorias. Er machte einen Schritt, dann zwei, und lief dann zu ihr, die nun ebenfalls auf ihn zukam, zwei Meter vor ihm stehen blieb und ihn mit einem schwachen Lächeln betrachtete.

»Bist du es?«, sagte Virgile. »Bist du es wirklich?«

»Wer sollte es denn deiner Meinung nach sonst sein?«, fragte sie mit einer Stimme, die er trotz allem sofort wiedererkannte und die ihn in einen unglaublichen Glückszustand versetzte.

»Habe ich mich so verändert?«, fragte sie, immer noch mit demselben barschen, provozierenden Ton in der Stimme, der ihr so eigen war.

»Nein«, sagte er. »Nein, natürlich nicht.«

»Dann ist es gut.« Sie öffnete die Arme. »Und? Worauf wartest du? Willst du mich nicht umarmen und küssen? Hast du etwa in der Zeit, in der ich nicht da war, andere umarmt? Oder hast du es dir ganz abgewöhnt?«

»Ja ... ich habe ein wenig die Gewohnheit verloren«, sagte Virgile.

»Oder bin ich zu hässlich geworden ...«

»Aber nein«, sagte er, »natürlich nicht.«

Er ging auf sie zu und schloss sie in seine Arme. Einen Moment lang blieb sie regungslos stehen, dann befreite sie sich sanft.

»Komm, mein Virgile, komm mit ins Haus!«, sagte sie und nahm seine Hand.

Sie suchten Schutz in der relativen Kühle der großen Küche, die Victoria lange mit den Augen inspizierte, als würde sie sie nicht gleich wiedererkennen. Dann setzte sie sich Virgile gegenüber an den Tisch.

»Ich habe einiges durchgemacht, weißt du.« Und sofort danach: »Viel Schlimmes habe ich gesehen.«

Dann fand sie ihren natürlichen Schwung wieder und zeigte ihm die Innenseite ihres Handgelenks, auf das blauschwarze Zahlen tätowiert waren.

»Schau!«, sagte sie. »Jetzt habe ich eine Nummer.« Dann lachte sie plötzlich. »Du wirst mich nie mehr verlieren. Siehst du? Ich hoffe, du bist beruhigt.«

Das war alles. Niemals sprach sie in den folgenden Tagen, noch später im Verlauf der Monate, der Jahre zu ihm über das, was sie erlebt hatte. Ebenso wenig erwähnten sie Sarah und Élie. Sie wussten, dass sie aus dem Grauen, in das sie gestürzt worden waren, nicht wieder zurückkehren konnten. Von ihrem Aufenthalt auf Sauvénie blieben nur die Holzschuhe übrig, die Virgile unten an der Treppe hatte stehen lassen und die auch nach Victorias Rückkehr dort blieben. Jedes Mal, wenn sie die Treppe zu ihrem Schlafzimmer hinaufstiegen, sahen sie sie. Ihre Augen blieben einen Moment lang an ihnen haften, doch sie sprachen nicht darüber. Dazu fehlte ihnen die Kraft. Es war wie eine treue und lebensnotwendige Anwesenheit, die sie nicht hätten missen wollen.

Sie nahmen ihr Leben wieder auf, ohne Überraschungen, bis zu dem Tag, sehr viel später, als ein elegant gekleideter Mann mit einem merkwürdigen Akzent kam und ihnen anbot, als GERECHTE anerkannt zu werden, da sie jüdische Kinder geschützt hatten und dafür mit einem Orden ausgezeichnet werden sollten.

»Einen Orden?«, wunderte sich Victoria.

»Ja, einen Orden. Wir wissen gut, welche Rolle sie während des Krieges gespielt haben, und dass Sie zwei unserer Kinder beschützt haben.«

Victoria betrachtete den Mann einen Moment lang und wandte sich dann Virgile zu, der ebenso verblüfft zu sein schien wie sie. Dann antwortete sie: »Wir danken Ihnen, Monsieur, aber das ist nicht nötig. Wir könnten ihn nicht tragen.«

Der Mann erklärte ihnen in allen Einzelheiten, worum es sich handelte. Er bestand darauf – und begriff nach einer Weile, dass er sein Ziel nicht erreichen würde. Er verbeugte sich mehrere Male vor ihnen, bedankte sich und ging schließlich weg.

Danach lebten sie weiter im friedlichen Lauf der Jahreszeiten. Nie wieder sprachen sie über diesen Besuch, der sie nachdenklich zurückgelassen hatte, da sie trotz der Erklärungen nicht verstanden hatten, was man ihnen anbot. Victoria war mit ihrem Garten und dem Kochen beschäftigt, Virgile in seiner Werkstatt, in der er weiterhin Kähne baute, vielleicht mit dem flüchtigen Gedanken, dass sie eines Tages nützlich sein würden. Die Zeit lief neben ihnen weiter, ohne dass sie sich jemals über den Riss in ihrem Herzen beklagt hätten, der im Laufe der Zeit nur weiter wuchs. An dieser Wunde starben sie fünfzehn Jahre später im Abstand von nur einer Woche, da sie nicht ohne einander konnten. Sie wurden auf dem kleinen Friedhof von Monestier begraben, wo sie nebeneinander ruhen. Dort wacht Victoria weiter treu über Virgile. Und über die, die sie endlich wiedergefunden haben. In einer Welt, in der – wie man nur hoffen kann – alle Männer und alle Frauen ihnen gleichen.

Christian Signol

Marie des Brebis

Der reiche Klang des einfachen Lebens

Aus dem Französischen von Corinna Tramm

192 Seiten, geb. mit Schutzumschlag

An einem Herbstabend des Jahres 1901 wird das Findelkind Marie von einem Hirten zu einer Bauernfamilie gebracht. Sie wird wie eine Tochter aufgenommen und großgezogen. Nahezu ihr gesamtes Leben verbringt sie als einfache Schafhirtin in der urwüchsigen Natur des Quercy, umgeben von warmherzigen Menschen, die ihr ein Grundvertrauen auf das Gute in der Welt vermitteln, das sie in allen Lebenslagen trägt. Diese lebensbejahende Haltung ermöglicht es ihr, am Ende ihres erfüllten Daseins heiter und dankbar auf ein dramatisches Jahrhundert zurückzuschauen.

»Das Buch kann ich nur jedem Menschen empfehlen,
der mehr Wert auf inneren statt auf äußeren Reichtum legt.«

Amazon

URACHHAUS

Christian Signol

Das wahre Glück des Lebens

Aus dem Französischen von Corinna Tramm

160 Seiten, geb. mit Schutzumschlag

»Ich habe immer gedacht, die Schönheit der Welt sei dazu bestimmt, uns die tragische Kürze unseres Lebens vergessen zu machen. Nicht nur, dass wir dieser Erde die schlimmsten Verletzungen zufügen, vielmehr und vor allem verhalten wir uns ihr gegenüber wie Fremde – manchmal sogar wie Feinde – und sind nicht mehr in der Lage zu sehen, wie außerordentlich schön sie ist.«

In *Das wahre Glück des Lebens*, Christian Signols bisher persönlichstem Buch, verbindet der große französische Erzähler Gegenwart, Vergangenheit und Kindheitserinnerungen zu einem großen Ganzen und nimmt uns mit auf eine Reise durch die Schönheit der Natur.

»Mehr als je zuvor sind wir heute auf diese kleinen beruhigenden Freuden angewiesen. Christian Signol beschreibt sie, wie kein Zweiter es vermag.«

Pèlerin, Paris

URACHHAUS

Christian Signol

Der Himmel, so blau

Aus dem Französischen von Corinna Tramm

319 Seiten, geb. mit Schutzumschlag

Südfrankreich um 1890. Julien ist das Kind einer armen, verwitweten Landarbeiterin. Sein Leben ist bestimmt von harter Arbeit, ohne jede Perspektive auf einen sozialen Aufstieg. Dennoch schwört er sich, aus dieser Tretmühle auszubrechen. Kaum hat er begonnen, seine Träume zu verwirklichen, bricht der Erste Weltkrieg aus und verschlägt ihn an die Front.
Die imponierende Geschichte einer Familie, die über Generationen hinweg unerschrocken die Schwierigkeiten des Lebens meistert.

»Ein großartiges Buch, sehr empfohlen!«

Bibliotheksdienst Reutlingen

Christian Signol

Wenn die Christrose blüht

Aus dem Französischen von Corinna Tramm

208 Seiten, geb. mit Schutzumschlag

»Die Johannis-Nacht war wunderbar. Sie bewegten sich langsam fort, auf Wegen, über die das Mondlicht wie in Bächen aus Milch dahinfloss, durch die schweren Düfte, die in Schwaden unter ihren Füßen aufstiegen, begleitet vom immer intensiver werdenden Gesang der Grillen, der Sébastien jeden Abend in den Schlaf wiegte. Fledermäuse durchschnitten das Dunkel über ihnen. Die Nacht knisterte geradezu unter der Fülle der Sterne. Er schlug die Augen auf und erblickte die vergehende Spur einer Sternschnuppe …«

Wohl noch nie ist es Christian Signol, dem großartigen Erzähler, gelungen, seine Leser mit einer solchen Präzision mitten ins Herz zu treffen wie in diesem Roman.

URACHHAUS